# 古典文獻研究輯刊

十七編

曾永義 主編

第 7 冊

蘇軾詩學理論及其實踐

江惜美 著

國家圖書館出版品預行編目資料

蘇軾詩學理論及其實踐／江惜美 著 — 初版 — 新北市：花木
蘭文化事業有限公司，2018〔民 107〕
序 2+ 目 2+166 面；19×26 公分
（古典文學研究輯刊 十七編：第 7 冊）
ISBN 978-986-485-324-3（精裝）
1.（宋）蘇軾 2. 宋詩 3. 詩評

820.8                                                    107001699

ISBN-978-986-485-324-3

9 789864 853243

古典文學研究輯刊
十七編　第 七 冊                ISBN：978-986-485-324-3

## 蘇軾詩學理論及其實踐

作　　者　江惜美
主　　編　曾永義
總 編 輯　杜潔祥
副總編輯　楊嘉樂
編　　輯　許郁翎、王筑　美術編輯　陳逸婷
出　　版　花木蘭文化事業有限公司
發 行 人　高小娟
聯絡地址　235 新北市中和區中安街七二號十三樓
　　　　　電話：02-2923-1455 ／傳真：02-2923-1452
網　　址　http://www.huamulan.tw 信箱 hml 810518@gmail.com
印　　刷　普羅文化出版廣告事業
初　　版　2018 年 3 月
全書字數　130118 字
定　　價　十七編 26 冊（精裝）新台幣 50,000 元

# 蘇軾詩學理論及其實踐

江惜美　著

## 作者簡介

　　江惜美，台北市人。私立東吳大學中文研究所畢業，獲文學博士。曾任教臺北市金華國小、國語實小、中正高中，後轉任台北市立師院語文系擔任教授，現任私立銘傳大學華語文教學系專任教授。

　　民國八十二年，當選台北市立師院學術類傑出校友。所著《蘇軾文學批評研究》、《國語文教學論集》獲國科會甲種獎助。《編序教學在國小中年級作文上之應用》獲國科會專案獎助、《高互動作文教學》獲教育部專案獎助。曾多次應僑務委員會邀請，赴美國、加拿大、澳州、紐西蘭、中南美洲、南非、歐洲、印尼、菲律賓與馬來西亞、泰國、越南、汶萊、韓國等地，擔任「華語巡迴」講座，並獲僑務委員會頒發志工「教學優良獎」。

　　在教育界四十年，對輔導學生盡心盡力，曾擔任過市立師院輔導組主任、銘傳大學華語文教學系系主任。著有《鼓勵孩子一百招》、《小學語文教學論叢》、《國語文教學論集》、《作文答問》、《編序教學在國小中年級作文上之應用》、《學好語文一百招》、《智慧生活一百招》、《華語文教學研究》、《華語文漢字教學研究》、《烏臺詩案研究》、《蘇軾文學批評研究》、《蘇軾詩析論——分期及其代表作》、《蘇軾詩詞專題論集》、《蘇軾文藝美學研究》、《蘇軾詩詞評論研究》、《絃誦集——古典文學分論》等書，並有《高互動作文教學》光碟。本書《蘇軾詩學理論及其實踐》即為東吳大學中文所博士論文。

## 提　要

　　本文旨在探究蘇軾詩學理論與其實踐詩學理論的方法。研究者遍覽蘇軾 2700 餘首詩，以清王文誥、馮應榴輯注之《蘇軾詩集》和《蘇文忠公詩編注集成》為底本，兼採歷代詩話、台海兩地有關蘇軾詩之專書、期刊論文等。首論蘇軾詩學成就及論詩要旨，與夫研究之動機與目的。次論蘇詩之淵源、生平傳略，及北宋之文壇概況、東坡之個性才情，明其創作之內因與外緣。其次述及蘇軾主要論詩觀點有「詩窮後工說」，「詩有寄託說」，「詩貴真情說」，「詩應設譬說」，「詩宜使事說」。蘇軾嘗言「詩人例窮蹇」，秀句出寒餓，又說「賦詩必此詩，定知非詩人」、「唯有醉時真，空洞了無疑。他認為詩應「出新意於法度之中，寄妙理於豪放之外」，而天下事散在經史子集中，不可徒使，必以「意」攝之。本文舉其詩作印證其理論，探究其理論與實踐是否合一，復以前章所述之詩論特色，得出其詩風特色為「雄渾豪邁」、「清源靜深」、「風骨奇高」。最後總結蘇軾於文學史中，應居何等地位，又有何重要性，俾使吾人瞭解東蘇詩創作之精華，理解蘇軾主要之詩學理論。研究結果，蘇軾詩在理論與實踐上完全一致，因此他評論諸家之作，亦多中肯中的，為後世所宗。

# 自　序

　　東坡詩援據閎博，意深語緩，必用工深、歷歲久，方能明其恉趣。余自碩士班撰《烏臺詩案研究》後，即引發對東坡詩之興趣，心思就東坡詩風進行探討。

　　民國七十六年，幸而考上博士班，選讀「東坡詩專題研究與討論」，一年來，經陳師伯元悉心教誨、剴切指明，遂以「蘇軾詩學理論及其實踐」為題，蒐集資料，著手撰寫。

　　三年來，遍覽東坡二千七百餘首詩，以《蘇軾詩集》、《蘇文公詩編註集成》為底本，參酌各家詩話以及有關東坡詩文，間及大陸研究東坡詩之專刊、論文，以成斯篇。內容如下：

　　緒論：綜述東坡詩學成就及論詩要旨，言明研究動機、旨趣，以及研究之重點、方法，以啓本論。

　　第一章：就東坡論詩之淵源，依生平傳略，北宋詩壇概況及其個性才情，以明其創作之內因外緣。

　　第二章：遍覽東坡詩什，戔出其主要論詩觀點為詩窮後工說、詩有寄托說、詩貴真情說、詩應設譬說、詩宜使事說，並以其詩作印證其理論。

　　第三章：歸納東坡實踐之道，得出其詩風特色為雄渾豪邁、清源靜深，可謂風骨奇高。

　　第四章：總結東坡於文學史中，應居何等地位；其詩論於文學史中，又有何重要性，俾使吾人瞭解坡詩創作之精華，理解東坡主要詩學理論。

　　結論：東坡詩與其詩學理論，全然吻合，且相輔相成。評論諸家，語多中的，為後世所宗。

　　茲編撰寫期間，頗費爬梳之力，才疏學淺，又苦於創獲匪易，倘非陳師伯元洞見癥結，斟酌損益，斷難成篇。是故該編若有可取之處，當屬恩師之功；若有挂漏之處，全爲一己才力疏陋所致，自應負起全責。

　　感謝陳師伯元諄諄教誨，袪疑存眞；林師炯陽時賜南針，惠我良多，師恩浩瀚，銘感在心！感謝父母劬勞功深，關切備至，使我突破萬難，奮勵向前，而所有師長、同仁之鼓舞，在此亦致上最高之敬意！

　　畢業絕非學業之終結，今後當潛心向學，虛心研究，以期答報師長、父母教養之恩。走筆至此，深感學力淺薄，益添愧恧，茲編倘有罅漏之處，還望博雅君子，教正是幸！

中華民國八十年六月
江惜美謹識於東吳大學中文研究所

# 目次

# 緒　論

　　古往今來，能以忠言讜論，揚名四海者，鮮能以生花妙筆，立足詩壇〔註1〕。杜甫有「詩史」之稱，然於辭賦則付之闕如；蘇軾以橫溢才情，詩、書、畫號稱三絕，尤以挺挺大節，化爲文章，雄視百代，堪稱宋詩第一人矣！

　　歷來研究蘇軾者，不乏其人，或津津樂道於其豪放詞風，或沈潛優游其前後〈赤壁賦〉，至於詩什之鑽研，方興未艾，前賢未備，後出轉精；綜觀其一生行誼，幾至以詩代言，各類詩作，情思並茂，機趣橫生，直令人愛不釋手。然有以「詩學盛唐」標榜者，斥宋詩爲議論，遂啓宋詩不如唐之說〔註2〕，實爲可惜！

　　沈德潛云：

> 蘇子瞻胸有洪爐，金銀鉛錫，皆歸鎔鑄。其筆之超曠，等於天馬脫羈，飛僊遊戲，窮極變幻，而適如意中所欲出，韓文公後，又開闢另一境界也〔註3〕。

　　東坡負其豪氣，志在行其所學，是以山川風雲，草木華實，有感於中，發爲詩文，不稍遲滯。然以其援據閎博，旨趣深遠，注家猶歎其難爲，況欲以有限之時日，究意深語緩之東坡詩，戛戛乎其難哉！

　　雖然，宋詩得以獨樹一幟，未始不歸功於蘇軾，是以論者以爲：宋詩自蘇舜欽、梅堯臣、歐陽修、王安石矯正西崑體後，至神宗熙寧、哲宗元祐間臻於極盛。此期詩家特多，而以蘇軾、黃庭堅成就爲高，嚴滄浪名之爲「元祐

---

〔註1〕　參見嚴既澄選注《蘇軾詩》導言，頁1。
〔註2〕　參見郭紹虞《滄浪詩話校釋》、詩評，頁134。
〔註3〕　見《說詩晬語》，頁492。

體」。蘇軾繼歐陽修爲當日詩壇盟主，與弟轍時相唱和，而有「二蘇」之稱。其門人眾多，秦觀、晁補之、張耒、黃庭堅時稱「蘇門四學士」，益以李廌、陳師道，合稱「六君子」〔註4〕皆以詩唱和，尤以黃庭堅、陳師道領導之江西詩派獨霸詩壇，宋代詩風爲之一新，此皆源於東坡詩之理論與實踐，開風氣之先。

大陸百花文藝出版社《蘇軾詩選注》前言云：

> 蘇軾爲宋詩開拓了前所未有的境界。他以詩發議論，以詩滑稽，以詩談禪論道，所謂「嬉笑怒罵，皆成文章」。不但在當時形成了一個獨特的流派，而且對後來的影響也特別深遠。論宋詩，自當以蘇軾爲巨擘〔註5〕。

東坡詩題材多樣，內容豐富，以橫溢之才情，縱橫北宋詩文壇；至於匯聚眾家之長，形成獨特詩風，若非大家，何能如是？論及蘇軾風貌，究屬豪放抑或婉約，同書亦有剖析：

> 蘇軾寫詩，縱橫捭闔，既掃除西崑積習，也打破「詩必盛唐」的陳舊觀念。他擴大了詩的疆土、豐富了詩的内容，言古人所未嘗言，寫時人所不能寫。他多樣化地提供了詩的創作方法，既不屑於學梅堯臣的「古淡」，也不苟同於黃庭堅的「老辣」，而是以雄渾豪放而又清新明快形成自己的藝術風格。這就是人們常說的「清雄」〔註6〕。

有關東坡創作之道，詳見第二章所論各節。至於今人喜將詩分豪放、婉約兩派，吾人知任何一位大家，必有其異於他人之面貌，亦有其時代、環境激盪下共同之面貌。東坡詩當古文運動如火如荼之際，以「清雄」稱之，適如其分。「清」，以其陶鑄偉詞，自創新意；「雄」，以其天馬飛僊之筆力，超凡絕俗，此皆非泛泛之輩可及，是故《甌北詩話》云：

> 坡詩不尚雄傑一派，其絕人處在乎議論英爽，筆鋒精銳，舉重若輕，讀之似不甚用力而力已透十分，此天才也〔註7〕。

直以天才贊許之，可謂欽慕之至！

然則，坊間研究蘇東坡者，鮮有就其詩論而言，原因何在？蓋東坡一生行誼，爲世人所重者，泰半其政治生涯之浮沈及詩、詞、書、畫之精深造詣，

---

〔註4〕 參見《中國文學流變史》，頁316。
〔註5〕 參見鷺山、夏承燾、蕭湄合編之《蘇軾詩選注》序，頁8。
〔註6〕 同註5，頁3。
〔註7〕 趙翼《甌北詩話》，頁57，蘇東坡。

此其一。再者，清人查慎行、王文誥、馮應榴諸先賢，於東坡詩之校注不餘遺力，然於其詩論之指明，殆有未備，近年來，文學批評風氣日盛，始有專篇論述，此其二。況東坡詩什近三千首，論及詩學原理則如鳳毛麟角，絕非浮光掠影可得，此其三。

　　幸而台海兩岸不乏好東坡詩者，或就其文藝心理剖析其創作原理，或試從文學批評觀詳述其詩學詩風，於東坡之詩學成就，致力頗多。

　　東坡〈臘日遊孤山訪惠勤惠思二僧〉云：

> 作詩火急追亡逋，清景一失後難摹〔註8〕。

根據陳師伯元之研究，此即文學創作中「靈感」說。詩人作詩，常苦靈感不來，無從下筆；一旦心有所感，不及時提筆創作，旋即忘卻佳句，任你如何苦心搜尋，亦難追溯當時心境。又《存餘堂詩話》亦云：

> 東坡少年有詩云：「清吟雜夢寐，得句旋已忘」，固已奇矣。晚謫惠
> 州復有一聯云：「春江有佳句，我醉墮渺茫」，則又加少作一等。評
> 書家謂筆隨年老，豈詩亦然邪？〔註9〕

此等文字，皆就文藝心理學之觀點，剖析其創作原理，見諸今日，靈感為創作之原動力，必須及時捕捉，仍為的論，而筆隨年老，此即「詩窮後工」。

　　郭紹虞先生《中國文學批評史》提及東詩論詩，云：

> 黃氏（庭堅）論詩好講句法，講詩律，而他則尚圓熟，尚自然，
> 所以謂「新詩如彈丸」（答王鞏），所以謂「好詩衝口誰能擇？」
> （重寄孫侔），又黃氏論詩重鈞深，重奇險，而他則尚邁往，尚豪
> 健，所以不足於孟郊之詩，又以為「要當鬥僧清，未足當韓豪」
> 了〔註10〕。

此說即自文學批評觀其詩論，且郭氏亦歸結其詩風近於議論，而論詩主旨啟嚴羽「尚禪悟」之說。文中亦云：

> 以禪喻詩，人皆知於嚴羽滄浪詩話，實則由詩話言，固似此義發自
> 嚴羽，由論詩韻語言，則司空圖《二十四詩品》已發其義，至東坡
> 詩中則益暢厥旨〔註11〕。

---

〔註 8〕見《蘇軾詩集》，卷七，頁316。
〔註 9〕見《存餘堂詩話》，頁1183。
〔註10〕參見郭紹虞《中國文學批評史》，頁402。
〔註11〕同註10，頁403。

追溯東坡「以禪說詩」乃源自司空圖分詩爲二十四品，而由其創作詩什如〈送參寥師〉、〈琴詩〉、〈跋李端叔詩卷〉等可知此爲其詩論之一，郭氏所言，頗富見地。

徐中玉先生在〈論蘇軾的文藝批評觀〉一文中，綜論蘇軾創作理論乃源於三點認知：一即贊成「知人論世」之說，二即重視實踐功夫，三即以豐富之創作經驗，體認「幽居默處，體察萬物」足以爲詩；所舉例證，皆足以說明其理論與實踐合一〔註12〕。此一發現，亦爲研究東坡詩可資借鏡者。觀其主要詩論有「詩窮後工說」、「詩有寄托說」、「詩貴眞情說」、「詩應設譬說」、「詩宜使事說」，皆一己創作之體驗。詩云：「非詩能窮人，窮者詩乃工」〔註13〕，「賦詩必此詩，定知非詩人。詩畫本一律，天工與清新。」〔註14〕，其贊美淵明，言「有士常痛飲，飢寒見眞情」、「淵明獨清眞，談笑過此生」〔註15〕，詩宜多方譬喻，以意使事，方能達「出新意於法度之中，寄妙理於豪放之外」，皆爲其詩論之所在，尋繹之，即可得之。

綜述前賢對東坡詩之評價，乃氣象開闊，變化多姿，善於融鑄及駕馭文字，無論狀物、敘事、言理，皆能自創新意，時出妙趣。紀昀評點蘇詩，常言其「意境恣逸」、「筆筆圓勁」、「機鋒銳利」、「涉理而不入於腐」，即稱許其詩清新自然。至於東坡論詩，標示司空圖「味在酸鹹之外」，已有禪偈之意味；晚年復有和陶之作，論詩主超然，宋以後詩人，猶且奉爲圭臬，足見其地位之高，堪稱北宋一大詩論家！

詩人論詩，有其可貴之處。以其豐富之創作經驗，得以直指幽微，洞察甘苦，是以所論中肯、具體，在理論及實踐方面皆具說服力。東坡繼北宋歐陽修之後，爲當時詩文壇之盟主，其詩學理論以親身創作印證之，影響當代詩自不待言，且歷千百年，其論詩之旨猶爲有識者所樂道，其詩詞膾炙人口，成就多方，豈徒然哉？

現存東坡著作，雖無詩文評論專書，然散見其於序文、題跋、書簡、隨筆札記及論詩詩中，與詩作互爲發明。蓋詩人者，萃天地之清氣，以風露風雲花鳥爲其性情，吟詠諷謠，瀚滌俗塵者也。葉燮云：「蘇詩包羅萬象，鄙諺

---

〔註12〕 參見《論蘇軾的文藝批評觀》，頁141，上海華東師範大學出版。
〔註13〕 同註8，卷一二，頁576。
〔註14〕 同註8，卷二九，頁1525。
〔註15〕 同註8，卷三十五，頁1884。

小說，無不可用，譬之銅鐵鉛錫，一經其陶鑄，皆成精金，庸夫俗子，安能窺其涯涘？」〔註16〕東坡詩文，名滿天下，冠冕百代，凡為學者，無不深慕焉！

　　拙著《烏臺詩案研究》，於陳師伯元之指導下，博採眾說，考較異文，於東坡詩文之探究，竭盡心力，歸結熙寧二年迄元豐二年間，東坡詩之特色為不滿新法，頗多諷喻，形式為各體兼備，技巧高明，而得其詩風為雄渾豪邁，具體寫實，鑽研之際，心思就東坡詩之風格，深入探究，以期前後貫串，明其詩文原貌。經陳師伯元指點，乃知東坡論詩，頗多創見，且詩什與詩論互為發明，頗值探究。是以就「蘇軾詩學理論及其實踐」為題，蒐羅相關之期刊、書籍，以為本編之依據。

　　本編之撰寫，特重先賢之考訂，往哲之撰述，前修之評論，諸家之羅列，多以綜合分析，考較同異。孔子曰：「學而不思則罔，思而不學則殆」〔註17〕，是故本編除據以往之根柢，虛心研探，務求落實之外，擬廣採台海兩岸有關篇什，汰蕪存菁，進而由相關資料之考證，詳究東坡之思想底蘊。邇來西方文藝理論頗多見地，自成一家之言，余參融並列，以見東坡詩創作之內因外緣，期世人瀏覽斯篇，得無扞格不入之弊，且無遺珠之憾。檢閱斯文，於東坡詩之創作、詩論之實踐，當能瞭然於心！

　　針對此一前提，凡北宋學者研究東坡詩之專著，暨以東坡詩為評論主題之記載，咸為本論文之直接資料。又昔賢今人之論述，與東坡詩論有關之著作，有助探究東坡詩之理論與創作者，悉簡擇而採取之，以為本論文之間接資料。其次，有助於闡明東坡詩師承傳授、詩文內容、詩篇形式之詩文集及詩話，咸加蒐羅，以為本篇寫作之輔助資料。

　　孟子云：「離婁之明，公輸子之巧，不以規矩，不能成方員。」〔註18〕東坡詩什，為數甚夥，其論詩之作，散見四處，僅以膚受末學，一知半解，欲窺浩如煙海之載籍，譬如築室不曾拓基，登梯不曾循級，顛蹶必矣！是故斯編之作，務求周延。其方法有四：

一、蒐集資料，分類整理

　　東坡詩援據閎博，恉趣深遠，南宋陸游曾美其用事之嚴，意深語緩，未

---

〔註16〕參見《原詩》，頁542。
〔註17〕見《論語注疏》，卷六，頁54。
〔註18〕見《孟子注疏》，卷七，頁123。

易窺測。〔註19〕歷來注蘇詩堪稱詳贍者,有施元之《施註蘇詩》,查慎行《蘇詩補註》,馮星實《蘇文忠公詩合註》,王文誥《蘇文忠公詩編註集成》,趙克宜《蘇詩評註彙鈔》,無不取材浩瀚,箋注鮮明,是以按其性質,錄其精義,分門別類,不相雜廁,以期東坡詩文大義,得以綱舉目張,玄要明示。至於東坡論詩資料,四川蘇軾研究學會研究之專篇多所發明,尤爲本編搜羅之重點,參以中西文藝理論之判明,可得其梗概。

二、稽考眾說,判定是非

歷來研究東坡詩者,各執一端。或依前賢校注,點明出處;或據詩意推衍,以究筆法;至於東坡論詩之旨,則所見不同,立論亦異,故須相互考辨,逐一比對,覈其是非,定其然否。如此一來,方能直指本心,知其然亦知其所以然。

三、羅列證據,辨正得失

東坡詩論,散見於論文、論書、論畫各篇什中,唯經由相關資料之旁參互證,糾謬補闕,乃能評其得失。至於詩作「望今制奇,參古定法」〔註20〕,以切身之體驗,踐履一己批評之理論,尤需藉前賢綜述,條分縷析,予以辨正,歸納其創作批評是否合一。

四、剖析情思,論其詩旨

東坡詩包羅萬象,可大別爲寫景、詠物、感懷、應酬、遊仙詩,大抵詩筆豪邁,有必達之隱,無難顯之情,其汎濫停蓄,旁推交通,若非剖判情思,何能明其詩旨?職是之故,余兼眩眾說,披沙瀝金,以下列四端探究之:一曰「毋意」,於詩文本義,切忌師心徇惑,自任己意以解詩,非有鐵證如山,絕不疑經非史,妄自曲解。二曰「毋必」,於眾注諸評,不好自專,而存門戶之見,以期詩文面貌,得其原眞。三曰「毋故」,常人之情,可者與之,不可者拒之,本編臚列證據,平心而論,眞相未白之前,絕不妄下斷語,至於輓近發現之新資料,凡證據充分,協於原典者,則兼容並蓄,以免遺珠之憾。四曰「毋我」,人多制作自異,以擅其身,爲免此弊,故虛心以求,平情而論,以合孔聖垂教之道!

---

〔註19〕參見《施注蘇詩》,頁7。
〔註20〕參見《文心雕龍注》,卷六,頁18。

# 第一章　東坡論詩之淵源

　　蘇東坡以曠世才情，創作詩篇達兩千七百餘首，四言、五言、六言、七言、雜言、古體、今體皆備〔註1〕，乃繼唐詩以來，宋詩數量最多之一大家。其論詩前有所承，益以一己創作之經驗，有所增益，自成體系，然散見於詩文之中，並無專著流傳，吾人檢閱東坡詩文，可得知其論詩之旨。

　　觀東坡詩之取材，可知其沿襲前人之軌跡。英宗治平二年，東坡自鳳翔罷還，召試祕閣，入三等，得直史館，曾有〈謝蘇自之惠酒〉云：

> 高士例須憐麴蘗，此語常聞退之說。我今有說殆不然，麴蘗未必高士憐。
> 醉者墜車莊生言，全酒未若全於天。達人本是不虧缺，何暇更求全處全。
> 景山沈迷阮籍傲，畢卓盜竊劉伶顛。貪狂嗜怪無足取，世俗喜異矜其賢。
> 杜陵詩客尤可笑，羅列八子參群仙。流涎露頂置不說，爲問底處能逃禪。
> 我今不飲非不飲，心月皎皎常孤圓。有時客至亦爲酌，琴雖未去聊忘絃。
> 吾宗先生有深意，百里雙罌遠將寄。且言不飲固亦高，舉世皆同吾獨異。
> 不如同異兩俱冥，得鹿亡羊等嬉戲。決須飲此勿復辭，何用區區較醒醉。
>
> 〔註2〕

詩中所引諸人，有莊子、徐邈、阮籍、畢卓、劉伶、杜甫、陶潛、孔巖、白樂天等，皆與酒有關。又雜以《離騷》、《史記》、《列子》、《樂府詩集》等書，可謂兼賅四部，而自言聞樂天語，卻不然其說，遂自圓其說，謂「有時客至亦爲酌，琴雖未去聊忘絃」，頗有「醉翁之意不在酒」之情味。篇末結以「不如同異兩俱冥」、「決須飲此勿復辭」答以必飲此酒，回報其贈酒之美意，全文一氣呵成，然自退之詩取材，以發議論，顯然可見。

---

〔註1〕參見《蘇軾詩文詞選譯》前言，頁6。
〔註2〕見《蘇軾詩集》，卷五，頁226。

　　明乎此，則前人所言東坡詩學之學劉夢得，學白樂天、太白，晚而學淵明〔註3〕，乃規模其意，而出以一己新意，亦可類推而知。本章首就東坡詩論之形成說明之，復就北宋詩壇及東坡個性才情論述，以明其詩風流變。

## 第一節　東坡詩論之形成

　　自周秦時期，先賢已知創作詩什，紀錄思想，表達情感，其豐富之想像，優美之形式，締造數千年文化之傳承。及至齊梁鍾嶸《詩品》問世，始有詩論專著，評論自漢至梁凡一百二十二人，分上中下三品，都爲三卷。然當時駢儷盛行，文風輕靡，詩風亦然，乃有初唐陳子昂主興寄與風骨之說，以《詩經》和建安風骨爲依據，倡詩風之清新自然，頗有振衰起弊之勢。

　　唐初，近體詩格律漸趨完成，於聲律、對偶之探究亦不乏其人。及至中唐杜甫，美陳子昂〈感遇詩〉上繼風騷，元結〈舂陵行〉具比興體製，在在表明其對藝術技巧、思想內容之重視，頗有見地。降至白居易、元稹，大力提倡諷諭詩，「文章合爲時而著，歌詩合爲時而作」遂爲新樂府運動之特色。然而，此期論詩之作甚少，不足爲訓。詩論之興，肇於晚唐。

　　晚唐司空圖論詩，於自然之道體會尤深。究其源，實萌芽於中唐釋皎然《詩式》。皎然論詩，側重藝術呈現，主詩歌宜鍛鍊精工，以造平淡；又主詩宜含蓄，有「文外之旨」，於詩人之中，獨贊許謝靈運。是以司空圖擷其精義，主詩文宜有「韻外之致」、「味外之旨」，將詩之風格、意境，類分二十四品，此一詩學理論，影響東坡詩論頗深。

　　宋初詩文創作，沿襲晚唐、五代餘風，崇尚華靡，內容貧乏，楊億、劉筠、錢惟演等，相互酬唱，號《西崑酬唱集》，一時蔚爲風尚。然有識之士如王禹偁、歐陽修、梅堯臣等，於詩學理論，均有革新之功。王禹偁極爲推崇杜甫詩，而詩則力學白居易。曾言：

　　　　誰憐所好還同我，韓柳文章李杜詩。〔註4〕

　　　　本與樂天爲後進，敢期子美是前身。從今莫厭閑官職，主管風騷勝要津。

　　　〔註5〕

詩中確立李白、杜甫詩名可傳，並自言效法杜甫、白居易，以詩爲史證，對

---

〔註3〕見《彥周詩話》。
〔註4〕見《小畜集》，卷一〇，頁73。
〔註5〕同註4。

輕靡詩風深表不滿。東坡論詩受其影響，亦肯定李白、杜甫之成就，〈書黃子思詩集後〉一文云：

> 蘇、李之天成，曹、劉之自得，陶、謝之超然，蓋亦至矣！而李太白、杜子美以英瑋絕世之姿，凌跨百代，古今詩人盡廢。然魏晉以來高風絕塵，亦少衰矣。〔註6〕

依東坡之見，則李杜二人固然凌跨百代，然未能如魏晉詩人之「天成」、「自得」、「超然」，是以言其「高風絕塵」已少衰矣！然其〈次韻張安道讀杜詩〉曾言：

> 大雅初微缺，流風因暴豪。張為詞客賦，變作楚臣騷。展轉更崩壞，紛綸閱俊髦。地偏蕃怪產，源失亂狂濤。粉黛迷真色，魚蝦易蔡牢。誰知杜陵傑，名與謫仙高。掃地收千軌，爭標看兩艘。〔註7〕

　　詩中肯定杜甫名與李白等齊，能力掃齊梁萎靡詩風，奠定詩壇優良傳統，與王禹偁所見略同，至於論及白樂天，乃基於平生出處與之相似，詩風亦近。東坡於元祐二年二度守杭，言「平生自覺出處老少，麤似樂天，雖才名相遠，而安分寡求，亦庶幾焉。三月六日，來別南北山諸道人，而下天竺惠淨師以醜石贈行，作三絕句」，詩云：

> 當年衫鬢兩青青，強說重臨慰別情。衰鬢祇今無可白，故應相對話來生。
> 出處依稀似樂天，敢將衰朽較前賢。便從洛社休官去，猶有閑居二十年。
> 在郡依前六百日，山中不記幾回來。還將天竺二峰去，欲把雲根到處栽。
>
> 〔註8〕

　　三首詩乃回想之辭。自謂首次別杭，猶有相約之辭，而今一別，將無再見之日，回顧一生出處，與樂天頗類似。樂天因言事貶江州司馬，徙忠州刺史，入為司門員外郎，以主客郎中知制誥，遷中書舍人。以言不聽，乞外遷為杭州刺史，復拜蘇州刺史，病免。尋以祕書監，召遷刑部侍郎，其後，遂以刑部尚書致仕。而己亦因詩賈禍，貶黃州團練副史，徙汝州團練副使，復朝奉郎起知登州，以禮部郎中召回，遷起居舍人，以言不聽，乞外遷為杭州刺史，料想此次辭杭，當與樂天晚年「文酒娛樂二十年」同，因言「便從洛社休官去，猶有閑居二十年」。末一首則針對惠淨師所送之石而發，而有意包

---

〔註6〕參見《經進東坡文集事略》，卷六○，頁999。
〔註7〕同註2，卷六，頁265。
〔註8〕同註2，卷三三，頁1761。

舉樂天詩:「勿輕一樽酒,可以話平生」。此詩含意深遠,王文誥案語評曰:樂天去杭之什,與此三詩,皆非經意之作,而讀之自覺仁人之言,藹然可親,餘戀猶在。東坡詩受李、杜之影響外,白樂天亦有極深之啓迪,是以詩云:「我行都是退之詩」〔註9〕,欽慕之情,由此可見。

歐陽修論詩,主「詩窮而後工」,於〈梅聖俞詩集序〉中云:

予聞世謂詩人少達而多窮,夫豈然哉!蓋世所傳詩者,多出於古窮人之辭也。凡士之蘊其所有而不得施於世者,多喜自放於山巔水涯,外見蟲魚草木風雲鳥獸之狀類,往往探其奇怪,內有憂思感憤之鬱積,其興於怨刺,以道羈臣寡婦之所歎,而寫人情之難言,蓋愈窮而愈工。然則非詩之能窮人,殆窮者而後工也〔註10〕。

此一詩論,於東坡創作詩什中,恰得例證。東坡有〈呈定國〉詩,中云:

舊病應逢醫口藥,新粧漸畫入時眉;信知詩是窮人物,近覺王郎不作詩。
〔註11〕

此詩言王定國近不作詩,蓋以其所遇平順之故。首句暗用柳子厚〈報崔黯秀才論爲文書〉:「凡人好辭工書,皆病癖。」〔註12〕次以女子粧扮入時,喻定國爲世俗所圍,無復有詩文之作,因言「詩乃窮人之物」,催定國雖處安逸,亦當致力於創作。東坡復於〈僧惠勤初罷僧職〉詩中,自言此「詩窮後工」之理論,乃聞於歐陽修處。曾云:惠勤參禪論道,是以仙風道骨,能忍飢貧,又主詩窮後工,勉其努力爲詩,當有佳篇。其他如:「詩人例窮蹇,秀句出寒餓」〔註13〕,「遣子窮愁天有意,吳中山水要清詩」〔註14〕,「詩從肺腑出,出輒愁肺腑」〔註15〕,「落第汝爲中酒味,吟詩我作忍飢聲」〔註16〕,皆可印證此一理論乃其來有自。

歐陽修論詩,喜豪放雄奇之風,是以愛賞李白詩作。其〈太白戲聖俞〉一詩云:

---

〔註9〕同註2,卷三七,頁2034。
〔註10〕見《歐陽文忠公集》,卷四二,頁317。
〔註11〕同註2,卷三一,頁1639。
〔註12〕同註2,卷一二,頁577。
〔註13〕同註2,卷四,頁159。
〔註14〕同註2,卷一四,頁697。
〔註15〕同註2,卷一六,頁797。
〔註16〕同註2,卷二一,頁1095。

開元無事二十年，五兵不用太白閒，太白之精下人閒，李白高歌蜀
道難。蜀道之難難於上青天，李白落筆生雲煙。千奇萬險不可攀，
卻視蜀道猶平川。宮娃扶來白已醉，醉裡詩成醒不記。忽然乘興登
名山，龍咆虎嘯松風寒。山頭婆娑弄明月，九域塵土悲人寰。吹笙
飲酒紫陽家，紫陽其人駕雲車。空山流水空流花，飄然已去凌青霞。
下看區區郊與島，螢飛露濕吟秋草。〔註17〕

此詩贊美李白詩風飄洒，進而言孟郊、賈島窮苦低吟，無足比並。東坡
〈六一居士集敘〉云：

歐陽子論大道似韓愈……詩賦似李白，此非予言，天下之言也〔註18〕。

言簡意賅，道盡歐陽修氣韻與太白相近。且東坡亦曾言「空山無人，水流花
開」頗得司空圖論詩之旨，與歐公此詩「空山流水空流花，飄然已去凌青霞」
有異曲同工之妙。《彥周詩話》載：

東坡祭柳子玉文：郊寒、島瘦、元輕、白俗，此語具眼。客見詰曰：
子盛稱白樂天、孟東野詩，又愛元微之詩，而取此語，何也？僕曰：
論道當嚴，取人當恕。此八字，東坡論道之語也〔註19〕。

余以爲東坡此論，胎始於歐陽修之詩論。此言論道當嚴，乃「實事求是，莫
作調人」之道，非謂學道求仙也。歐陽修極賞識東坡，且曾言「老夫當避此
人放出一頭地」〔註20〕東坡古文、辭賦，亦蒙歐公稱譽，詩論受其影響，乃
自然之事也！

與歐公同時代之梅堯臣，亦爲蘇東坡論詩之先聲。梅氏論詩，反淫靡怪
僻之風，主發揚傳統之《詩》、《騷》，其〈答韓三子華韓五持國韓六玉汝見贈
述詩〉云：

聖人於詩言，曾不專其中。因事有所激，因物興以通。自上而磨下，
是之謂《國風》，雅章及頌篇，刺美亦道同。不獨識鳥獸，而爲文字
工。屈原作《離騷》，自哀其志窮，憤世嫉邪意，寄在草木蟲。邇來
道頗喪，有作皆言空。煙雲寫形象，葩卉詠青紅。人事極諛諂，引古
稱辯雄。經營惟切偶，榮利因被蒙。遂使世上人，只曰一藝充〔註21〕。

〔註17〕同註10，卷五，頁79。
〔註18〕同註6，卷五六，頁906。
〔註19〕見《彥周詩話》，頁225。
〔註20〕見《蘇文忠公詩編註集成》，總案，卷一。
〔註21〕見《宛陵先生集》，卷二七，頁229。

此言詩之創作乃因物興感，目的在於美刺，必須發揚《詩經》與《離騷》之傳
統。東坡教人作詩之法，乃「熟讀毛詩、國風與離騷，曲折盡在是矣！」〔註22〕
且於詩中言及：

> 我似老牛鞭不動，雨滑泥深四蹄重。汝如黃犢走卻來，海闊山高百程送。
> 庶幾門戶有八慈，不恨居鄰無二仲。他年汝曹笏滿床，中夜起舞踏破甕。
> 會當洗眼看騰躍，莫指痴腹笑空洞。譽兒雖是兩翁癖，積德已自三世種。
> 豈惟萬一許生還，尚恐九十煩珍從。六子晨耕簞瓢出，眾婦夜績燈火共。
> 春秋古史乃家法，詩筆離騷亦時用。但令文字還照世，糞土腐餘安足夢？
> 〔註23〕

此詩作於紹聖五年，是時，蘇過於海舶，得邁寄書、酒，作詩，遠和之，皆
粲然可觀。子由有書相慶，東坡因用其韻和之，并寄諸子姪。詩首言己遷儋
耳，過獨涉萬死不辭之險，侍其渡海。次言慶幸蘇家有後，他年終必成就，
料非一己之妄想。復言積德已久，應有賢孝子孫，只恐年老，反成贅累，所
幸一家安於淡泊，和樂融融，料無所匱乏。末言以經史為家法，兼授《詩經》、
《離騷》，期許子姪當努力創作，則其餘當無足觀矣！東坡以經史、詩騷傳家，
足見其重視之一斑。

梅堯臣論詩，力主「平淡」，此亦為東坡詩論之基礎。《居士集》云：

> 其初嘉為清麗，閒肆平淡，夕則涵演深遠，間亦琢刻，以出怪巧，
> 然氣力完餘，益老以勁。〔註24〕

又〈讀郡不疑學士詩卷〉云：

> 作詩無古今，惟造平淡難〔註25〕。

歐陽修《六一詩話》云：

> 梅聖俞嘗於范希文席上賦河豚魚詩云：「春洲生荻芽，春岸飛楊花，
> 河豚當是時，貴不數魚蝦。」河豚常出於春暮，群遊水上，食絮而
> 肥，南人多與荻芽為羹，云最美。故知詩者，謂祇破題兩句，已道
> 盡河豚好處。聖俞平生苦於吟詠，以閒遠古淡為意，故其構思極艱。
> 此詩作於樽俎之間，筆力雄贍，頃刻而成，遂成絕唱〔註26〕。

---

〔註22〕見註19，頁227。
〔註23〕同註2，卷四二，頁2306。
〔註24〕同註10。
〔註25〕同註21，卷四六。
〔註26〕見《六一詩話》，頁156。

由此可知，欲抵「平淡」之境，亦需千錘百鍊之功，苦心構思，而後可得。此詩學觀點，上承皎然、司空圖「閒遠古淡」爲意，下啓東坡詩學理論，東坡〈書黃子思詩集後〉一文云：

> 蘇李之天成，曹劉之自得，陶謝之超然，蓋亦至矣。而李太白、杜子美以英瑋絕世之姿，凌跨百代，古今詩人盡廢；然魏晉以來，高風絕塵，亦少衰矣。李杜之後，詩人繼作，雖閒有遠韻，而才不逮意。獨韋應物、柳宗元發纖穠於簡古，寄至味於澹泊，非餘子所及也。唐末司空圖崎嶇兵亂之間，而詩文高雅，猶有承平之遺風，其論詩曰「梅止於酸，鹽止於鹹，飲食不可無鹽梅，而其美常在鹹酸之外。」蓋自列其詩之有得於文字之表者二十四韻，恨當時不識甚妙，予三復其言而悲之〔註27〕。

言「天成」、「自得」、「超然」，皆詩人才情高遠使然；至於「發纖穠於簡古，寄至味於澹泊」，乃鍛鍊之工。東坡獨賞司空圖「味在鹹酸之外」以論詩，正詩論形成之軌跡，經聖俞力主，遂爲東坡論詩所本。《東坡詩話》云：

> 所貴乎枯澹者，謂其外枯而中膏，似淡而實美，淵明、子厚之流是也。〔註28〕

而東坡詩中，亦有「吟成超然詩，洗我蓬之心」〔註29〕，「獨作五字詩，清絕如韋郎」〔註30〕，「樂天長短三千首，卻愛韋郎五字詩」〔註31〕，主超然、主清絕，由此可知。

　　與蘇東坡政治立場相左，然亦北宋詩壇一大家之王安石，於東坡詩論之發明，亦有裨益之功。

　　安石論詩，取其見識宏通，各體兼備，杜詩合乎此一原則，是以心生嚮往。觀其〈杜甫畫像〉贊許之情，自然可知：

> 吾觀少陵詩，爲與元氣侔。力能排天斡九地，壯顏毅色不可求。浩蕩八極中，生物豈不稠？醜妍巨細千萬殊，竟莫見以何雕鎪。惜哉命之窮，顛倒不見收。青衫老更斥，餓走半九州。瘦妻僵前子仆後，攘攘盜賊森戈矛。吟哦當此時，不廢朝廷憂，常願天子聖，大臣各

〔註27〕同註6，卷三三，梅聖俞墓誌銘。
〔註28〕見《東坡詩話》。
〔註29〕同註2，卷一四，頁681。
〔註30〕同註2，卷一六，頁846。
〔註31〕同註2，卷一五，頁754。

> 伊周。寧令吾廬獨破受凍死，不慰四海赤子寒颼颼。傷屯悼屈止一
> 身，嗟時之人死所羞。所以見公像，再拜涕泗流。惟公之心古亦少，
> 願起公死從之游。〔註32〕

安石極賞杜詩寫實之史詩，是以創作詩篇，亦以詠史爲主，惟罷相後，詩什創作轉於田園寫景。

與安石同時代之東坡，亦有上述傾向。東坡本欲經世濟民，致力於詠史寫實之作，然才情橫溢，自成一家，實則無意以詩詞名家耳。是以論詩，亦尊杜崇韓，任才使氣。其〈吳中田婦歎〉即爲此中代表作品，詩云：

> 今年粳稻熟苦遲，庶見霜風來幾時。霜風來時雨如瀉，杷頭出菌鐮生衣。
> 眼枯淚盡雨不盡，忍見黃穗臥青泥！茆苫一月隴上宿，天晴穫稻隨車歸。
> 汗流肩頳載入市，價賤乞與如糠粞。賣牛納稅拆屋炊，慮淺不及明年饑。
> 官今要錢不要米，西北萬里招羌兒。龔黃滿朝人更苦，不如卻作河伯婦！

〔註33〕

此詩言新法行，青苗放貸，官爭取錢，在處皆錢荒米賤，官於是要錢不要米，值吳地粳稻未熟，又值節候不佳，及至辛勤收成，稻價如糠，不足以納稅，又值西北征民，益困窘矣！東坡借田婦之言，發抒一己悲歎之情，此憂國憂民，無法遏制之情，與杜甫同。及至烏臺詩案後，詩遂轉入田園之作，晚年盡和陶詩，得陶詩之凝煉，乃造平淡。

蓋詩人所處時代，常影響其觀點。北宋詩壇乃歐陽修啓論詩之風，而後詩家評議之作，散見卷帙，梅堯臣揭「平淡」之旨，王安石力主「歌詩合乎現實」，乃有東坡論詩之語。其親身驗之，承眾家之說，形成東坡詩論之本源，學者熟讀其篇什，當深知之。

然而，一切文學流變，受種族、時代與環境之影響〔註34〕。因此東坡處於何種環境，而發爲詩論，亦有脈絡可尋。試就宗教一端言之。禪家五宗，宋代以雲門、臨濟二宗爲盛。其中臨濟尤爲山林避士及士大夫所篤信，士人往往作偈頌以發明禪理。當嘉祐治平以前，濂洛之說未盛，儒者沿唐代餘風，認爲義理一也，不應有華夷之辨，多歸心於浮屠。及富弼致仕家居，爲佛氏之學，張方平、韓維、趙抃俱學佛。雖歐陽修不言佛，然蘇東坡信道外，又喜佛，是以《石門文字禪》云：

---

〔註32〕見《臨川先生文集》，卷九，頁 99。
〔註33〕同註2，卷八，頁 404。
〔註34〕參見劉萍《文學概論》，頁 167。

> 歐陽修爲一代文宗，但其理不通，而東坡之理通，是以其文渙然如
> 水之質，漫衍浩蕩，則其波亦自然而成文〔註35〕。

東坡論詩主理趣、妙悟，當代佛教環境之影響，不無干係。東坡曾書〈成都
大悲閣記〉，中云：「成都，西南大都會也，佛事最盛。」復於〈黃州安國寺
記〉一文中，言及烏臺詩獄後，被貶黃州，閉門卻掃，退伏思念，求所以自
新之方，並言有意歸誠佛僧。且云：

> 得城南精舍曰安國寺，有茂林脩竹，陂池亭榭，間三日輒往，焚香
> 默坐，深自省察，則物我相忘，身心皆空，求罪垢所從生，而不可
> 得。一念清淨，染汙自落，表裡脩然，無所附麗。私竊樂之。旦往
> 而暮還者，五年於此矣〔註36〕。

由此可知，其歸屬於佛，乃經一番澈悟之後，求取心靈平靜之舉。五年之間，
與佛僧往返，出入廟宇內外，是以能悟禪悅之道，爾後論詩，以禪偈出之，
方能平易自然，發人深省。

受當日文藝環境影響，東坡又喜論畫、題畫，常言畫理即是詩理，又言
書畫同源，皆像其爲人。其〈書吳道子畫後〉云：

> 道子畫人物，如以燈取影，逆來順往，旁見側出，橫斜平直，各相
> 乘除，得自然之數，不差毫末，出新意於法度之中，寄妙理於豪放
> 之外，所謂遊刃餘地，運斤成風，蓋古今一人而已〔註37〕。

論畫主自然，必出新意、寄妙理，此皆論詩所本。稱許鐘繇、王羲之書，乃
「蕭散簡遠，妙在筆畫之外」；推許韋應物、柳宗元之詩，乃「發纖穠於簡古，
寄至味於澹泊」〔註38〕，詩、書、畫三者，東坡同主「簡遠淡泊」，而於〈書
唐氏六家書後〉則云：

> 永禪師書，骨氣深穩，體兼眾妙，精能之至，反造疏淡，如觀陶彭
> 澤詩，初若散緩不收，反覆不已，乃識其奇趣。〔註39〕

此等「知人論世」之說法，雖非獨創，然於其論詩之旨，多所發明，吾人究
其論詩之旨，不可不知。是以綜上所述，東坡所處之時代、環境，乃漸層演
化而來，若能把握以上數端，仔細體悟，當能明其立論之依據！

---

〔註35〕參見《宋代政教史》，章八，頁708。
〔註36〕同註6，頁872。
〔註37〕同註6，頁998。
〔註38〕同註6，頁999。
〔註39〕同註6，頁996。

# 第二節　詩風形成之內因外緣

　　詩風之形成，大抵有內因與外緣兩端。詩人各有其家世、環境、性情、興趣，經後天遭遇、學習，而有特殊之思想、型態，此一特質，發諸詩篇，必有不同詩風產生。清曾國藩有言：

> 凡大家，名家之作，必有一種面貌，一種神態，與他人迥不相同。

〔註40〕

西方文學家叔本華亦言：

> 風格是心的面目，得自於思想的美。〔註41〕

蘇東坡乃北宋一大詩家，其詩風之形成亦有其特色，本節試就其生平事跡、北宋詩壇概況，及東坡一己之個性才情，進而探索東坡詩風源何而來，以明其詩作之底蘊。

## 一、東坡生平傳略

> 蘇軾，字子瞻，一字和仲，又字子平，號東坡居士。宋仁宗景祐
> 三年，歲次丙子，陰曆十二月十九日乙卯，生於眉州眉山之紗縠
> 行，亦即今四川成都市，或曰四川眉山縣，位成都之南五十公里
> 〔註42〕。

眉山蘇氏，原籍趙郡，即今河北欒城縣。唐神龍初，長史味道刺眉州，卒於官，一子留於眉，眉之有蘇氏自此〔註43〕。東坡五世祖涇，唐末之人，涇生釿，釿以俠氣聞於鄉里；釿生祐，祐才幹精敏；祐生杲，杲以孝友見稱，尤輕財好施〔註44〕，人無親疏，俱愛敬之。杲卒於太宗淳化五年，享年五十一，以曾孫轍登朝，贈太子太保，夫人宋氏追封昌國夫人，杲生序，序乃東坡之祖，生於宋太祖開寶六年，性簡易樂施，才氣過人。有子三人，長曰澹，不仕，次曰渙，以進士得官，三子曰洵，東坡之父。據王保珍先生《東坡年譜會證》列表如下：

---

〔註40〕　參見劉萍《文學概論》，章六，頁193。
〔註41〕　同註40。
〔註42〕　參見《蘇文忠公詩編註集成》總案卷一，頁447。
〔註43〕　參《元豐類藁》，卷四三。
〔註44〕　參《東坡事類》，卷二，引《湛淵靜語》。

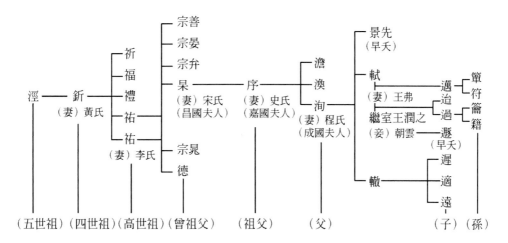

　　序晚歲好詩，敏捷立成，上自朝廷郡邑之事，下至閭里子孫畋漁治生之計，有所欲言，一發於詩，雖不甚工，然豁然大度，有以知其表裡洞達，豁然偉人也，故蘇門以詩文名世，蓋自序發其端，惜詩今不傳。

　　洵字明允，號老泉，少不長進，學句讀屬對聲律，未成而廢。年二十七，始發憤讀書。嘗舉進士，又舉茂才異等，皆不得中，由是盡焚曩昔所寫文數百篇，取孔、孟、韓及其他聖賢之文，兀然端坐，終日讀之者七、八年，乃大究六經百家之語〔註45〕。嘉祐中，偕軾、轍至京師，爲歐陽文忠公所知，其名翕然，韓忠憲諸公皆待以上客，嘗遇重陽，忠憲置酒私第，惟文忠與一二執政，而明允乃以布衣參其間，都人以爲異禮。席間賦詩，明允有「佳節屢從愁裡過，壯心時傍醉中來」之句，其意氣尤不少衰。又有〈讀易〉詩云：誰爲善相甯嫌瘦，後有知音可續彈。婉而不迫，哀而不傷〔註46〕，故知明允詩精深有味，語不徒發。

　　明允於書畫彈琴等藝文之事，亦有所好。東坡曾言：「始吾先君於物無所好，燕居如齋，言笑有時，顧常嗜畫，弟子門人無以悅之，則爭致其所嗜，庶幾一解其顏。故雖爲布衣，而致畫與公卿等。」〔註47〕〈天竺寺并引〉言：「予年十二，先君自虔州歸，爲予言：近城山中天竺寺，有樂天親筆書詩……筆勢奇逸，墨跡如新。」今四十七年矣，予來訪之，則詩已亡，有石刻存耳，感涕不已，而作是詩〔註48〕。則東坡詩書畫卓然有成，乃父洵之啓迪功深矣！

〔註45〕同註42，頁448。
〔註46〕見《蘇軾詩集》，卷四九，頁2698。
〔註47〕見《經進東坡文集事略》，卷五四，頁873。
〔註48〕同註46。卷三八，頁2056。

　　東坡自七、八歲始知讀書，聞歐陽修之名，八歲從道士張易簡讀書，學童百人，與陳太初學業最優。時石介〈慶曆聖德詩〉傳至鄉校，東坡從旁竊觀，深慕韓琦、富弼、范仲淹、歐陽修之為人。十歲，母程夫人親授以書，許滂之為人，東坡遂奮勵有當世志〔註49〕。十九歲，娶青神縣鄉頁進士王方之女王弗為妻。二十二歲應進士試，歐陽修得其〈刑賞忠厚之至論〉，以為異人，欲冠多士，疑門下士曾鞏所為，乃取為第二。復試《春秋》對義，居第一，及殿試章衡榜，中進士乙科；蘇轍亦中舉。東坡以書謝主考諸公，因歐陽修謁見文彥博、富弼、韓琦，皆以國士待之。適母程夫人病故，蘇洵父子奔喪回蜀，葬程夫人于武陽縣安鎮鄉可龍里。

　　二十四歲，十月除母喪，啓程還朝，父子三人由眉山登舟，經嘉州、忠州、出三峽，歲暮抵荊州。王弗隨行，長子蘇邁生于是年。東坡有《南行前集敘》，謂「山川之有雲霧，草木之有華實，充滿鬱勃，而見於外」〔註50〕是以有觸於中，發為詠歎，此後所為詩文，皆有感而發也。

　　二十六歲，歐陽修以才識兼茂荐之秘閣，試〈王者不治夷狄〉、〈形勢不如德〉等六論。舊不起草，以故文多不工，軾始具草，文義粲然。是年八月，與子由、王介應賢良方正直言極諫策問。東坡所對入第三等，介與子由第四等。授大理評事，簽書鳳翔府節度判官。蘇氏父子赫然名動京師，文章遂擅天下，時文為之一變。

　　二十八歲，在鳳翔簽判任。正月，宋選罷鳳翔任，陳希亮自京東轉運使來代，與其子慥訂交。時王彭任監府諸軍，居相陰，日相從，東坡喜佛，蓋王彭故也；見民畏衙前役，有〈上韓魏公論場務書〉，修衙前規，衙前之害減半。此時，〈鳳翔八觀〉之作，已出昌黎之上，不可壓也〔註51〕。

　　三十歲，正月還朝，判登聞鼓院。英宗在藩邸聞其名，欲以唐故事召入翰林，宰相韓琦限以近例，欲召試秘閣，韓琦猶不可，及試二論，皆入三等，得直史館。五月，妻王弗病卒于京師，年二十七。翌年，父洵病逝于京師，年五十八。英宗聞而哀之，賜銀一百兩，絹一百匹，東坡辭之。六月，特贈光祿寺丞，命有司具舟載其喪歸蜀。次年合喪父母於眉州蟆頤山之東二十餘里老翁泉側。

---

〔註49〕同註42，頁455。
〔註50〕同註47，卷五六，頁922。
〔註51〕見《蘇海識餘》，卷一。

　　三十三歲，除服居家。娶王介幼女王潤之為妻。十二月，與子由還朝，攜家經由成都，自閬中至鳳翔，過長安至京師，〈四菩薩閣記〉作於是年。三十四歲，還朝，王安石執政素惡其議論異己，以判官告院，言變科舉之弊，因而忤王安石，命權開封府推官，將困之以事。東坡決斷英敏，聲聞益遠。十二月，有〈諫買浙燈狀〉，上詔罷之。時安石創行新法，軾上書論其不便，凡七千餘言，王安石見而深惡之。

　　三十五歲，東坡在京，以直史館權開封府推官，有〈再上神宗皇帝書〉，反對新法。因考試開封進士，發策以「晉武平吳以獨斷而克，苻堅伐晉以獨斷而亡，齊桓專任管仲而霸，燕噲專任子之而敗，事同而功異」為問，王安石滋怒。八月，使謝景溫劾奏東坡居喪服除，往復賈販，妄冒差借兵卒，窮治無所得。東坡自請補外。九月，送章衡出知鄭州，又有〈送錢藻知婺州詩分韻得英字〉、〈送曾子固倅越詩分韻得燕字〉。次子蘇迨生於是年。

　　三十六歲，在京權開封府推官。四月，上批東坡通判杭州。夏末秋初出都，過陳州，謁張方平，會子由。十月，過廣陵，與劉貢父、孫巨源、孫莘老相會，游金山寺，有〈游金山寺〉詩。十一月二十八日到杭州通判任，時沈立為杭州太守。〈次韻張安道讀杜詩〉書於是年。

　　三十七歲，在杭州通判任。八月，杭州舉行貢試，東坡監試於中和堂，有〈試院煎茶詩〉；九月，聞歐陽修逝世，哭於孤山惠勤之室。十月，陳襄宴請貢士于中和堂，東坡有詩送之。赴湯村督開運河。十一月，因差往湖州，相度隄岸，與太守孫覺相見。此時有〈鴉種麥行〉、〈吳中田婦歎〉皆為民代言，發紓農民疾苦。

　　三十八歲，在杭州通判任。是時，青苗、免役、市易法行。浙西兼行水利、鹽法、東坡因法便民，民賴以少安。二月，循行屬縣，由富陽至新城。新城縣令晁君成之子晁補之從東坡學。十一月赴常潤賑饑。此時有〈飲湖上初晴後雨〉、〈山村五絕〉、〈於潛女〉、〈有美堂暴雨〉、〈八月十五日看潮五絕〉，詩筆勁切，富機趣。

　　三十九歲，在杭州通判任。六月，自常潤回杭。八月以捕蝗至臨安、於潛。九月，朝雲十二歲入東坡家。東坡以子由在濟南，求為東州守，罷杭州通判，以太常博士、直史館權知密州軍州事。十月離杭北上，過京口、揚州、海州，十一月三日到密州任。此時有〈聽賢師琴〉、〈潤州甘露寺彈箏〉、〈論河北京東盜賊狀〉等詩文。

四十歲，在密州太守任。四月，旱蝗相繼，祈禱於常山。七月，有〈後杞菊賦〉自言「仕宦十九年，家日益貧，衣食之奉不如昔者。齋廚索然，不堪其憂，日與通守劉庭式循古城廢圃，求杞菊食之」〔註52〕。

其間有〈雪後書北臺壁二首〉、〈次韻章傳道喜雨〉、〈寄劉孝叔〉等詩，並有〈超然臺記〉、〈成都大悲閣記〉、〈江城子〉（十年生死兩茫茫）等代表作。

四十一歲，在密州太守任。正月，遷祠部員外郎。李邦直爲京東提刑，以行部至密州，與東坡歌行唱和。秋，文同知洋州。八月十五日，中秋與客飲於超然臺上，歡飲達旦。十月，子由罷齊州書記，十二月，詔命東坡以祠部員外郎直史館移知河中府。此間，有〈和文與可洋川園池三十首〉、〈薄薄酒二首〉、〈水調歌頭〉（明月幾時有）等代表作。

四十二歲，在密州太守任。四月赴徐州，與子由相會于澶濮之間，相約赴彭城，留百餘日，宿於逍遙堂，過中秋而去。七月，河決，洪水圍徐州，城將敗，東坡履屨杖策，親入武衛營，呼其卒長盡力救城，築堤。十月十三日，河復故道，完城以聞，因護城有功，朝廷降詔獎諭。是年有〈書韓幹牧馬圖〉、〈司馬君實獨樂園〉、〈韓幹馬十四匹〉、〈哭刁景純〉等代表作。

四十三歲，在徐州太守任。春旱，祈雨城東石潭，後因謝雨，深入農村巡行。三月，李常、參寥、王鞏均來彭城，秦觀將入京應舉，亦來謁見。黃庭堅以〈古風〉二首贄。八月，作黃樓。十二月，遣人于徐州西南白土鎮之北獲石炭，冶鐵作兵，犀利異常。代表作品有〈虔州八境圖〉、〈讀孟郊詩〉、〈續麗人行〉、〈李思訓長江絕島圖〉、〈百步洪二首〉、〈石炭〉、〈永遇樂〉（明月如霜）、〈眉州遠景樓記〉等。

四十四歲，在徐州太守任。正月二日，文同歿於陳州。三月，以祠部員外郎直史館知湖州軍州事。四月二十四日到湖任上。七月，御史中丞李定、御史舒亶言東坡有譏切時事之言，呈詩三卷，詔知諫院張璪、御史中丞李定推治以聞。二十八日，台吏皇甫遵乘驛追攝。八月二十八，東坡被押赴臺獄勘問，此即著名之「烏臺詩案」〔註53〕。十二月二十九日，東坡獲釋出獄，責授檢校水部員外郎，黃州團練副使，本州安置，不得簽書公事。此時有〈大風留金山兩日〉、〈御史台榆槐竹柏四首〉、〈獄中作二詩遺子由〉、〈十二月二十八日蒙恩責授檢校水部員外郎黃州團練副使復用前韻二首〉、〈篔簹谷偃竹記〉等代表詩文。

---

〔註52〕 同註47，卷一，頁11。
〔註53〕 同註48，卷一九，頁1005，王文誥案語。

　　四十五歲，謫居黃州。正月朔日，始離京師。四日至陳州，弔文與可之喪。二月一日，至黃州貶所，寓居定惠院，隨僧蔬食。五月，作〈再祭文與可文〉。八月，乳母任采蓮病故，葬于黃州東阜黃岡縣之北。十月，李常自舒州來訪。郭遘、古耕道、潘邠老從東坡游，此時有〈初到黃州〉、〈海棠詩〉、〈西江月〉詞（世事一場大夢）等代表作。

　　四十六歲，謫居黃州。正月二十日，往歧亭。二月，馬正卿為請郡中故營地數十畝，築東坡，使躬耕其食。杭故人遣人持書至黃州，問候之，侄安節亦自蜀前來探望。十月，聞報種諤領兵深入西夏，大捷，乃賦詩。此時有〈東坡八首〉、〈聞捷〉、〈四時詞〉、〈江城子〉（黃昏猶是雨纖纖）、〈書唐氏六家書後〉。而陳師仲亦在是年，為東坡先生編《超然》、《黃樓》二集。

　　四十七歲，謫居黃州。二月于東坡築雪堂，自書東坡雪堂以榜之，自號東坡居士。三月，以相田至沙湖，道中遇雨。因得臂疾之故，請龐安常醫治。米芾初謁東坡于雪堂。五月，以怪石供佛印。七月十六日，與客泛舟赤壁，十二月十九日，置酒於赤壁磯下，李委作新曲〈鶴南飛〉以賀。此時代表作有〈正月二十日和前韻詩〉、〈紅梅三首〉、〈寒食雨兩首〉、〈西山戲題武昌王居士并引〉、〈次韻和王鞏六首〉、〈李委吹笛〉、〈定風波〉（莫聽穿林打葉聲）、〈念奴嬌〉（大江東去浪淘盡）、〈前赤壁賦〉、〈後赤壁賦〉、〈書雪堂四戒〉。

　　四十八歲，謫居黃州。眉山人巢谷來游，館于雪堂。子迨、過從學。三月，參寥自杭州來訪，館于雪堂，廬山處士崔閑亦來訪。五月，患目赤病，杜門僧齋。黃州郡人蔡景繁為築南堂，以為東坡居士游息之所。七月，張夢得營新居於江上，築亭，書其名曰「快哉亭」。十月十二日夜過承天寺，訪張夢得，王鞏南遷歸來。十一月，徐君猷卒，為作祭文。此時代表作有〈次韻孔毅父集古人句見贈五首〉、〈寄周安孺茶〉、〈南堂五首〉、〈初秋寄子由〉、〈次韻王鞏南遷初歸二首〉、〈和蔡景繁海州石室〉、〈東坡〉、〈和秦太虛梅花〉、〈水調歌頭〉（黃州快哉亭）、〈記承天寺夜游〉。

　　四十九歲，謫居黃州。三月告下，移汝州團練副使，本州安置，不得簽書公事，作〈謝上表〉。四月別黃州，王齊愈、王齊萬、陳慥、參寥等并同行，渡江過武昌，夜行吳王峴，聞黃州鼓角，淒然泣下。自江淮徂洛送者皆止慈湖，而陳慥獨至九江，遊廬山，過李公擇白石山房，至筠州，與子由共度端午節。六月，參寥以詩留別，長子蘇邁赴饒之德興尉，東坡送至湖口，遊石鍾山。七月至當塗，在郭祥正家飲醉，畫竹石壁上，抵金陵，見王安石於鍾

山。七月二十八日，四子幹兒夭折，有〈哭兒詩〉。十月十九日，渡江至揚州。十二月一日抵泗州，與劉仲達相遇於泗上，于泗州度歲。東坡上表有田在常州，乞在常州居住。此時代表作品有〈別黃州〉、〈題西林壁〉、〈郭祥正家醉畫竹石壁上郭作詩爲謝且遺二古銅劍〉、〈次荊公韻四絕〉、〈同王勝之遊蔣山〉、〈哭子詩〉等。

元豐八年，東坡年五十。正月一日，在雪中過淮州。二月至南都，謁張方平，與郡守王勝之唱和。告下仍以檢校尙書水部員外郎汝州團練副使，不得簽書公事，常州居住。三月六日，在南都聞神宗崩，遣制成服。四月，自南都，經靈壁。五月，在揚州，題詩竹西寺，五月下旬到常州，司馬光薦舉蘇軾，誥命復朝奉郎起知登州。六月起程經潤、揚、楚、海、密州，十月十五日到登州任。十月二十日接誥命，以禮部郎中召回。十一月上旬啓程回京，十二月到京，遷起居舍人。此時代表作品爲〈贈眼醫王彥若〉、〈歸宜興留題竹西寺三首〉、〈登州海市〉、〈惠崇春江晚景二首〉、〈滿庭芳〉（歸去來兮）、〈再上乞常州居住表〉、〈登州謝表〉、〈登州謝宣詔赴闕表〉等。

哲宗元祐元年，東坡五十一歲，在京任中書舍人、翰林學士。二月，與司馬光論役法利害，司馬光不悅。三月，免試爲中書舍人，仍賜金紫。四月，詳定役法。五月，作《王安石贈太傅敕》。六月，作呂惠卿安置建寧軍責詞，天下傳誦稱快。九月，與程頤交惡，丁卯爲翰林學士。十月，作試館職策問，畢仲游、黃庭堅、張耒、晁補之并擢館職。十二月，朱光庭劾其策題語涉先帝。此時代表作有〈書文與可畫竹〉、〈虢國夫人夜游圖〉、〈司馬溫公行狀〉、〈乞不給散青苗錢解狀〉、〈辨試館職策問札子〉、〈謝中書舍人表〉、〈謝翰林學士表〉等。

哲宗元祐二年，東坡五十二歲。在京任翰林學士兼侍讀。正月，時議者以程頤、朱光庭爲洛黨，以東坡、呂陶爲蜀黨。二月，受命富弼撰神道碑。三月，王岩叟、王覿等言東坡買田募役法不便。九月，王覿以程頤、東坡交惡事奏，勸朝廷勿大用之。十二月，趙挺之奏東坡學出《戰國策》，亦言勿用之。此時代表作乃〈郭熙畫秋山平遠〉、〈書晁補之所藏與可畫竹三首〉、〈書鄢陵王主簿所畫折枝二首〉、〈薦布衣陳師道狀〉等。

哲宗元祐三年，東坡五十三歲，在京任翰林學士，知制誥兼侍讀。正月，權知禮部貢舉，孫覺、孔文仲同知貢舉。黃庭堅、張耒等爲參詳編排點檢試卷等官，李伯時爲考校官。二月，言差役不便。三月上疏乞解罷學士院，除

一京師閑慢差遣，庶免眾臣側目，可以少安。四月，高太后宣諭曰：直須盡心事官家，以報先帝知遇。命撤御前金蓮燭送歸院。此期代表作有〈書艾宣畫四首〉、〈和王晉卿題李伯時畫馬〉、〈次韻黃魯直戲贈〉、〈乞郡札子〉、〈司馬溫公神道碑〉等。

元祐四年，東坡年五十四。正月，邇英閣進讀，然以論事為當軸者恨，上乞越狀。三月告下除龍圖閣學士充浙西路兵馬鈐轄知杭州軍州事。四月密上行遣蔡確箚。五月至南都謁張方平樂全堂。七月到杭州任，九月跋蔡襄〈相州晝錦堂記〉。十一月上〈乞賑浙西七州狀〉。此時代表作為〈和王晉卿送梅花次韻〉、〈書王定國所藏王晉卿畫〉〈著色山〉二首、〈次韻答劉景文左藏〉、〈次韻毛滂法曹感雨〉、〈定風波〉（月滿苕溪照月堂）、〈相州晝錦堂記〉等。

元祐五年，東坡年五十五，知杭州軍州事任。正月減價糶常平米、施聖散子。三月，水旱之後，疾疫並作，乃發私囊，置病坊於眾安橋，分坊治病，以僧主之。四月，興築茅山鹽橋二河堰閘，重使子珪修復六井。〈乞度牒開西湖狀〉。五月取葑田，積之湖中，為長堤以通南北，立三塔以限菱佃，遍植芙蓉、楊柳以固隄址。六月，奏浙西七州災傷第一狀、第二狀。八月議兩浙災傷事。九月上〈相度賑濟七州第一狀〉、〈第二狀〉。十月上〈第三狀〉。十一月上〈第四狀〉，作〈滕元發挽詞〉。十二月，作孤山〈六一泉銘〉，於泉後建東坡菴。此時代表作有〈安州老人食蜜歌〉、〈次韻錢穆父紫薇花兩首〉、〈贈劉景文〉、〈問淵明〉、〈乞度牒開西湖狀〉、〈點絳脣〉（不用悲秋）、〈朱象先畫跋〉、〈滕元發挽詞〉等。

元祐六年，東坡年五十六，知杭州軍州事任，正月以翰林學士承旨召還。三月由湖入蘇，目睹水災，民生乏食，乃奏準撥錢百萬貫糴米，並乞發運司應副浙西米狀。四月，上辭免翰林學士承旨第三狀。六月詔賜對衣金帶馬命供奉官宣召，再入學士院，謝〈謝上表〉。七月上〈論朋黨之患〉、〈再乞郡箚〉、八月邇英閣進讀，以求避親嫌，出於潁，告下除龍圖閣學士知潁州軍州事。九月，論八丈溝利害不可開狀。十二月，論淮南盜賊，乞賜度牒糴斛斗準備賑濟淮浙流民狀。此時代表作有〈次韻楊公濟奉議梅花十首〉、〈再和楊公濟梅花十絕〉、〈感舊詩〉、〈泛潁〉、〈次前韻送劉景文〉、〈秋陽賦〉、〈洞庭春色賦〉等。

元祐七年，東坡年五十七，知潁州軍州事任。二月，同趙令時通焦陂水，開濬西湖，并作清河西湖三閘。告下，以龍圖閣學士充淮南東路兵馬鈐轄，

知揚州軍州事。三月，到揚州任。四月，潁州西湖成。八月，以龍圖閣學士守兵部尚書差充南郊鹵簿使召還，遷禮部尚書。代表詩作有〈和陳傳道雪中觀燈〉、〈病中夜讀朱博士詩〉、〈次韻徐仲車〉、〈和陶飲酒〉二十首等。

　　元祐八年，東坡年五十八。正月，高麗使在京，欲得《策府元龜》，歷代史、太學敕式諸書，館伴陳軒牒國子監印造，由禮部看詳，東坡知高麗與北境通，所至圖畫山川險要，窺測虛實，今又益以書，便知邊防利害，為患滋大。二月有〈論高麗買書利害箚〉。五月黃慶基、董敦逸復祖述沈括、舒亶等人訕謗之說，彈奏東坡、子由。呂大防奏曰：「真宗即位，弛放逋欠。仁宗即位，罷修宮觀，皆因時施宜，以補助先朝闕政，未聞當時士大夫有以為謗毀先帝者也，此惟元祐以來，言事官用此以中傷士人，兼欲動搖朝廷，意極不善。」子由奏曰：「臣聞先帝末年，亦自深悔己行之事；元祐改更，蓋追述先帝美意而已」〔註54〕。於是敦逸、慶基皆降黜，東坡亦上箚自辨。六月，乞越。八月告下，以兩學士充河北西路安撫使兼馬步軍都總管，出知定州軍州事，罷禮部尚書任。九月，宣仁崩，哲宗親政，人懷顧望，中外洶洶，宰相不敢言。東坡與范祖禹慮小人乘閒害政，上諫箚，累奏不報，其後有旨召還前貶熙豐內臣，范祖禹恐王中正、宋用臣再入，則章惇、蔡京、呂惠卿、曾布、李清臣必復用，因請對殿上，力諫以為不可，皆不聽。九月，公俟殿攢畢，方請朝辭，而國是將變，詔促行，不得入見，赴定州，有〈論事狀〉，十月，到定州軍州事任。十一月，乞〈增修弓箭社條約狀〉，以為邊備，奏上皆不報。此時代表作有〈次韻王晉卿奏詔押高麗宴射〉、〈送蔣穎叔帥西河〉、〈大行太皇太后高氏挽詞二首〉、〈東府雨中別子由〉、〈石芝〉、〈鶴歎〉、〈乞免五穀力勝稅錢箚〉、〈洗玉池銘〉、〈赴定州論事狀〉、〈定州任謝上表〉、〈中山松醪賦〉等。

　　元祐九年，東坡年五十九。正月，東坡以所屬災傷闕食，上〈乞減價糶常平米賑濟狀〉。二月，上〈乞貸賑佃客狀〉、三月，上〈乞修北嶽廟狀〉，子由獨諫止紹述邪說，為群小李清臣、鄭潤甫所攻，哲宗震怒，謫守汝州。四月改紹聖元年。時朝局大亂，虞策、來之邵復祖述沈括、何正臣等訕謗之說，摭兩制語論奏。閏四月，告下，東坡坐前掌制命，語涉譏訕，落端明殿學士兼翰林侍讀學士，依前左朝奉郎責知英州軍州事，罷定州任。虞策復論罪罰未當，告下，降充左承議郎，仍知英州。劉拯復祖述訕謗之說，摭兩制語論

────────────

〔註54〕同註42，卷三六，頁123。

奏，告下，仍知英州，自是已三改謫命矣！六月，章惇、蔡卞、張商英等復祖述沈括、何正臣等訕謗之說，議東坡罪，告下，落左承議郎責授建昌軍司馬，惠州安置，不得簽書公事。八月，群小以貶竄爲未足，復攻之，告下，落建昌軍司馬，貶寧遠軍節度副使，惠州安置。九月，過英州，抵廣州，復駕小舟至泊頭壚，遊羅浮山。十月到惠州任，進謝上表，寓居合江樓，遷嘉祐寺。此時代表作有〈中山松醪寄雄州守王引進〉、〈三月二十日多葉杏盛開〉、〈臨城道中作〉、〈黃河〉、〈慈湖夾阻風五首〉、〈壺中九華詩〉、〈秧馬歌〉、〈八月七日，初入贛，過惶恐灘〉、〈寓居合江樓〉、〈朝雲詩〉、〈白水山佛跡巖〉、〈雪浪齋銘〉、〈三國名臣論〉、〈寄孫敏行書〉、〈跋歐陽修書後〉、〈羅浮記〉、〈思無邪齋贊〉等。

紹聖二年，東坡年六十，惠州軍州事，本州安置，不得簽書公事。正月，爲藥以施病者。三月，遷合江樓。四月，聞黃庭堅遷黔南，范祖禹遷九疑，晁補之遷蘄水，並致慨焉。五月，惠州水東至水西，溪江合流，用竹浮橋通行旅，橋壞輒以舟渡，東坡用道士鄧守安議，與程之才、傅才元、詹守建東新橋，又以兵衛單寡，海盜窺伺，營房廢缺，軍政隳壞，因建議授程之才使添建營房三百餘間，以肅軍政。八月，嶺南稅役折納掊剋，致米賤傷農，錢荒爲患，疲民重困，并議行稅役掊剋諸條。十月，三司皆議行，走湖上觀所築西新橋，聚枯骨爲叢塚，使羅秘校收其遠者，於院前作放生湖。十一月聞有詔元祐臣僚獨不赦，且終身不徙。此時代表作有〈和陶歸田園居六首〉、〈游博羅香積寺〉、〈眞一酒〉、〈荔支歎〉、〈和陶貧士〉、〈江月五首〉、〈小圃五詠〉、〈書東臯子傳後〉、〈桂酒頌〉、〈藥誦〉、〈答程之才書〉、〈中和勝相院惟簡塔銘〉等。

紹聖三年，東坡年六十一，惠州軍州事，本州安置，不得簽書公事。四月，遷嘉祐寺。六月，江岸船橋成，名東新橋，湖岸樓橋成，名西新橋。七月，朝雲病亡。八月，葬朝雲於豐湖棲禪寺東南松林中。此時代表作有〈新年五首〉、〈和陶詠二疏〉、〈和陶詠三良〉、〈和陶詠荊軻〉、〈和陶移居二首〉、〈遷居〉、〈和陶桃花源〉、〈兩橋詩〉、〈悼朝雲〉、〈縱筆〉、〈和陶乞食〉、〈和陶酬劉柴桑〉、〈和陶歲暮作和張常侍〉、〈薦朝雲疏〉、〈西江月〉、〈玉骨那愁瘴霧〉、〈李氏潛珍閣銘〉等。

紹聖四年，東坡年六十二。哲宗切惡元祐宰執，二月，追貶司馬光等，時蘇轍貶嶺南，貶謫凡三十七人。十四日，東坡白鶴峰新居成，自嘉祐寺遷

入。閏二月，邁、過挈簞、符、籥等至惠。四月，章惇復祖述沈括、何正臣等訕謗之說，重議東坡罪，責授瓊州別駕昌化軍安置，不得簽書公事。五月，泝康封而上，抵梧。六月，與子由同至雷州。十一日與子由訣，遂渡海。七月到昌化軍貶所，僦官屋數椽以居。自謫海南，盡賣酒器以供衣食。八月，東坡赴市糴米，乃知海南秔稌不足，於時俗以貿香爲業，而田蕪不治，率以薯芋雜米作粥糜取飽。十月立多後，風雨無虛日，海道斷絕，官屋破漏，一夕三遷。十二月檢所和陶淵明詩，凡一百九篇爲書，告子由，使爲敘。此時代表作有〈和陶時運四首〉、〈和陶答龐參軍六首〉、〈夜夢〉、〈和陶連雨獨飲二首〉、〈和陶勸農六首〉、〈和陶擬古九首〉、〈次韻子由三首〉、〈和陶停雲四首〉、〈和陶雜詩十一首〉、〈謫居三適三首〉、〈八聲甘州〉（有情風萬里捲潮來）等。

紹聖五年，東坡年六十三，責授瓊州別駕昌化軍安置，不得簽書公事。正月，子由第四孫斗老生，作〈續養生論〉、二月子由六十生日，以沈香山子寄之，作賦。四月，章惇、蔡京遣董必至雷，按段諷所發張逢等款接兩公及強奪民居事，遣小使赴儋，逐東坡出。儋人於城南南桃榔林下爲築居。五月，屋成，名曰桃榔菴，摘葉書銘以記其處。六月一日改元符元年。七月，聞子由徙循州，令過惠日留家累與邁同居。此時伐作有〈和陶形贈影〉、〈和陶影答形〉、〈和陶神釋〉、〈觀棋〉、〈新居〉、〈和陶西田穫早稻〉、〈和陶下潠田舍穫〉、〈和陶戴主簿〉、〈天慶觀乳泉賦〉、〈陶淡傳〉、〈眾妙堂記〉、〈荣羹賦〉等。

元符二年，東坡年六十四，瓊州別駕昌化軍安置，不得簽書公事。五月，墨者潘衡渡海來見，公使造墨教以遠突寬竈法，記造墨事，久旱米貴，將有絕糧之事。書艾人灸法，記薯米，作《菀草錄》。閏九月，勸儋人變俗。十二月作〈論海南黎事書〉。此期代表作有〈和陶游斜川〉、〈和陶答龐參軍〉、〈縱筆三首〉、〈夜燒松明火〉、〈蒼耳錄〉、〈老饕賦〉、〈海南菊記〉等。

元符三年，東坡年六十五，正月瓊州別駕昌化軍安置，不得簽書公事，五月移守廉州安置。六月渡海，抵雷州。七月抵廉州貶所。八月告下，遷舒州團練副使，徙永州安置。九月自鬱林下端江。十月留廣州，十一月至滇陽，得邸報，復朝奉郎提舉成都玉局觀，在外州軍任便居住，專使赴永請告，遂罷行。十二月，抵韶州。此時代表作有〈五色雀〉、〈題過所畫枯木竹石三首〉、〈和陶郭主簿二首〉、〈歸去來集字十首〉、〈汲江煎茶〉、〈儋耳〉、〈澄邁驛通

潮閣二首〉、〈六月二十夜渡海〉、〈徐熙杏花〉、〈趙昌四季〉、〈次韻鄭介夫二首〉、〈五君子說〉、《易傳》、《論語說》、《和陶集》、〈合浦舟行記〉、〈羅漢閣記〉、〈子石硯銘〉等。

　　徽宗建中靖國元年，東坡年六十六，朝奉郎提舉成都玉局觀。正月過嶺至虔州。四月抵當塗。五月自金陵過儀眞。六月歸毘陵，請老，以本官致仕，七月二十八日薨。代表作有〈贈嶺上老人〉、〈贈嶺上梅〉、〈過嶺二首〉、〈鬱孤臺〉、〈次韻江晦叔二首〉、〈次韻郭功甫觀予畫雪雀有感二首〉、〈九成臺銘〉、〈剛說〉、〈南安軍學記〉、〈觀世音菩薩頌〉等。

## 二、北宋詩壇概況

　　宋初詩壇猶存中晚唐之餘風，文體靡艷，偏重藻飾，蓋所謂西崑體也。此體肇始於晚唐李商隱，以迷離閃艷之題材，繁詞縟意之藻飾，席捲詩壇，至宋初楊億、劉筠、錢惟濱等人，同在館職，文名甚著，是以酬唱應和，有詩文集曰《西崑酬唱集》，一時文士，唱和不已。宋初四十年，盡籠罩在此一風氣之下。

　　然有識之士，即己察此一異狀，是以紛紛撰文，力詆楊億之非，尤以石介〈怪說〉爲代表。中云：

> 今楊億窮妍極態，綴風月，弄花草，淫巧侈麗，浮華纂組，刓鏤聖人之經，破碎聖人之言，離析聖人之意，盡傷聖人之道。使天下不爲書之典、謨、禹貢、洪範，詩之雅、頌，春秋之經，易之繇、爻、十翼，而爲楊億之窮妍極態，綴風月，弄花草，淫巧侈麗，清華纂組，其爲怪大矣！[註55]

觀其酬唱內容，皆近體詩，學溫、李之風，音節鏗鏘，辭采密麗，取材力求博贍，鍊句務求精緻，對偶務求工整，用事亦多豐縟，然偏重形式，是以內涵不足，石介之議論大抵切中其弊。

　　先是「西崑體」流行前後，有劍南希晝、金華保暹、南越文兆、天台行肇、汝州簡長、青城惟鳳、江東宇昭、峨眉懷古、淮南惠崇，謂之「九僧」，亦相酬和，別具一格，皆以僧佛爲主，歸心禪門，詩帶寒峻之色，出自於精思錘鍊，然流傳不廣；其次則爲西崑體盛行之後，有徐鉉、寇準、林逋、魏野、潘閬等人，多有佳句，間有佳篇，亦別有清峻之面目，異於西崑之柔靡。

---

[註55] 參《皇朝文鑑》，卷一○七，石介怪說條。

至王禹偁出,詩學少陵,力矯西崑,創設「白體」,詩作用語激切,然意境雍容,獨開有宋風氣。《四庫全書總目總要》言及宋詩派別,曰:

> 王禹偁初學白居易,如古文之有柳、穆,明而未融。楊億等倡西崑
> 體,流布一時。歐陽修、梅堯臣始變舊俗。蘇軾黃庭堅益出新意,
> 宋詩於時為極盛。南渡以後,擊壤集一派,參錯並行,遷流至於四
> 靈、江湖二派,遂弊極而不復。此即分為白體、西崑、歐梅、蘇黃、
> 擊壤、四靈、江湖等派。〔註56〕

而王禹偁於北宋詩壇創新詩風,可謂獨樹一幟。

詳究白居易之詩篇,乃源自漢樂府體,以淺近平易之語言,反映民生疾苦,揭露社會弊端。而漢樂府之特點,於內容上乃「感於哀樂,緣事而發」,亦即取材於現實生活,抒寫人民之感情,抒發百姓之議論,乃至於引申對社會政治之關懷。於形式上乃以五言詩為主,以二三為節奏,亦即前兩個音節為一組,後三個音節為一組,如此便於抒情,亦易於說理、紀事,較四言句有變化,有節奏。此一流變,於蘇東坡詩風之形成,有一定之影響。東坡黃州以前詩,用語勁切,指事激憤,有漢樂府之情思,觀其託事以諷,詩文皆有為而作,辭采多白描,直抒胸臆,即知受劉禹錫、白居易「新樂府」之感發而為,其「雄渾豪邁」蓋原於此。而王禹偁於宋初倡導之功,自不可沒。

仁宗朝後,宋詩隨古文運動,卓然自立,梅堯臣、蘇舜欽出,始力矯西崑之弊,詩主平淡。梅堯臣詩,初學韋蘇州,後與歐陽修遊,轉而學韓。《居士集》云:

> 其初喜為清麗,閒肆平淡,久則涵演深遠,間亦琢刻以出怪巧,然
> 氣完力餘,益老以勁。〔註57〕

可知其詩清麗舒徐,間有淵深之趣,乃歐陽修之先導。蘇舜欽詩豪邁,別具特色。歐陽修稱:

> 子美筆力豪雋,以超邁雄絕為奇;聖俞覃思精微,以深遠閒淡為意,
> 各極其長,雖善論者不能優劣也。〔註58〕

---

〔註56〕 見《四庫全書總目提要》,卷一九○,集部四十三,御定四朝詩條。
〔註57〕 見《歐陽文忠公集》,卷四十二,梅聖俞詩集序。
〔註58〕 見《六一詩話》,頁158。

點明兩人詩風雖不同，然能力矯浮靡之詩風，使宋詩屹立於詩史上。歐陽修受蘇、梅之影響，兼擅李、杜、韓愈之詩風，詩語平易中含雄渾，深穩中蘊深情，爲宋初詩歌之主導，對末詩之革新，貢獻尤大。沈德潛〈說詩晬語〉云：

> 宋初臺閣倡和，多宗義山，名西崑體。梅聖俞、蘇子美起而矯之，
> 盡翻科臼，踔屬發揚，才力體製，非不高於前人，而淵涵渟滀之趣，
> 無復存矣。歐陽七言古專學昌黎，然意言之外，猶存餘地。〔註 59〕

剖析宋初詩壇，言簡意賅，能纂玄鉤要，敘事穩切。此一大主流，於東坡詩之創新，助益甚大，東坡詩不乏造語平淡者，如〈和子由澠池懷舊〉、〈題西林壁〉、〈詠湖上初晴後雨〉、〈薄薄酒〉，皆明白如話，然含意深遠，乃不朽名篇，謂其詩風「清源靜深」，蓋原於此。

歐陽修之後，北宋詩壇能自成一家者，有王安石。王安石詩學韓、杜，以其博學經史，出入唐音，所爲詩什最精於絕句，純任自然，雅麗精絕，尤以詠史詩，能洞見幽微，直陳優劣，爲詩家所賞。其詩雖清新，然自有一股瘦硬雄直之氣，處處險絕，渾然一體。東坡雖政治立場與之相左，然兩人皆才不世出，學貫今古，是以用事使典，大抵無牽率排比之弊，此爲其相似處。人謂東坡詩「清雄」乃肇於此乎！

然則，宋詩自然有別於唐詩。唐詩氣象恢宏，神韻超逸，意境深遠，格調高雅，如鏡花水月，不可湊泊。清胡應麟曾云：

> 甚矣，詩之盛於唐也！其體，則三、四、五言，六、七雜言、樂府、
> 歌行、近體、絕句，靡弗備矣。其格則高卑、遠近、濃淡、淺深、
> 巨細、精粗巧拙、強弱，靡弗具矣。其調，則飄逸、深雄、沈深、
> 博大、綺麗、幽閑、神奇、猥瑣，靡弗詣矣。其人，則帝王、將相、
> 朝士、布衣、童子、婦人、緇流、羽客，靡弗預矣。〔註 60〕

所述大致言明唐詩體製完備，風格多樣，作者多方。宋詩面臨承先啓後之局面，乃有所突破。宋初詩人，力求以不同方式創作詩什，是故「以文字爲詩，以才學爲詩，以議論爲詩。」〔註 61〕自漢至唐，詩之體制日富，格律日巧，宋詩乃反其道而行，將詩化轉爲散文化，將玄妙事理，付諸詩中，形成一己特色，用來議論事理，亦無施不可。

---

〔註 59〕見《說詩晬語》，冊下，頁 492。
〔註 60〕見《詩藪》，冊二，頁 479。
〔註 61〕見《滄浪詩話校釋》，詩辨，頁 24。

　　按梁昆著《宋詩派別論》，綜論諸家之說法，而分宋詩爲九體。考其北宋派別，則有取學自香山之「香山體」，取學姚賈者，謂之「晚唐體」，取學歐陽修詩氣味同者，謂之「昌黎體」，取與王安石氣味同者，謂「荊公體」，取與蘇軾氣味同者，謂之「東坡體」，取以李商隱詩爲準者，謂之「西崑體」，取以杜黃詩爲準者，謂之「江西派」。〔註62〕以是論列北宋詩壇，大致能得其要旨。至若宋詩重議論，好說理，傷于淺薄，梁氏亦辨析之，謂派別不同，其優劣互異，不可相提並論。

　　究「西崑體」之興，則歸結於宋眞宗朝國家康樂，文選盛行，楊、劉諸公官居館閣，所制箋啓史紀，皆期其宏麗典雅。至言「昌黎派」，則綜論其一長三短。一長者何？謂歐陽修輩繼昌黎遺意，振興詩壇，解放詩體，棄儷偶，賦眞情，得以爲宋詩闢一新境。三短則爲「以文爲詩」、「詩多議論」、「詩意好盡」；昌黎以文爲詩，是以詩多說理，且古文詩派之議論，往往重意而略辭，變亂句法，不復存雋永詩味，況昌黎好使用賦語，少比興之意，是以意盡而寡蘊，不復有唐音空靈之美矣！〔註63〕

　　凡此，皆能切中宋初詩壇之概略，有助吾人對宋詩之瞭解。然而，東坡處於各派爭鋒之際，猶能自成一家，必有不同於其他詩派之處，究竟此一特質爲何？

　　蓋東坡繼梅、歐之後，所以能執詩壇之牛耳，在於詩作能創新風貌，奠定宋詩散文化之特色。東坡腹笥淵博，由於稟性聰穎，所學皆能靈活運用，發爲詩什。梅堯臣與歐陽修雖有拓展詩境之功，然未能創作具代表性之詩篇，是以影響後世詩壇，亦不深遠，東坡以其橫溢之才華，繼韓愈之後，爲後世所宗法。《甌北詩話》云：

> 以文爲詩，自昌黎始，至東坡益大放厥詞，別開生面，成一代之大觀。今試平心讀之，大概才思橫溢，觸處生春，胸中書卷繁富，又足以供左旋右抽，無不如志。其尤不可及者，天生健筆一枝，爽如哀梨，快如并剪，有必達之隱，無難顯之情，此所以繼李、杜爲一大家也。〔註64〕

〔註62〕參見《宋詩派別論》，頁5。
〔註63〕同註62，頁40。
〔註64〕見《甌北詩話》，頁56。

論其創新詩體，能自成一格，於北宋爲一大家，且與李、杜並稱，推崇備至。雖然，或有以其「以議論作詩」病之，或謂其乃文人之詩，非詩人之詩，甚至以「詩格漸粗」責之〔註65〕，殊不知，此亦無可如何者。宋詩之特色，在於說理，然未曾不重理趣，所謂「山石竹木，水波煙雲，雖無常形，而有常理」，「至於其理，非高人逸才不能辨。」〔註66〕亦即「出新意於法度之中，寄妙理於豪放之外」〔註67〕此皆自然之道，非人力所及，是以東坡詩出乎自然之理，能得味外之趣，未能遽以「粗格」視之。

與東坡同時之際，王安石亦可稱一詩家，然未能超越東坡詩學成就，蓋以宗韓、杜，多寫實及詠史之作，而未能擴大詩境之故也。梁任公曾謂：

> 以荊公比東坡，則東坡之千門萬戶，天骨開張，誠非荊公所及。而
>
> 荊公遒峭謹嚴，予學者以模範之跡，又似比東坡有一日之長。〔註68〕

然公論自在人心，荊公詩格固然高遠，然東坡詩才之大，詩什之夥，殆北宋之冠，其影響之深遠，較之有過而無不及，此亦不爭之事實。

終北宋之世，由於蘇東坡賦予宋詩新生命，奠定宋詩新面貌，是以黃庭堅繼之而出，有江西派之流風餘韻，繼而點明宋詩詩法，以啓南渡四大家。東坡擅長譬喻，詩多詼諧，富于理趣，各體精到，議論英爽，是以詩人才子忻慕焉，當時有「蘇門六君子」者，元祐間，東坡尤援引黃庭堅、秦觀、張耒、晁補之等人，一時詩風鼎盛。秦詩婉麗清新，張詩音節瀏亮，晚務平淡，故東坡謂秦得吾工，張得吾易也。晁補之才氣壯逸，黃庭堅清新奇峭，皆得東坡詩之一端。黃庭堅遊於蘇門，東坡賞其超軼絕塵，獨稱許之，自是聲名始振，元祐間，與東坡並稱「蘇黃」，又稱「坡谷」，庭堅宗杜詩之內容，究商隱之形式，於詩句詞語，用力尤深，詩作善化俗爲雅，多奇想佳句，拗峭豪險似荊公，立意新奇類東坡，此後呂本中尊崇之，復以一己詩作汪洋閎肆，兼備眾體發揚之，一時學者宗焉，乃有江西詩派之流衍；東坡詩承先啓後，於焉可知。

此外，理學家之詩，於北宋亦自成一格，邵雍，程頤可爲代表。邵氏安閑弘闊，怡然自得。觀其〈插花吟〉云：

---

〔註65〕參見《麓堂詩話》，頁 1386。
〔註66〕見《經進東坡文集事略》，冊下，卷五四，頁 875。
〔註67〕同註 66，卷六〇，頁 998。
〔註68〕見《梁啓超學術論叢》，史學類（二），頁 2262。

頭上花枝照酒巵，酒巵中有好花枝。身經兩世太平日，眼見四朝全盛時。

況復筋骸粗康健，那堪時節正芳菲。酒涵花影紅光溜，爭忍花前不醉歸？

〔註69〕

詩中多淡易平和，毫無華飾，以其心地空明，性靈豁達，自然流露，別有一番新意，蓋類於白居易之淡易詩風。程頤詩重運用，善以眼前景抒發悟道之理，如〈秋日偶成〉云：

閑來無事不從容，睡覺東窗日已紅。萬物靜觀皆自得，四時佳興與人同。

此時恬淡自在，趣味雋永，蓋出于寒山、拾得等遣興之作，與北宋詩風之重說理有不謀而合之處。

綜上而論：北宋詩壇乃奠定宋詩獨特風格關鍵，而尤以東坡擴展詩境、創作詩什，有承先啓後之功，獨步當時，不待置言。大抵而言，宋詩之特色在「以文字爲詩，以議論爲詩，以才學爲詩」，然尤有可觀之處，乃在宋詩創新之功，使詩不僅止於抒情，尚可議論、說理，遍及之題材，幾乎無物不可言、無事不可爲，雖氣多而韻少，然富于新奇妙趣，影響詩壇既深且鉅。

## 三、東坡個性才情

蘇東坡在中國文壇上，可說是一位天才，除擅於詩詞，辭賦散文亦膾炙人口，其繪畫書法，亦皆有創新之風貌，視之爲藝術家，當不爲過。然究其文學作品，固然受種族、時代、環境所左右，形成獨特之風格，然同等條件之蘇轍，何以詩名不顯？追根究柢，在於兩者個性才情大相逕庭，是以呈現迥然不同之詩風。

西諺有云：「天才祇是長久的耐苦。」東坡於政治上，承受無數打擊，然能堅持文學創作，終其一生，此其所以文名遠播，流傳千古。大抵上，文學藝術有所成就之詩人，皆有其獨特之個性，蘇東坡亦是如此。東坡曾於答李端叔書中云：

軾少年時，讀書作文，專爲應舉而已。既及進士第，貪得不已，又舉制策，其實何所有？而其科號爲直言極諫，故每紛然誦說古今，考論是非，以應其名耳。人苦不自知，既以此得，因以爲實能之，

---

〔註69〕 見《宋詩鑑賞集成》，頁168。

故讒謗至今，坐此得罪幾死，所謂齊虜以口舌得官，真可笑也。然
世人遂以軾爲欲立異同，則過矣。〔註70〕

此正印證其獨特之個性，常不爲人所知。所幸者，其以詩自嘲，稍能寬慰無
人理解之痛苦。觀其〈寶山晝睡〉詩云：

七尺頑軀走世塵，十圍便腹貯天眞。此中空洞渾無物，何止容君數百人。

〔註71〕

其情眞意實，心胸寬厚，儼然可見，讀此詩，只覺其機趣橫生，不若窮苦人
語，此實與東坡豪放不羈之個性有關。

蘇東坡天生即有樂天曠達之性格，浪漫之情懷。〈出峽〉詩云：

入峽喜巉巖，出峽愛平曠，吾心淡無累，遇境即安暢。東西徑千里，
勝處頗屢訪，幽尋遠無厭，高絕每先上。〔註72〕

天地萬物，盡羅胸中，是以恬淡自適，無往而不自得，尤以保有赤子之心，
尋幽探勝，正可觀其情意眞實之一面。東坡喜作詩，詩中屢屢表現此一曠達
精神，〈東坡〉詩云：

雨洗東坡月色清，市人行盡野人行。莫嫌犖确坡頭路，自愛鏗然曳杖聲。

〔註73〕

遭受貶謫，能仍保有清明心境，實非常人所能及，然東坡能自細微處領略恬
適之趣，此所以成爲東坡。及至晚年被謫惠州，東坡仍寫道：

白頭蕭散滿霜風，小閣藤床寄病容。報道先生春睡美，道人輕打五更鐘！

〔註74〕

晚年心境雖然蕭索，然曠達閒逸，數十年如一日，此一精神，乃東坡獨特個
性之表現，明乎此，方知出處順逆，東坡早已看淡，其始終堅守著，乃合乎
一己生活趣味之高格，亦即「江上之清風，與山間之明月，耳得之而爲聲，
目遇之而成色。取之無禁，用之不竭，是造物者之無盡藏也。」〔註75〕西諺
亦云：「大自然是無盡的寶藏」，二語有異曲同工之妙。

---

〔註70〕　見《經進東坡文集事略》，卷四七，頁795。
〔註71〕　見《蘇軾詩集》，卷九，頁451。
〔註72〕　同註71，卷一，頁44。
〔註73〕　同註71，卷二二，頁1183。
〔註74〕　同註71，卷四〇，頁2203。
〔註75〕　同註70，卷一，頁3。

　　究此曠達本質之形成，可歸因於其天性之善良，能洞察他人之憂苦。熙寧十年丁巳正月，除夜大雪，東坡留在濰州，元日放晴，遂行，中途雪復作，有詩云：

> 三年東方旱，逃戶連敧棟。老農釋耒歎，淚入飢腸痛。春雪雖云晚，
> 春麥猶可種。敢怨行役勞，助爾歌飯甕。〔註76〕

見民生疾苦，則以詩代言，充分表現其齊物濟時之心。拙著《烏臺詩案研究》，考其熙寧二年至元豐二年間，陸續為詩批評新法之弊，東坡頗多耿直之言，皆發端於不滿新法擾民，可知其體恤民疾，為民代言之心。不惟如此，東坡頗諳藥理，且樂於布施濟眾，王文誥《蘇文忠公詩編註集成》云：

> 公之言醫始於密州，讀仁宗所頒惠民濟眾方，輒榜以便民，後在黃
> 州，與龐安常善，遂究心此道，而帥杭則有病坊之設，至是竟以施
> 藥為事矣！〔註77〕

此後，東坡在海南講求《嘉祐本草》，尤以醫藥為用，北歸止於虔州，每日攜藥而出，遇有疾者，親為疏方發藥，此等利濟之心，全發自天性。東坡為人處事，常有與人為善之心。宋人筆記曾言：

> 蘇子瞻泛愛天下士，無賢不肖歡如也，嘗自言：「上可以陪玉皇大帝，
> 下可以陪田父乞兒。子由晦默，少許可，嘗裁子瞻交。」子瞻曰：「吾
> 眼前見天下無一個不好人，此是一病。」〔註78〕

大凡有度量之人，常有與人為善之舉，反之，則妒賢害能，如同小人行徑。東坡襟懷浩落，往往不察他人心術，握手言歡，傾訴平生事，其至遭人陷害，亦不改其度，俯仰自如，足見因詩賈禍，乃個性使然。東坡之善良，尚可見於日常行事中，東坡外集云：

> 東坡歸陽羨時，流離顛躓之餘，絕祿已數年，受梁吉老十絹百絲之
> 贐，可見非有餘者。李憲仲之子以四喪未舉而見公，則盡以助之。
> 且贈以詩云：「推衣助孝子，一溉滋陽旱。」其高誼蓋出於天資也。
> 〔註79〕

能傾盡所有，救人於危急之中，若非發大慈悲心，緣何使得？東坡曾費緡五百，傾囊購得一屋，後得知不肖子傾蕩家產，置老母於不顧，是以退還原屋，

---

〔註76〕 同註71，卷一五，頁713。
〔註77〕 見《蘇文忠公詩編註集成》，冊三，頁1304。
〔註78〕 見宋高文虎《蓼花洲閒錄》，冊四三二，頁11。
〔註79〕 同註71，卷二五，頁1333。

終不求彼償所值，此事頗爲後人所稱道；又以朱竹助一售扇者之資，亦爲世人所熟知，凡此種種，皆因其深富慈悲心，能同情他人之處境，常懷「人飢己飢，人溺己溺」之思，故能付諸於行動，呈現寬厚待人之一面。

　　猶有甚者，東坡澤及生物，可謂宅心仁厚。東坡元豐年知徐州，曾有放魚之舉，參寥美其「使君事道不事腹，杞菊終年食甘美。傳呼愼勿忤庖人，百步洪邊放清泚。回首無欺子產淳，漫道悠然泳波底。」〔註80〕元祐五年，東坡知杭州，時西湖半爲葑田，是以東坡請浚西湖，使蛟龍魚鼈不致成爲涸轍之鮒，此又一放生功德。之後知潁州，有〈西湖秋涸，東池魚窘甚，因會客，呼網師遷之西池，爲一笑之樂。夜歸，被酒不能寐，戲作放魚一首〉，中云：

　　　　吾僚有意爲遷居，老守縱饞那忍膾。〔註81〕

雖言戲作，然實發自眞情。無怪乎陳師道〈次韻蘇公西湖徙魚三首〉云：「居士仁心到魚鳥，會有微生化餘膾。寧容網目漏吞舟，誰肯烹鮮作苛碎。」〔註82〕美其心地仁慈，惠及魚鳥，可謂洞察其仁心者。

　　終其一生，東坡始終以慈悲爲懷。惠州興葺海會院時，東坡除施三十緡助之，並得寺旁陂池，以爲放生之用。然以所費不貲，是以徵得蘇轍、程之才大力鼎助，始克如願。陂池屢經更迭，惠人仍存之，立碑曰：「宋蘇文忠放生湖」，足見尊崇之一斑。〔註83〕東坡生前與僧佛往來，受想行識亦本「仁心」爲之，此又一證。

　　東坡樂天知命之人格特質，則肇端於宦途之升沈，人情冷暖可謂遍嘗。先是少年得志，才名震爆一時，此時頗有「丈夫重出處，不退要當前」之雄心大志。爾後以才見禍，處處譏訕新法，見之吟詠，致有「烏臺詩案」；貶謫至黃州，自云心境「夢繞雲山心似鹿，魂驚湯火命如雞」，余撰「烏臺詩案研究」，究其人生觀自是由激進轉入恬淡，詩文內容由時事轉爲田園，詩文形式漸趨圓融精妙，仕宦升沈乃有元祐黨爭，即可知此一轉變，於東坡思想啓迪，既深且鉅。〔註84〕

---

〔註80〕見宋釋道潛《參寥子詩集·虛白齋》，頁 15。
〔註81〕同註 71，卷三四，頁 1787。
〔註82〕見《後山集》，卷三，頁 3。
〔註83〕同註 77，頁 1331。
〔註84〕參拙著《烏臺詩案研究》，章五，頁 210。

東坡於〈黃州安國寺記〉云：

> 得城南精舍曰安國寺，有茂林脩竹，陂池亭榭，間三日輒往，焚香
> 默坐，深自省察，則物我兩忘，身心皆空，求罪垢所從生，而不可
> 得。一念清淨，染汙自落，表裡翛然，無所附麗。私竊樂之。旦往
> 而暮還者，五年於此矣！〔註85〕

五年之間，體悟「萬物皆備於我」，以致「物我兩忘，身心皆空」，渾然得此
精神上之超脫，心念清淨，及至妍媸俱照，無往而不自得，此是東坡樂天知
命之一端。觀其〈謝量移汝州表〉云：

> 隻影自憐，命寄江湖之上。驚魂未定，夢游縲紲之中。憔悴非人，
> 章狂失志。妻孥之所竊笑，親友至於絕交。〔註86〕

黃州生活，可謂孤獨，料此間東坡深悟「人情薄似秋雲」之理，是以元豐八
年，東坡元月發泗州，二月至南都，五月至常州居住，有〈歸宜興留題竹西
寺三首〉：

> 十年歸夢寄西風，此去真為田舍翁，剩覓蜀岡新井水，要攜鄉味過江東。
> 道人勸飲雞蘇水，童子能煎鶯粟湯。暫借藤床與瓦枕，莫教辜負竹風涼。
> 此生已覺都無事，今歲乃逢大有年。山寺歸來聞好語，野花啼鳥亦欣然。

〔註87〕

王文誥注云：公流竄七年，至是喘息稍定，勢不能無欣幸之意，此三詩皆發
於情之正也。故其意興灑落，倍於他詩〔註88〕。誠然，觀其詩意，常州乃一
絕美之也，若能久居其間，東坡心意足矣。然神宗崩逝，太皇太后召還東坡，
起知文登，東坡青雲直上，在京任中書舍人、翰林學士，掌知制誥，因黨爭
不已，自請外放，遂有二度赴杭事。詎料復以侍讀為禮部尚書，榮寵一時，
毀辱亦隨之而來。先是劉摯攻之於始進之時，劉安世攻之於既罷之後，目蘇
子瞻為川黨；及劉摯劾罷范純仁，代之為相，乃招徠羽翼，意欲傾覆子由，
是故有元祐黨爭。東坡為避子由親嫌，出知潁州。此後小人攻伐不已，東坡
元祐七年七月，始有和陶詩二十首。其六云：

> 百年六十化，念念竟非是。是身如虛空，誰受譽與毀。得酒未舉杯，

---

〔註85〕同註70，卷五四，頁872。
〔註86〕同註70，卷二五，頁409。
〔註87〕同註71，卷二五，頁1347。
〔註88〕同註87。

喪我固忘爾。倒床自甘寢，不擇菅與綺。〔註89〕

經歷富貴繁華，復歸平淡恬適，以其樂天知命，復感與淵明志同。蘇轍《子瞻和陶淵明詩集引》云：

> 東坡先生謫居儋耳，寘家羅浮之下，獨與幼子過負擔度海，葺茆竹而居之。日啖諸芋，而華屋玉食之念，不存於胸中。平生無所嗜好，以圖史爲園囿，文章爲鼓吹，至是亦皆罷去。猶獨喜爲詩，精深華妙，不見老人衰憊之氣。是時，轍亦遷海康，書來告曰：「古之詩人，有疑古之作矣，未有追和古人者也。追和古人，則始於東坡。吾於詩人，無所甚好，獨好淵明之詩。淵明作詩不多，然其詩質而實綺，癯而實腴，自曹、劉、鮑、謝、李、杜諸人，皆莫及也。吾前後和其詩，凡一百有九篇，至其得意，自謂不甚愧淵明。今將集而併錄之，以遺後之君子，其爲我志之！然吾於淵明，豈獨好其詩也，如其爲人，實有感焉。淵明臨終《疏》告儼等：『吾少而窮苦，每以家弊，東西游走，性剛才拙，與物多忤，自量爲己，必貽俗患，俛仰辭世，使汝等幼而飢寒。』淵明此語，蓋實錄也。吾眞有此病，而不早有知，平生出仕以犯世患，此所以深愧淵明，欲以晚節師範其萬一也。」〔註90〕

東坡不僅愛其詩，且慕其爲人，自謂「性剛才拙，與物多忤」，幾與淵明個性雷同。觀東坡一生，固然與物相忤，然則自言才拙，實不拙也。

東坡才情之高，不獨北宋之冠。其詩文詞賦，無一不精，無一不佳；至於繪畫書法，亦卓然一家，獨具風格。論其策、議、表、疏，慷慨陳詞，常行於所當行，止於不可不止；究其評論詩文、書法、繪畫，皆能垂後世以典型，綜觀其藝術成就，雖李、杜亦無以比鯨。

北宋古文運動儼然爲當時文壇主流，東坡文與歐陽修並稱「歐蘇」，同列唐宋八大家之一。其文汪洋恣肆，波瀾橫生，與韓文公並列，而有「韓潮蘇海」之稱。至於所爲詩什二千多首，風格多樣，莊諧並存，劉克莊贊其詩：

> 略如昌黎，有汗漫者，有典嚴者，有麗縟者，有簡淡者，翕張開闔，千變萬態，蓋自以氣魄力量爲之。〔註91〕

---

〔註89〕　同註71，卷三五，頁1885。
〔註90〕　見《欒城後集》，冊下，卷二一，頁1401。
〔註91〕　參見《後村詩話》，冊上，卷二。

蓋乃深知東坡詩之三昧者。東坡腹笥淵博，讀其詩，如非深究經史、諸子，必有幾許奧理未能體會，加之以詩風豪邁，無施不可，若非詳究文學底蘊，何申其義？趙翼言其「天生一枝健筆，爽如哀梨，快如并剪，有必達之隱，無難顯之情，此所以繼李杜爲一大家也。」〔註92〕可謂直指幽微，洞察深入，稱爲宋一大詩家，並不爲過。

東坡於藝術鑑賞及創作方面亦有獨到之處。宋四大書家爲蘇、黃、米、蔡，以東坡爲首。又曾和子由論書，自稱「吾雖不喜書，曉書莫如我，苟能通其意，常謂不學可。貌妍容有矉，璧美何妨櫝。端莊雜流麗，剛健含阿娜。」〔註93〕其對書法之見解，主外柔內剛，如「綿裡鐵」一般；且常謂「書如其人」，評歐陽修書法云：「用尖筆乾墨作方闊字，神采秀發，膏潤無窮。後人觀之，如見其清眸豐頰進趨曄如也。」〔註94〕以清眸豐頰形容字跡神秀，具體而微。其評蔡君謨書法云：

> 蔡君書天資既高，積學深，至心手相應，變態無窮，遂爲本朝第一。
> 然行書最勝，小楷次之，草書又次之，大字次之，分隸小劣。又嘗
> 出意作飛白，自言有翔龍舞鳳之勢，識者不以爲過。〔註95〕

品評書法，以至於表裡精粗無不到，若非熟諳書帖，斷難如是！東坡又喜品畫，以詩爲有聲畫，畫爲無聲詩，詩畫同源，實有至理。蓋言爲心聲，畫爲心眼，雖使用素材不一，然所表達之美感不二。楊維楨云：

> 蓋詩者心聲，畫者心畫，二者同體也。納山川草木之秀，描寫于有
> 聲者，非畫乎？覽山川草木之秀，敘述于無聲者，非詩乎？故能詩
> 者必知畫，而能畫者多知詩，由其道無二致也。〔註96〕

說法與東坡並無牴牾，東坡詩、書、畫可謂三絕，不僅書畫見稱於世，且詩文創作亦能達到「詩中有畫」之妙。

至於東坡詞，尤爲北宋巨擘。其詞一洗晚唐五代花間派之雕飾，而以豪放爲主，亦即使「歌者之詞」轉爲「詩人之詞」，至東坡，詞之境界開闊，題材豐富，體製斐然，而詩人製題之風，浸淫及詞，亦溯及東坡，儼然爲宋詞全盛時期。胡寅《酒邊詞序》言東坡：

---

〔註92〕見《甌北詩話》，頁56。
〔註93〕同註71，卷五，頁210。
〔註94〕見《東坡題跋》，卷四。
〔註95〕同註94。
〔註96〕見《東維子文集》，卷一一。

一洗綺羅香澤之態，擺脫綢繆宛轉之度，使人登高望遠，舉首高歌，

逸懷浩氣，超乎塵埃之外，於是花間爲皁隸，而耆卿爲輿臺矣！〔註97〕

誠然，東坡〈水調歌頭〉（明月幾時有）之逸興遄飛，〈念奴嬌〉（大江東去）之豪邁超逸，〈定風波〉（莫聽穿林打葉聲）之達觀諧趣，可謂柔媚於內，豪放於外，爲宋詞一大家！

東坡詞之特色，乃在情眞意實，純表其胸襟見識、情感意趣也。如〈江城子〉云：

十年生死兩茫茫，不思量，自難忘，千里孤墳，無處話淒涼。縱

使相逢應不識，塵滿面，鬢如霜。　　夜來幽夢忽還鄉，小軒窗，

正梳妝，相顧無言，惟有淚千行。料得年年腸斷處，明月夜，短

松岡。〔註98〕

一字一淚，扣人心弦，料鐵石之人，讀之亦應聲落淚，所謂悲淚當歌，東坡乃古今斷腸人之代言者。至於手足之情，於其詩詞中亦屢見不鮮。〈寄子由澠池懷舊〉（人生到處知何似），感慨聚散無常，實有感於與子由聚少離多，此乃眾所周知之名篇，而〈水調歌頭〉（安石在東海）亦提及友于之情，詞前序云：

余去歲在東武，作水調歌頭以寄子由，今年子由相從彭門百餘日，

過中秋而去，作此曲以別。余以其語過悲，乃爲和之，其意以不早

退爲戒，以退而相從之樂慰云。〔註99〕

詞中言及「我醉歌時君和，醉倒須君扶我」，手足之情，溢於言表。其餘贈友人之詞，不計其數，皆有感而發，無造作之辭，無怪乎李東陽論坡詩「情與事無不可盡」〔註100〕，觀其詞亦然。

大抵詩人能自成一家之言，須有才、膽、識、力，東坡可謂四者皆備，論其才，凡詩、賦、文、詞、書、畫，無施不可，且堪稱名家。論其膽，乃縱橫古今，以詩風喻，至死不移。究其識，可謂獨具隻眼，洞燭機先，乃開「豪放」詞風。至於力，足以蓋百世，終千古，七古長篇受天下人翕然從之，不可謂不大矣！是故葉燮《原詩》云：

〔註97〕見《酒邊詞序》。
〔註98〕見《東坡樂府箋》，頁121。
〔註99〕同註98，頁149。
〔註100〕見《麓堂詩話》，頁1386。

吾嘗觀古之才人，合詩與文而論之，如左邱明、司馬遷、賈誼、李白、杜甫、韓愈、蘇軾之徒，天地萬物皆遞開闔於其筆端，無有不可舉，無有不能勝，前不必有所承，後不必有所繼，而反有其愉快，如是之才，必有其力以載之，惟力大而才能堅，故至堅而不可摧也。歷千百代而不朽者以此。昔人有云：擲地須作金石聲。〔註101〕

東坡之個性樂天曠達，仁民愛物，其才情高邁，卓然成家，是以發之於詩，能獨具風貌，而其論詩之作，亦能獨具隻眼，良有以也！

〔註101〕見《原詩》，頁528。

# 第二章　東坡詩論及其實踐

　　詩學理論之確立，必有親自體察之工夫，方能周遍圓融，立於不敗之地。東坡乃有宋一大詩家，創作詩什達二千七百餘首，為北宋詩人之冠。觀其詩集，有揭示其詩論者，有實踐其詩論者，一一詳檢，可明其創作之道。

　　余遍覽東坡詩，詳繹其內容，參之以所著文篇，綜論之，東坡主要詩論有「詩窮後工說」、「詩有寄托說」、「詩貴真情說」、「詩應設譬說」、「詩宜使事說」五端，東坡咸以詩作明其論詩觀點。

　　茲分述其詩論所由，並列舉其代表詩作，以明其創作與理論合一之處。

## 第一節　詩窮後工說

　　東坡論詩，力倡「窮而後工」，不惟詩篇中屢屢言之，且每逢窮愁潦倒，則傾心力創作詩什，閱歷益多，感慨益深。其評論古今詩人，亦歸諸詩窮而後工，藉以自勉勉人。

　　自韓退之《荊潭唱和詩序》言及「歡愉之詞難工，窮苦之言易好」，歐陽修繼之，於《梅聖俞詩序》云：「非詩能窮人，殆窮者而後工也。」東坡更申言之，於〈僧惠勤初罷僧職〉一詩中，言此一理論乃聞之於歐陽修。詩云：

　　　　非詩能窮人，窮者詩乃工。此語信不妄，吾聞諸醉翁〔註1〕。

吾人詳觀東坡詩什，早期已有此言，謂詩必窮而後工，屢見不鮮。詩云：

　　　　詩人例窮寒，秀句出寒餓。〔註2〕

---

〔註 1〕見《蘇軾詩集》，卷一二，頁 577。
〔註 2〕同註1，卷四，頁 159。

> 詩人例窮苦，天意遣奔逃。……失意各千里，哀鳴聞九皋〔註3〕。

> 天憐詩人窮，乞與供詩本。〔註4〕

> 遣子窮愁天有意，吳中山水要清詩。〔註5〕

> 孤芳擢荒穢，苦語餘詩騷。〔註6〕

> 飢鳴自腸喚，空壁轉飢鼠。詩從肺腑出，出輒愁肺腑。〔註7〕

> 二子緣詩老更窮，人間無處吐長虹。〔註8〕

此皆元豐二年「烏臺詩案」出獄前詩，東坡每以此一理論，勉人處困厄之時，致力創作，至於李、杜之窮愁，孟郊之苦吟，亦給予東坡「詩窮後工」之聯想。然此時雖因政壇失意，有窮途之歎，實未經患難，鮮少以此一理論自比。詩案之後，謫居黃州五年，此說轉為自喻，詩云：

> 落第汝為中酒味，吟詩我作忍飢聲。〔註9〕

> 逐客不妨員外置，詩人例作水曹郎。〔註10〕

> 古來百巧出窮人，搜羅假合亂天真，詩書與我為麴蘖，醞釀老夫成縉紳。
>
> 〔註11〕

烏臺詩案乃東坡政治轉捩點。出獄時，東坡自覺試拈詩筆已如神，此沈痛語。被貶檢校尚書水部員外郎，純屬虛職，並無實事，東坡有感己如何遜、張籍，權充水部郎，其後困窘可想而知。難能可貴者，東坡以「詩窮後工」自勉，故以「百巧出窮人」自喻，此時，東坡初歷憂患，已確立此一詩學理論，於《次韻王鞏南遷初歸》詩之一，言之甚詳。詩云：

> 問君謫南賓，野葛食幾尺？逢人瘴髮黃，入市胡眼碧。

> 三年不易過，坐睍倚天壁。歸來貌如故，妙語仍破鏑。

> 那能廢詩酒，亦未妨禪寂。願為尚書郎，還賜上方舄。〔註12〕

---

〔註3〕 同註1，卷六，頁267。
〔註4〕 同註1，卷九，頁452。
〔註5〕 同註1，卷一四，頁697。
〔註6〕 同註1，卷一六，頁796。
〔註7〕 同註1，卷一六，頁797。
〔註8〕 同註1，卷一八，頁948。
〔註9〕 同註1，卷一九，頁1005。
〔註10〕 同註1，卷二○，頁1032。
〔註11〕 同註1，卷二一，頁1117。
〔註12〕 同註1，卷二二，頁1174。

據《續通鑑長編》元祐六年六月註載劉摯云：「鞏奇俊有文辭，然不就規檢，喜立事功，往往犯分，躁於進取。坐事，安患難，一不戚於懷，歸來，顏色和豫，氣益剛實，此其過人遠甚，不得謂無入於道也。」東坡此詩，既言王鞏窮至之後，容貌如故，志氣益厲，亦肯定其詩語精妙，乃得之於遷謫之賜予。故知東坡於黃州時，體悟此一理論，且確立此一理論，當無庸置疑。

此後，自黃移汝，乞常州居住，歸宜興，其間有〈孫莘老寄墨四首〉其四云：

> 吾窮本坐詩，久服朋友戒。五年江湖上，閉口洗殘債。
>
> 今來復稍稍，快癢如爬疥。先生不譏訶，又復寄詩械。
>
> 幽光發奇思，點黮出荒怪。詩成自一笑，故疾逢蝦蟹。〔註13〕

此詩已明知「因詩而窮」、「因窮詩愈工」，然無意擱筆，乃天性使然。於此，亦可知東坡明白「詩是窮人物」，在失意之際，唯詩足以宣洩胸中鬱悶！元豐八年六月，東坡還朝，及至元祐四年三月，乃一生仕宦得意之秋，然猶持此一理論，旁徵博引，以勉王鞏。其〈次韻和王鞏〉詩云：

> 謫仙竄夜郎，子美耕東屯，造物豈不惜，要令工語言。
>
> 王郎年少日，文如瓶水翻。爭鋒雖剽甚，聞鼓或驚奔。
>
> 天欲成就之，使觸羝羊藩。孤光照微陋，耿如月在盆。
>
> 歸來千首詩，傾瀉五石樽。卻疑彭澤在，頗覺蘇州煩。
>
> 君看騶忌子，廉折配春溫。知音必無人，壞壁掛桐孫。〔註14〕

引李白之長流夜郎，杜甫之躬耕東屯，乃詩人窮厄之尤，然終能以語工見稱於世，勉王鞏不可進退失據，仍應努力不輟，以作詩為樂。此間，東坡曾自言王晉卿作《烟江疊嶂圖》；而東坡賦詩十四韻，晉卿和之，語特奇麗。因復次韻，紀其詩畫之對，與夫出處契闊，終之以不忘在莒之戒，以明朋友忠愛之義。詩中，東坡謂晉卿：

> 卻因瘦病出奇骨，鹽車之厄寧非天。風流文采磨不盡，水墨自與詩爭妍。
>
> 〔註15〕

雖遇貶謫，然詩畫益見「清奇」，對於橫逆之來，東坡逕以天意屬之，勉其「不忘在莒」之志，常存惕厲之思。此後，東坡於〈呈定國〉詩中亦言：

---

〔註13〕同註1，卷二五，頁1323。

〔註14〕同註1，卷二七，頁1441。

〔註15〕同註1，卷三〇，頁1608。

舊病應逢醫口樂，新粧漸畫入時眉。信知詩是窮人物，近覺王郎不作詩。
〔註16〕

此時，定國自賓州鹽酒稅還朝。據《烏臺詩案》云：收蘇軾有譏諷文字不申繳入司者二十九人，王鞏名列第一。《淮海集》載元豐二年，眉陽蘇公用御史言，文涉謗訕，責黃州團練副使。於是梁國張公、涑水司馬公等三十六人，素厚善眉陽，得其文字，不以告，皆罰金。而太原王定國，獨謫監賓州鹽稅。又《續通鑑長編》載定國：「坐事，竄南荒三年，安患難，一不戚於懷，歸來，顏色和豫，氣益剛實。……元祐初，司馬光甚悅之，以爲宗正寺丞。意欲有功名，不免時復上書，又有犯分之舉。通判揚州，在任，皎皎當事，府賴以治。更謝景溫、王安禮二守，皆相歡甚，於是又有少年之過。代還，除知海州，不滿，意有所干請。呂大防愛其才，憐其有志，改與密州。言者交攻，仍下淮南考按。轉運使張修言有狀，然不指其實跡，乃罷密州，時到官數月矣。還京，索寞久之，用恩例，乞得太平觀，復除宿州。言者交攻之，再下本州考按。林積之意，以爲無事，而其言婷娜不堅決。言者劾積罔上，請再體量，於是中書具坐。諫官鄭雍、姚勔章疏，下淮南提點刑獄王桓按實。鞏曰：是必欲取其有罪而後已，不可留矣。乃去南京，以待官期。」當東坡爲此詩時，乃元祐四年在翰林學士知制誥兼侍讀任。時定國正宗正寺丞任，乃境遇最平順之時，故東坡有是言，感其詩作日少，以此詩催其作詩，然此間不乏自勉之意。蓋詩欲其工，必飽諳人情世故，嬰世患方出巧思，此乃東坡深有所得者。元祐五年，東坡知杭州，二次赴杭，旋即於六年正月遷吏部尚書，二月，以翰林學士承旨召還，三月，察視湖、蘇二郡水災，四月，至淮上，五月，自南都到闕，六月，兼侍讀，八月，除龍圖閣學士知潁州軍州事。七年，復知揚州軍州事，八月，以龍圖閣學士守兵部尚書差充南郊鹵簿使召還，十一月，遷端明殿學士兼翰林侍讀學士，充河北西路安撫使兼馬步軍都總管，知定州軍州事，直至紹聖元年甲戌閏四月，東坡因新舊黨爭不已，時而出典方郡，時而召還京師，詩中言及：

空腸出秀句，吟嚼五味足。〔註17〕
秀語出寒餓，身窮詩乃亨。〔註18〕

---

〔註16〕 同註1，卷三一，頁1639。
〔註17〕 同註1，卷三二，頁1705。
〔註18〕 同註1，卷三三，頁1750。

　　平生坐詩窮，得句忍不吐。〔註19〕

　　惡衣惡食詩愈好，恰是霜松囀春鳥。〔註20〕

　　餓眼眩東西，詩腸忘早晏。〔註21〕

　　無事不妨長好飲，著書自要見窮愁。〔註22〕

　　黃金散行樂，清詩出窮愁。〔註23〕

所主無非寒餓出秀語，唯窮愁之餘，愈見詩風清奇，而可貴者，乃以一己親身歷經貶謫之苦，期勉著書作詩，是以時見於詩什中。當其至惠州，有詩云：

　　爾來子美瘦，正坐作詩苦，袖手焚筆硯，清篇真漫與。〔註24〕

此時於杜甫「老來漸於詩律細」獨有所悟，亦以此勉程正輔雖見絀，當釋懷以俟異日。而後東坡至儋州，常以此自勉，而有以下數語：

　　人間無正味，美好出艱難。〔註25〕

　　淵明墮詩酒，遂與功名疎。〔註26〕

此乃「詩是窮人物」、「詩窮而後工」之體悟後，進而言詩與名利無緣之證。此後北歸，東坡云：

　　心閑詩自放，筆老語翻疎。〔註27〕

　　安心有道年顏好，遇物無情句法新。〔註28〕

益可發明其論詩主窮而後工之說法，故吾人遍覽東坡詩集，即可得知此一理論，東坡不僅贊同，且以一生經歷印證之。

　　觀東坡一生失意之際，約有四耑。自嘉祐二年進士及第，至熙寧二年二月還朝，大抵安適。然自王安石專政，呂惠卿、曾布疊為謀主，盡變宋成法，以亂天下，正儇少競進之日，群小得志之秋，東坡議論與安石忤，安石惡之。熙寧三年，復因〈擬進士對御試策〉與安石異論。熙寧四年，王安石欲變亂科舉，興學校，詔兩制三館議之，東坡以為變改無益，徒為紛亂以患苦天下，

---

〔註19〕同註1，卷三四，頁1799。

〔註20〕同註1，卷三五，頁1871。

〔註21〕同註1，卷三五，頁1897。

〔註22〕同註1，卷三五，頁1903。

〔註23〕同註1，卷三五，頁1906。

〔註24〕同註1，卷三九，頁2109。

〔註25〕同註1，卷四二，頁2315。

〔註26〕同註1，卷四三，頁2356。

〔註27〕同註1，卷四四，頁2394。

〔註28〕見《經進東坡文集事略》，卷二五，頁409。

上〈議學校貢舉狀〉，神宗即日召見，意頗中之，東坡言於同列，安石不悅，因命權開封府推官，將困之以事。二月，上神宗書，三日，復上神宗書，奏上皆不報，因考試開封進士發策，以「晉武平吳獨斷而克，苻堅伐晉以獨斷而亡，齊桓公專任管仲而霸，燕噲專任子之而敗，事同而功異」為問，安石滋怒，會詔舉諫官，翰林學士兼侍讀范鎮推舉東坡，安石懼，疾使謝景溫力排之，誣奏其過，安石窮治無所得。復聞神宗論諭司馬光言己非佳士，因乞補外，六月以太常博士直史館通判杭州。杭州三年五個月，赴密州太守任，二年五個月轉赴徐州太守，一年半後赴湖州知軍州事，旋即因「烏臺詩案」披禍。當其通判杭州，蓋因政治立論與執政者相左，一心思裨補時政，竟未獲青睞，其落寞之情可想而知，此即首次失意事也。觀其詩云：

> 今我身世兩悠悠，去無所逐來無戀。〈泗州僧伽塔〉
>
> 羨子去安閒，吾邦正喧闐。〈劉貢父〉
>
> 出試乃大謬，芻狗難重陳。〈劉莘老〉
>
> 眼看時事力難勝，貪戀君恩退未能。〈初到杭州寄子由二絕〉
>
> 盛衰哀樂兩須臾，何用多憂心鬱紆。〈游靈隱寺，得來詩復用前韻〉
>
> 讀書萬卷不讀律，致君堯舜知無術。〈戲子由〉
>
> 作隄捍水非吾事，閑送苕溪入太湖。〈贈孫莘老七絕〉
>
> 無象太平還有象，孤烟起處是人家。〈山村五絕其一〉
>
> 但令黃犢無人佩，布穀何勞也勸耕。〈山村五絕其二〉
>
> 豈是聞韶解忘味，邇來三月食無鹽。〈山村五絕其三〉
>
> 贏得兒童語音好，一年強半在城中。〈山村五絕其四〉
>
> 東海若知明主意，應教斥鹵變桑田。〈八月十五日看潮五絕〉

此時心中有不平之鳴，發為詩什，亦牢騷滿腹，泰半針對新法不便民而言，於登山臨水之際，有歸思之意，俱為抑鬱不得志之故也。

其次，東坡曾言及貶謫黃州、惠州、儋州，為其失意事，亦為其功業成就之時也。〈自題金山畫像〉詩云：

> 心似已灰之木，身如不繫之舟，問汝平生功業，黃州、惠州、儋州。

〔註29〕

道出己一生至窮之際，即此三處。東坡曾自言黃州五年，「隻影自憐，命寄江湖之上。驚魂未定，夢遊縲紲之中。憔悴非人，章狂失志。妻孥之所竊笑，

---

〔註29〕 卷四八，頁 2641。

親友至於絕交。疾病連年，人皆相傳爲已死。饑寒併日，臣亦自厭其餘生。」
〔註30〕東坡自二十四歲初歷仕宦，本欲有所爲，奮勵有當世之志，故出守杭、
密、徐、湖，因法便民，以詩言志。詎料新法人士「摘其語以爲謗，遣官逮
赴御史獄」〔註31〕，是以元豐二年有「烏臺詩案」。鍊獄百三十日，東坡詩言：
「予以事繫御史臺獄，獄吏稍見侵，自度不能堪，死獄中，不得一別子由，
故作詩授獄卒梁成，以遺子由」。其二云：

> 柏臺霜氣夜淒淒，風琅瑞月向低。夢繞雲山心似鹿，魂驚湯火命如雞。
> 眼中犀角眞吾子，身後牛衣愧老妻。百歲神遊定何處？桐鄉知葬浙江西。

〔註32〕

柏臺即御史臺，宋代爲官者雖犯罪，亦不能免臺吏訊問之扑責，東坡在獄中，
冬夜酷寒，徹夜不眠，此時心境淒清，月下益見慘然。是故言心似鹿撞，命
魂如雞，可知其悸怖之情。是故申言愧對妻子之勸喻，因詩獲罪，此間自忖
來日不多，又聞杭、湖間民爲其作解厄道場累月，故祈能如西漢朱邑爲官愛
民，死後葬於桐鄉，受人奉祠。此即所以貶謫黃州之後，詩云「卻對酒杯疑
是夢，試拈詩筆已如神」〔註33〕、「平生文字爲吾累，此去聲名不厭低」之故。
當其正月二十日過關山，曾有〈梅花〉二首，落寞之情，溢於言表。詩云：

> 春來幽谷水潺潺，的皪梅花草棘間。一夜東風吹石裂，半隨飛雪渡關山。

〈其一〉

> 何人把酒忍深幽？開自無聊落更愁。幸有清溪三百曲，不辭相送到黃州。

〈其二〉〔註34〕

詩人將情感投射在梅花上，梅花即東坡之化身，此刻置身草棘中，春風吹拂，
竟伴隨飛渡關山。詩人心境淒傷，所見無非「幽苦」、「草棘」、「吹石裂」、「隨
飛雪」之景象，毫無欣喜之情。此其一。又梅花之開既窮極無聊之景，心境
之深幽，更無人把酒相慰，此時詩人將清溪擬人化，寄予滿腔愁思以慰落寞
之情，更見其悵惘已極。此其二。觀東坡至黃州後，歸誠佛僧，益可知其自
新之方。〈黃州安國寺記〉一文，載東坡言至黃時「舍館粗定，衣食稍給，
閉門卻掃，收召魂魄」，因而思有以振作，得城南精舍曰安國寺，乃「間三

---

〔註30〕 同註28，頁999。
〔註31〕 同註1，頁2806。
〔註32〕 同註1，卷一九，頁998。
〔註33〕 同註1，卷一九，頁1005。
〔註34〕 同註1，卷二〇，頁1026。

日輒往，焚香默坐，深自省察，則物我兩忘，身心皆空，求罪垢所從生，而不可得。」〔註35〕往往且往暮還，五年不輟。此無非求取心靈之安適。不惟如此，此間亦覃思於《易》《論語》，端居深念，若有所得，遂作《易傳》九卷、《論語說》五卷，自謂「窮苦多難，壽命不可期」，唯窮不忘道，老而能學，以此期勉，言下之意，老亦無所歸，殆亦老於黃州〔註36〕，由是可知其精神之苦悶。至於物質，亦如是。黃州五年，東坡常飢不飽腹，〈東坡〉八首敘云：

> 余至黃州二年，日以困匱。故人馬正卿哀余乏食，為於郡中請故營地數十畝，使得躬耕其中。地既久荒為茨棘瓦礫之場，而歲又大旱，墾闢之勞，筋力殆盡。釋耒而歎，乃作是詩，自愍其勤，庶幾來歲之入以忘其勞焉。詩云：
> 廢壘無人顧，頹垣滿蓬蒿。誰能捐筋力，歲晚不償勞。獨有孤旅人，天窮無所逃。端來拾瓦礫，歲旱土不膏。崎嶇草棘中，欲刮一寸毛。喟然釋耒歎，我廩何時高？〔註37〕

前此，東坡〈答秦觀書〉已言「初到黃，廩入既絕，人口不少，私甚憂之，但痛自節儉，日用不得過百五十。每月朔，便取四千五百錢，斷為三十塊，掛屋梁上。平旦用畫叉挑取一塊，即藏去叉，仍以大竹筒別貯，用不盡者以待賓客」〔註38〕其困窮若此。而此時復躬耕田畝，自稱「孤旅人」，自言「天窮無所逃」，加以驚魂未定，親友斷絕，身心之困乏可想而知，是故詩中有窮至之語。詩云：

> 早晚青山映黃髮，相看萬事一時休。〈今年正月十四日，與子由別於陳州，五月復至齊安，以詩迎之〉
> 嗟予潦倒無歸日，今汝蹉跎已半生。〈姪安節遠來夜坐三首其一〉
> 誰能伴我田間飲，醉倒惟有支頭磚。〈次韻孔毅父久旱已而甚雨三首〉
> 若問我貧天所賦，不因遷謫始囊空。〈次韻和王鞏六首其五〉
> 夢中舊事時一笑，坐覺俯仰成古今。〈和蔡景繁海州石室〉
> 且撼長條餐落英，忍飢未擬窮呼昊。〈再和潛師〉

〔註35〕同註28，卷五四，頁872。
〔註36〕同註28，卷四四，頁760。
〔註37〕同註1，卷二一，頁1079。
〔註38〕《蘇文忠公詩編註集成》總案，頁809。

心境轉變，乃自頹廢中力圖振作，而物質匱乏，又非東坡所掛心者。黃州五年，絕口不提政事，日與僧道談禪說理，時偕野老遊賞臨釣，頗為悠閑，然猶不能忘卻家國之思，而思有以復起。元豐七年三月，告下特授檢校尚書水部員外郎汝州團練副使，本州安置，不得簽書公事。十月十九日乞常州居住，元豐八年二月，告下常州居住，方稍喘息。爾後自元豐八年六月復朝奉郎，起知登州軍州事，迄元祐八年十月至定州任，其間雖外放至杭州、穎州、登州，然大抵而言，位居臺閣，出典方郡，得以一償宿願，施展抱負，堪稱得意。及至哲宗親政，外放定州，已稍不自安，詩中多慨歎語。紹聖新政，朝局大亂，虞策、來之邵復祖述沈括、何正臣、舒亶等訕謗之說，摭兩制語論奏。元祐九年閏四月，告下坐前掌制命，語涉譏訕，落端明殿學士兼翰林侍讀學士依前左朝奉郎，責知英州軍州事。劉拯復祖述沈括、何正臣、舒亶等訕謗之說，摭兩制語論奏，告下，仍知英州，自是已三改謫命矣！六月，章惇、蔡卞、張商英等復祖述沈括、何正臣、李定等訕謗之說，以議東坡罪。二十五日告下落承議郎責授建昌軍司馬，惠州安置，不得簽書公事。東坡盡遣家累，自赴嶺表，獨挈過與朝雲赴江州。東坡曾自言惠州生活貧困，較黃州有過之而無不及，詩云：

> 爛煮葵羹斟桂醑，風流可惜在蠻村。〈新釀桂酒〉
>
> 欲求公瑾一囷米，試滿莊生五石樽。〈惠守詹君見和，復次韻〉
>
> 箕踞狂歌老瓦盆，燎毛燔肉似羌渾。〈詹守攜酒見過，用前韻作詩，聊復和之〉
>
> 青浮卵椀槐芽餅，紅點冰盤藿葉魚。〈三月十九日，攜白酒、鱸魚過詹使君，食槐葉冷淘〉
>
> 我飽一飯足，薇蕨補食前。門生饋新米，救我廚無煙。斗酒與隻雞，酣歌餞華顛。〈和陶歸園田居六首其一〉
>
> 豈知江海上，落英亦可餐。典衣作重陽，徂歲慘將寒。無衣粟我膚，無酒嚬我顏。貧居真可歎，二事常相關。〈和陶貧士七首其五〉
>
> 未敢叩門求夜話，時叮送米續晨炊。知君清俸難多輟，且覓黃精與療飢。〈答周循州〉
>
> 芥藍如菌草，脆美牙頰響。白菘類羔豚，冒土出蹯掌。誰能視火候，小竈當自養。〈雨後行菜圃〉

綜上而言，東坡初到惠州，猶且餔糟啜醨，以酒自遣，然苦況日增，竟至須人接濟送米，食野荼，餐落英，自錦衣玉食之臺閣大員，以至於典衣乞食，一如貧士，此非人所能堪者，而東坡甘之若飴。〈擷菜〉詩引東坡言：

> 吾借王參軍地種菜，不及半畝，而吾與過子終年飽飫，夜半飲醉，無以解酒，輒擷菜煮之。味含土膏，氣飽風露，雖梁肉不能及也。
>
> 人生須底物，而更貪耶？〔註39〕

遭逢如此困境，不怨天、不尤人，若非耿介君子，何能如是？無怪乎遷徙再三，處之泰然，安之若素。觀其〈遷居〉詩引云：

> 吾紹聖元年十月二日，至惠州，寓居合江樓。是月十八日，遷於嘉祐寺。二年三月十九日，復遷於合江樓。三年四月二十日，復歸於嘉祐寺。時方卜築白鶴峰之上，新居成，庶幾其少安乎？〔註40〕

居處不定，東坡隨遇而安，但祈時來運轉，雨過天青。然厄運不已，東坡〈縱筆〉詩云：「為報先生春睡美，道人輕打五更鐘」〔註41〕，章惇等人以其安穩，復於紹聖四年四月祖述沈括、何正臣等人訕謗之說，重議公罪。十七日出告身責授瓊州別駕，昌化軍安置，不得簽書公事。十九日，東坡寘家惠州，遂挈過行。此時，東坡年已六十二，遭此斥逐，心境蕭索，憂患日深。詩云：

> 我少即多難，邅回一生中。〈次前韻寄子由〉
>
> 昔我未嘗達，今者亦安窮。〈和陶擬古九首其二〉
>
> 年來萬事足，所欠惟一死。〈贈鄭清叟秀才〉
>
> 殘年飽飯東坡老，一墼能專萬事灰。〈儋耳〉
>
> 平生多難非天意，此去殘年盡主恩。〈次韻王鬱林〉

古詩云「悲淚可以當歌」，東坡此時，詩句泰半有此意，心境孤寂，於焉可見。

儋耳苦況，較黃州、惠州為甚，幾至食芋飲水，典衣乞米，無以維生矣！詩云：

> 五日一見花豬肉，十日一遇黃雞粥。土人頓頓食諸芋，薦以薰鼠燒蝙蝠。舊聞蜜唧嘗嘔吐，稍近蝦蟆緣習俗。〔註42〕

入鄉隨俗，東坡至此不得不親栽荼蔬，聊以飽腹。〈和陶下潠田舍穫〉詩云：

---

〔註39〕 同註1，卷四○，頁2202。
〔註40〕 同註1，卷四○，頁2195。
〔註41〕 同註1，卷四○，頁2203。
〔註42〕 同註1，卷四一，頁2258。

黃菘養土膏，老楮生樹雞。未忍便烹煮，繞觀日百回。〔註43〕

食黃菘、木耳，猶言繞觀百回，不忍烹煮，可見海南食物匱乏。復觀其〈量移廉州謝表〉云：

風波萬里，顧衰病以何堪。煙瘴五年，賴喘息之猶在。憐之者嗟其已甚，嫉之者謂其太輕。考圖經正繫海隅，以風土疑非人世。食有併日，衣無禦冬，淒涼一生，顛躓萬狀。恍若醉夢，已無意於生還。

〔註44〕

集老病窮愁於一身，東坡真可謂古今詩人困厄之集大成者。觀其北歸詩云：

作詩頗似六一語，往往亦帶梅翁酸。〈歐陽晦夫遺接羅琴枕，戲作此詩謝之〉

懸知合浦人，長誦東坡詩。〈留別廉守〉

莫為柳儀曹，詩書教氓獠。〈將至廣州，用過韻、寄邁迨二子〉

心閒詩自放，筆老語更疎。〈廣倅蕭大夫借前韻見寄，復和答之，二首〉

雨已傾盆落，詩仍翻水成。〈次韻江晦叔兩首〉

可知晚年詩作，已臻化境，未嘗非窮愁潦倒使然也。茲錄其初赴杭五首、貶謫黃州五首、定州軍州任一首、貶謫惠州五首、儋州五首，以證其詩窮而後工。

**遊金山寺**　熙寧四年十一月（杭州通守任）

我家江水初發源，宦遊直送江入海。聞道潮頭一丈高，天寒尚有沙痕在。
中冷南畔石盤陀，古來出沒隨濤波，試登絕頂望鄉國，江南江北青山多。
羈愁畏晚尋歸楫，山僧苦留看落日。微風萬頃靴文細，斷霞半空魚尾赤。
是時江月初生魄，二更月落天深黑。江心似有炬火明，飛焰照山棲鳥驚。
悵然歸臥心莫識，非鬼非人竟何物。江山如此不歸山，江神見怪驚我頑。
我謝江神豈得已，有田不歸如江水。〔註45〕

東坡自熙寧三年，議論與新法不合，見忤於當朝，遂請外任。熙寧四年七月，離京赴杭州任。十一月初三，途經鎮江金山，訪寶覺、圓通二僧，夜宿寺中而有此詩。

---

〔註43〕同註1，卷四二，頁2316。
〔註44〕同註28，卷二六，頁446。
〔註45〕同註1，卷七，頁308。

全詩二十二句，前八句寫金山山水形勝，中十句寫登臨遠眺之景，末四句抒發此行之感。詩中思鄉之情，躍然紙上，深味之，則仕宦之失意引發歸思，由此可知。

歷來評論此詩，蓋賞其結構謹嚴，筆筆勁健，音節甚短然波瀾甚闊。〔註46〕汪師韓《蘇詩選評箋釋》則言「一經作縹緲之音，覺自來賦金山者，極意著題，正無從得其神韻」，指明此詩特點，乃風神高華，特出清新。此正東坡論詩所主「賦詩必此詩，定非知詩人」，寫金山而著力於情，可謂自出蹊徑也。

首二句雖似口語，然已點明「金山寺」所在。施補華《峴傭說詩》云：「蓋東坡家眉州，近岷江，故曰江初發源，金山在鎮江，下此即海，故曰送江入海。」〔註47〕王文誥評曰：「一語破的，已具傳《禹貢三江考》本領。」由此可知，東坡熟諳地理形勢。三、四兩句寫眼前景，潮水漲落，歷歷在目，雖未言其聲響，然已自具聲色，長江景觀，概括無遺。五、六兩句言金山之方位及特色。金山位於江中，爲波濤出沒之中流砥柱，而以「天下第一泉──中泠泉」著名。七、八兩句轉寫己所在之處，總結眼前所思所見，並發抒「有田不歸」之感，乃全文樞紐。

自「羈愁畏晚尋歸楫」句，自「望鄉」發端，著力刻劃江心勝景。東坡不受朝廷重用，自請補外，此時羈旅之感，牽引「愁思」，欲尋歸楫，道出思鄉之情。「微風萬頃靴文細，斷霞半空魚尾赤」，以靴紋喻江上波紋。以魚尾赤形容斷霞半空，意象鮮明，色彩絢爛，境界極爲壯美，無怪乎歷來詩家賞其「長於比喻」。「是時」句點明此時正初三，月初生魄，不覺其造作之痕，然重點仍在「二更」句。「月落天深黑」與「江心炬火明」對照，愈顯其意象鮮活；此時忽見飛焰出、棲鳥驚，靜中有動，動中有靜，是故低徊不已，點出此行之「游」，不能無悵惘之情，走筆至此，時空縮合，預作喟歎之伏筆。

末四句中「江神驚怪」，乃設想之辭。蓋東坡自覺冥頑不靈，未能辭官返鄉，轉而以「江神」警語出之，方能點出一己「無奈」之情，家無薄田，若言歸隱，何以維生？然一「謝」字，又點明其轉化之妙也！

此詩屬七言古詩，結構嚴謹，層次分明，且動靜相生，有無相成，足見東坡想像力之豐富，其筆力之勁峭，又非凡人之能，無怪汪氏賞其「遠韻」，頗句隻眼。

---

〔註46〕同註45。
〔註47〕參見《峴傭說詩》。

**吳中田婦歎**　熙寧五年冬（杭州通守任）

今年粳稻熟苦遲，庶見霜風來幾時，霜風來時雨如瀉，杷頭出菌鐮生衣。
眼枯淚盡雨不盡，忍見黃穗臥青泥。茆苫一月隴上宿，天晴穫稻隨車歸。
汗流肩赬載入市，價錢乞與如糠粞。賣牛納稅拆屋炊，慮淺不及明年飢。
官今要錢不要米，西北萬里招羌兒。龔黃滿朝人更苦，不如卻作河伯婦。
〔註48〕

熙寧五年，王安石新法逐次施行，東坡有感而發，遂有諷諭新法之作。
江南秋雨成災，東坡行經湖州，見此苦況，遂有虐政害民之歎。題下云「和
賈收韻」，蓋賈耘老也，耘老頗慕東坡，有《懷蘇集》一卷。

全詩共十六句，前八句描繪江浙災民之苦況，後八句刺新法虐民，甚於
秋潦。借吳中田婦言以發抒一己不平之鳴，用語激切，情感真摯。

前四句謂江南本有早、中、晚三穫，今年獨晚穫收成，究其因，乃雨潦
所致。只見杷出菌、鐮生衣，即知災情不輕。紀昀評此四句云：常景寫成奇
句，意謂以農具鏽蝕以言收成不佳，具體而微，頗有暗示作用也。

「眼枯」以下四句，化用杜甫〈新安吏〉詩「莫自使眼枯，收汝淚縱橫，
眼枯即見骨，天地終無情」典，借言農婦之憂傷，以言恐稻穗之傾頹泥田，
所幸一月守候，終獲天晴得以收成。此四句描繪農婦之憂喜，細膩而深至。

「汗流」四句言穀價極賤，以至於與糠粞無異，可歎勤於耕種，收入卻
微。加之以賦稅沈重，以致須賣牛以償，亦無法顧及來年生計也！此非農婦
始料所及，然其窮愁無奈，亦無可如何者！

末四句言新法中如青苗、免役法等，皆以錢為值，農家米賤，無以償其
所值，況西北用兵，愈逼民以支應所需，可歎滿朝盡是龔遂、黃霸般之賢吏，
竟無人卹民疾苦，無怪吳中田婦自歎生不如死也！

全詩一氣呵成，富深切之關懷。前八句言天災猶可活民，後八句言苛政
則猛於虎。朝廷新法人士逕以功名為念，是故吏逼民、民哀號，此東坡親睹
其狀，遂發為慨歎，其間諷諭當朝，正所以歎一己政治抱負未能施展，語語
沈痛，與杜甫「三吏」、「三別」有異曲同工之妙，而後《山村》五絕遍言新
法種種不便，終至因詩賈禍！

---

〔註48〕同註1，卷八，頁404。

**法惠寺橫翠閣** 熙寧六月正月（杭州通守任）

朝見吳山橫，暮見吳山縱。吳山故多態，轉折為君容。幽人起朱閣，
空洞更無物。惟有千步岡，東西作簾額。春來故國歸無期，人言秋
悲春更悲。已泛平湖思濯錦，更看橫翠憶峨眉。雕欄能得幾時好，
不獨憑欄人易老。百年興廢更堪哀，懸知草莽化池臺。遊人尋我舊
遊處，但覓吳山橫處來。〔註49〕

東坡通守一年半，朝廷新法依次施行，眼見滿腔愛國熱忱，不獲見賞，
登山臨水之際，未能釋懷，而有是詩，詩中思及故鄉景致，不禁悲從中來，
而興「故國歸無期」、「秋悲春更悲」之感。

全詩十八句，前八句寫吳山之神態及一己登臨之情狀。中六句自眼前景
引發對故鄉之聯想，感歎歲月流逝，物是人非。末四句總起上文，與首二句
互為呼應，遂成一布局綿密，脈絡分明之佳構。

歷來評賞此詩者，著眼於其韻腳平仄交錯，筆力恣肆，謂其七古縱橫變
化，大開大闔，有其面目。黃庭堅言「長篇須曲折三致意，乃可成章」，此詩
即有其藝術特點。

首四句言吳山朝時橫亘，一如翠帶，暮時濃翠，儼然高聳，然意態自若，
有如美女。紀昀評曰：起得峭拔，蓋指其以歌謠重疊手法，益以一己想像之
譬喻，遂能傳吳山之神而言。

「幽人」起四句，東坡自謂之辭。言登臨此閣，脩然無物，然「靜故了
群動，動故納萬境」，此時遠眺，愈見此理之妙。自來高潔之士，以靜觀動，
以空納實，此為東坡所慕者，是故以幽人自比，更申言己之政治抱負，並無
不妥。

「春來」六句，既明知返京無期，是故推陳詩意，以春更悲，言時局未
更，報效無門。此時唯思故鄉山水，早日歸隱。「已泛平湖思濯錦，更看橫翠
憶峨眉」，將故鄉之濯錦江、峨眉山，與此眼前山水作一縮合，以律句出之，
益見其凝鍊字句之技巧。既而自忖歲月流逝，不禁有「人易老」之歎也。

末四句以百年興廢，物是人非，感歎己亦不免黃土一抔，倘國家未能任
用，更待何時？末兩句於寫景抒情之後，筆鋒一轉，以「吳山橫」三字作收，
正與出句遙相呼應，更見其揮灑自如，無不恰到好處！

〔註49〕同註1，卷九，頁426。

全詩寫來意興淋漓，長短縱橫，音節諧美，而不能無所感發。紀昀評曰：「短峭而雜以曼聲，使人愴然易感」，蓋言其不自意流露家國之思，令人悲憫也！

**飲湖上初晴後雨二首〈其二〉**　熙寧六年正月（杭州通守任）

水光瀲灩晴方好，山色空濛雨亦奇。若把西湖比西子，淡粧濃抹總相宜。

〔註 50〕

王文誥案語云：此是名篇，可謂前無古人，後無來者。公凡西湖詩，皆加意出色，變盡方法，然皆在《錢塘集》中，其後帥杭，勞心災賑，已無復此種傑構，但云「不見跳珠十五年」而已。〔註 51〕所評似乎僅止於寫景，但此詩景中有情，情中有我，乃當時東坡心境之寫照，不可不明。

全詩四句，描寫西湖景致，形神俱備。《楚辭》將君子比作香草美人，此時詩人將一己化爲美人，實有深沈之寄託。

陳衍《宋詩精華錄》言此詩「遂爲西湖定評」，誠然！觀其上半西湖晴時水光瀲灩，雨時空濛可愛，直將西湖四時景概括無遺。然仍未能言其風華神態，故以一絕世美人——西施相比，麗質天生，無需粉飾，眞淳可人；若刻意粧扮，雍容華貴，亦多媚態，如此一來，化形入神，則寫景自工。

然詩人何以有西子之想？此實以眼前景抒心中情，有感而發也。政局之清明，猶如晴時西湖，自然應使我一展長才；倘政局不清平，則我亦見棄，恰似不施鉛粉，然終是本色，何懼之有！詩人將滿腹憂思，借景以言，人不覺其斧鑿痕，細味此詩，蓋有感而發也！

**有美堂暴雨**　熙寧六年七月（杭州通守任）

遊人腳底一聲雷，滿座頑雲撥不開。天外黑風吹海立，浙東飛雨過江來。

十分瀲灩金樽凸，千杖敲鏗羯鼓催。喚起謫仙泉灑面，倒傾鮫室瀉瓊瑰。

〔註 52〕

東坡至杭二年，新法如火如荼，而投閑置散日久，難免寄情山水，此詩言「有美堂」，位於吳山上，爲杭州知州梅摯嘉祐二年所建，仁宗贈梅摯詩云「地有吳山美，東南第一州」，因取有美爲堂名。東坡至有美堂，適逢暴雨漫天捲地而來，因而將一己情感投射於暴雨之意象，傾力宣洩。

---

〔註 50〕同註 1，卷九，頁 430。
〔註 51〕同註 50。
〔註 52〕同註 1，卷一〇，頁 483。

此詩乃七言律詩，歷代詩家極賞其氣勢澎湃，節奏明快，結構特殊，然其用字之精當，譬喻之生動，尤為東坡詩之特色。

首聯寫暴風雨之聲勢。雷自地震，其暴可知，以「一聲巨響」烘托雨勢，乃側筆描摹。復自地寫至天，眼前所見乃「頑」雲，濃密且撥不開，寫眼見耳聞，以烘托雨勢之暴，歷歷在目。

頷聯寫風勢強勁，彷彿水可吹而立，而雨勢挾其雷霆萬鈞之勢渡江而來，何等壯闊！此聯極為生動，謂「海可立」，「雨可飛」，皆誇飾手法，然不如此，則無以形容。觀其平仄、詞義兩兩相對，描繪生動，即可知此乃用心之作。

頸聯寫觀賞暴雨之感，亦有聲有色。只見雨中西湖似樽酒溢滿之金盞，而聲響恰似千杖敲打羯鼓般急促。氣魄雄奇，景色壯觀，令人愁思頓無，神思清明。

尾聯詩人想像此應為上天所遣謫仙人，傾水洒面，而漫天大雨亦如鮫人出室，以瓊瑰饋贈詩人也！詩人以精確文字，化典於無形，且譬喻生動，遂使無情之暴雨，成天地有情之瓊瑰，此時，詩人之怨懟頓失，而詩中情感蕩漾，詩人亦自詡謫仙之人，故生發奇想也！

全詩借他人酒杯，澆心中塊壘，此時激蕩之心緒，亦隨暴雨融入天地之中，化於無形，何等具象，何等生動之描繪乎！

> 正月二十日，往歧亭，郡人潘、古、郭三人送余于王城東禪莊院　元
> 豐四年（貶謫黃州）
> 十日春寒不出門，不知江柳已搖村。稍聞決決流冰谷，盡放青青沒燒痕。
> 數畝荒園留我住，半瓶濁酒待君溫。去年今日關山路，細雨梅花正斷魂。
> 〔註53〕

歧亭位於湖北麻城西北，東坡至友陳慥居於此。潘指潘丙、古指古耕道，能審音。郭指郭遘，喜為挽歌。東坡此詩作於元豐四年，東坡至黃二年，雖稍安於遷謫處，然回首前塵，仍有憾恨之語。

此詩屬七言律詩，上半寫景，下半抒情。首聯寫時光荏苒，匆匆已二年，十日未出，江柳已為春風搖蕩而輕拂。「搖」字活畫出春至之情態，用字精審。

頷聯寫早春溪流甚細，故以「稍聞」形容之，然及至放眼望去，決決流水，已告知確為早春情景。田野之間，已無舊時野草受焚之跡，儘餘青青春草，傳送春之訊息！

---

〔註53〕同註1，卷二一，頁1078。

頸聯謂潘、古、郭三人送至女王城東禪莊院，濃情至誼，令人心感。「留我住」對「待君溫」，似老友對話，質樸情真。

尾聯回想去年親朋寥落之孤寂，與今日相較，不可同日而語。詩云去年之「細雨梅花正斷魂」，即反襯今日好友相送之溫情，過往陰霾遂一掃而空。

東坡此詩感慨頗深，人情冷暖於淡淡詩語中隱然呈現，故汪師韓《蘇詩選評箋釋》言「含蘊無窮」，乃謂其尾聯一語雙寫，既言去年今日之孤寂，亦暗示今日之幸運也！

> **正月二十日，與潘、郭二生出郊尋春，忽記去年是日同至女王城作詩，乃和前韻**　元豐五年（貶謫黃州）
>
> 東風未肯入東門，走馬還尋去歲村。人似秋鴻來有信，事如春夢了無痕。
>
> 江城白酒三杯釅，野老蒼顏一笑溫。已約年年為此會，故人不用賦招魂。

〔註54〕

此詩憶及去年之事，竟如春夢般流逝，然三五好友，仍能暢飲，頗覺歡愉。蓋貶謫至黃三年，已隨遇而安，不復掛念舊有之慟。

此詩屬七律，首聯言詩人忽憶去年三好友送至東莊禪院事，故今年走馬尋訪；於尋春之際，猶戀戀於去歲村落，已點明戀舊之情。

頷聯乃興來之筆，有感於人如候鳥，感信而動，然事過境遷，竟如春夢，了無蹤跡。東坡有感於此，乃基於「烏臺詩案」之重創，值此貶謫中，本州安置，亦僅能寄望事如春夢般消失無蹤。紀昀評曰：「三四深警」，意謂人事之失意，唯有化於無形，方能自消沈中振作，而其間虛虛實實，若即若離，東坡已然了悟，譬諸人生進取，施展抱負，亦需因緣際會，不假緣飾，是以有出郊尋春之舉。

頸聯言此間樂在三杯釅酒，一笑溫顏，悠遊於自然之中，歡聚於野老之間，何等愜意！江城指長江北岸之黃州，至此有卜居之意。

尾聯言舊地重遊，別有一番情趣，故引宋玉諷楚懷王〈招魂〉之意，謂此後樂於斯、老於斯，更毋須返京為官。東坡「隨緣自處」、「善自解脫」，可見一斑。

> **六年正月二十日，復出東門，仍用前韻**　元豐六年（謫居黃州）
>
> 亂山環合水侵門，身在淮南盡處村。五畝漸成終老計，九重新埽舊巢痕。

---

〔註54〕同註1，卷二一，頁1105。

豈惟見慣沙鷗熟，已覺來多釣石溫。長與東風約今日，暗香先返玉梅魂。

〔註55〕

東坡初至黃州，居定惠院，後遷臨皋亭，復築雪堂，居臨皋，此詩所指，殆南堂所見。詩中以梅之暗香返魂，謂己返朝之願。

首聯點明南堂所在，據〈南堂〉五首之一言「江上西山半隱隄」、「臥看千帆落淺溪」〔註56〕，亦即東坡所述實景。群山圍繞，一溪千帆，臨皋亭處淮南盡處，正爲一己安身之處。

頷聯引〈南堂〉五首之四云：「山家爲割千房蜜，稚子新畦五畝蔬」，終老於黃之思，油然而生。此盡深至語，乃東坡自言不爲朝廷所用，謫爲散官，無所施展，唯有歸隱一途。以九重喻朝廷，言史館已廢，感慨良深。

頸聯自覺此間風物，甚合己意，沙鷗之無機心，釣石亦已坐溫，而興「此生何處不安身」之意。

尾聯綜論四年、五年、六年三次歡聚，遂有年年此時，應有此會之思。玉梅之暗香先返，乃化用韓偓〈湖南梅花一夕再發偶題〉「玉爲通體依稀見，香號返魂容易回」、「夭桃莫倚東風勢，調鼎何曾用不才」謂朝廷當有用己之日也。王文誥注云「公〈歷陳仕跡狀〉云：先帝復對左右，哀憐獎激，意欲復用，而左右固爭，以爲不可。臣雖在遠，亦具聞之。此段語適當其時，正此句之本意，所謂暗香先返者也。」言之甚詳。

陸游曾美此詩三、四句用事之嚴，意深而語緩，正指出東坡詩之特色。蓋事事有考，化典於無形，以淺語出之而語意渾然者，唯東坡足以當之也！

**東坡**　元豐六年（謫居黃州）

雨洗東坡月色清，市人行盡野人行。莫嫌犖确坡頭路，自愛鏗然曳杖聲。

〔註57〕

東坡位於黃州黃岡城北，乃馬正卿見蘇東坡生活困窘，爲請營地以紓其困所築。蘇東坡在此築雪堂，榜之曰「東坡雪堂」，自號「東坡居士」。此詩乃蘇東坡黃州生活閑適之情，詩中亦寄寓其一生不畏坎坷之精神。

此詩乃七言絕句。首言雨後東坡，月色映照，一片清明景象。夜裡已無往來行人之喧囂，只餘野老獨享此間勝景。此「野人」蓋東坡自謂，唯有投

---

〔註55〕　同註1，卷二二，頁1155。
〔註56〕　同註1，卷二二，頁1166。
〔註57〕　同註1，卷二二，頁1183。

閒置散之人，有此閑情，賞此清靜、清新之夜景。三句筆鋒一轉，謂實地猶且有崎嶇不平之處，人生亦復如是，然詩人無所懼，拄杖一敲，鏗然一聲，何等悅耳，正如人生風雨，若處處迴避，恐有日暮途窮之時，何妨豪邁前往，或有意外之想，也未可知！

東坡於同期有詞〈定風波〉云「莫聽穿林打葉聲，何妨長嘯且徐行，竹杖芒鞋輕勝馬，誰怕，一蓑煙雨任平生」〔註 58〕，正爲此詩註腳。此時，東坡回憶貶謫以來，創作日豐，已悟得窮而後工之理，是故以不屈之精神面貌，貫注詩中。

王文誥評此詩云「此類句出自天成，人不可學。」而陳師伯元更言：

> 蘇軾之所以爲蘇軾，就在他那「富貴不能淫，貧賤不能移，威武不能屈」大丈夫的氣質。〔註 59〕

當作如是觀，方知王氏云「出自天成，人不可學」之意，乃指此詩爲東坡曠達胸襟，方足以致之，他人恐無如是筆力也！

> **同王勝之遊蔣山**　元豐七年八月（謫居黃州）
>
> 到郡席不暖，居民空惘然。好山無十里，遺恨恐他年，欲款南朝寺，同登北郭船。朱門收畫戟，紺宇出青蓮。夾路蒼髯古，迎人翠麓偏。龍腰蟠故國，鳥爪寄層顛。竹杪飛華屋，松根泫細泉。峰多巧障日，江遠欲浮天。略彴橫秋水，浮圖插暮烟。歸來踏人影，雲細月娟娟。
>
> 〔註 60〕

王勝之，名益柔，河南人，乃樞密使王晦叔之子。爲人抗直尚氣，曾因詩得罪當朝，黜監復州酒。熙寧初以忤王安石出守。東坡赴江陵訪王安石，勝之亦遇於途，才一日，移南都。

此詩共二十句，前六句言同遊之感，中八句寫眼前景，兼言金陵地理形勝，後六句發抒感慨，且與首二句遙相呼應，結構綿密，善於譬喻，尤以蘊含深意，耐人尋味取勝。

前六句指勝之才至江陵，復有南都之命，遂使此地居民，空餘欣喜之情。細思地遙路遠，見面無期，不禁悲從中來。然此行目的，乃訪此六朝故都，是以登舟造訪。六句之中，蘊三層意，所謂「再三致意，以見曲折」也！

---

〔註 58〕參見《東坡樂府箋》。
〔註 59〕參見陳師伯元〈鏗然曳杖聲〉，中央日報五月二十八日《長河》。
〔註 60〕同註 1，卷二四，頁 1258。

中八句言眼前景，豪門官府如今無畫戟羅列，荊公之宅今亦已爲青蓮寺宇，兩旁夾植松檜，似乎有意相迎；至此乃興今昔之感。此地龍蟠虎踞，層巒疊翠，竹林華屋，松間泉細，眞乃帝王之居。

後六句暗指朝中小人干政，宰穢太清，以致民生疾苦。紀昀評「峰多」二句謂「風神秀削」，蓋指其譬喻含蓄，有詩人溫柔敦厚之旨也！結語以景作收，與「到郡」句遙相呼應，歎息一己孤寂也！

**東府雨中別子由**　元祐八年九月（定州軍州事任）

庭下梧桐樹，三年三見汝。前年適汝陰，見汝鳴秋雨。

去年秋雨時，我自廣陵歸。今年中山去，白首歸無期。

客去莫歎息，主人亦是客。對牀定悠悠，夜雨空蕭瑟。

起折梧桐枝，贈汝千里行。歸來知健否，莫忘此時情。〔註61〕

東坡此詩寓無限慨歎。元祐八年九月宣仁駕崩，哲宗親政，國是屢更，朝局大亂，東坡爲新法人士指爲蜀黨，攻伐不已。二十六日，有〈朝辭赴定州狀〉言：

祖宗之法，邊帥當上殿面辭，而陛下獨以本任闕官，迎接人眾爲詞，降旨拒臣，不令上殿，此何義也。臣若伺候上殿，不過更留十日，本任闕官，自有轉運使權攝，無所闕事。迎接人眾，不過更支十日糧，有何不可？……臣備位講讀，日侍帷幄，前後五年，可謂親近，方當戍邊，不得一見而行，況疏遠小臣，欲求自通，亦難矣！〔註62〕

據此可知，新黨人士得勢，哲宗竟至不欲東坡上殿面辭，形勢紛亂可知。東坡一心欲勸君上「虛心循理，默觀利害，應物而作」，〔註63〕然未獲採納，悵恨之情，可想而知。

全詩共十六句，八意一意。上半記述，下半抒情，充滿歸思之意。三年三往返東府，而今赴定州，恐無歸期。蓋時事已定，恐難挽此局面。憶及與子由相約歸隱之事，不禁感慨萬千。末言莫忘此時離別之情，亦恐此番離別，朝政益加動盪，勉其珍攝身體。紀昀評此詩曰：「愈瑣屑，愈眞至，愈曲折，愈爽朗，故是興到之作。」然王文誥言此篇大有慨慷，故語亦激昂之甚，非

---

〔註61〕同註1，卷三七，頁1992。

〔註62〕同註28，卷三四，頁602。

〔註63〕同註62。

興到之謂也，不讀〈朝辭赴定州狀〉而欲論此詩，難矣！〔註64〕即言此詩緣朝局已成必敗之勢而發，非泛泛之論也。

　　**八月七日初入贛過惶恐灘　紹聖元年（貶謫惠州作）**

　　七千里外二毛人，十八灘頭一葉身。山憶喜歡勞遠夢，地名惶恐泣孤臣。

　　長風送客添帆腹，積雨浮舟減石鱗。便合與官充水手，此生何止略知津。

〔註65〕

　　由於紹聖新政，新黨人士指責東坡起草制誥，詔令「語涉譏訕」、「譏斥先朝」，故由定州調知英州，降一級，未到任所，再貶為寧遠軍節度副使，惠州安置。東坡赴惠州貶所，路經惶恐灘，有感於髮危齒搖，年已半百，萬里飄零，猶一葉小舟，漂蕩江上。惶恐灘據《萬安縣志》載：贛州二百里，至峇縣，又一百里，至萬安。其間灘有十八，舊皆屬虔州。……趙清獻守虔州，嘗疏鑿十八灘以殺水勢，蓋十八灘為尤險也。〔註66〕東坡遠謫至此，面臨不測深淵，是故感慨地遙海闊，孤寂無依。

　　此詩屬七言律詩，屬對精工。以「七千里」對「十八灘」，皆極危之地；「二毛人」對「一葉身」，又極微之喻，首聯強烈對比，形象鮮明，處境之艱難，不在話下。

　　頷聯對句。東坡自言思念故鄉，以至夢至蜀地，然眼前灘名惶恐，憶赴定州時，君上拒其面辭，此後復貶嶺南，不禁興起孤臣孽子之思。一「勞」字寫其歸鄉無由，一「泣」字言報效無門，此時政局之險惡，心境之蕭索，令人悲悽，何況「喜歡」與「惶恐」正暗示仕宦之顯晦，此後前途，可想而知。東坡不惟以山名、水名相對，且以蜀地「喜歡」，贛州「惶恐」兩相對偶，其悲與喜又成對比，可謂屬對精巧，情景交融。

　　頸聯筆鋒一轉，由淒苦轉為雄放，此亦東坡擅長之手法。風添帆腹，自然能順風而行；水減石鱗，險境頓時化解，眼前景似能體會詩人忠愛之心，故舟行順風。此一「增」風，一「減」浪，以工穩之「流水對」出之，乃東坡豪放個性之呈現，詩人心如日月，絕不因環境險惡而屈服。

　　尾聯自詡能為官府充水手，此生經歷之風浪，豈止略識路途而已？對於朝廷新黨人士之迫害，以至謫至此蠻貊之境，東坡不以為意，此即東坡「清

〔註64〕　同註1，卷三七，頁1992。

〔註65〕　同註1，卷三八，頁2052。

〔註66〕　同註1，卷三八，頁2053。

雄」之本色，紀昀評此詩云：「眞而不俚，怨而不怒」〔註 67〕頗得其詩人意旨。

**寓居合江樓** 紹聖元年十月 （貶謫惠州作）

海山蔥曨氣佳哉，二江合處朱樓開。蓬萊方丈應不遠，肯爲蘇子浮江來。

江風初涼睡正美，樓上啼鴉呼我起。我今身世兩相違，西流白日東流水。

樓中老人日清新，天上豈有癡仙人。三山咫尺不歸去，一杯付與羅浮春。

〔註 68〕

初到惠州，似乎已爲嶺南美景所儸，而覺耳目一新，於三司行衙中遠望，山容海色氣勢佳美，東西二江匯集於此，不禁聯想此地已近蓬萊仙境，蓋天意安排己渡江而來。紀昀評此詩，云：「起勢超忽，以下亦皆音節諧雅，雖無深意而自佳。」然此詩氣勢壯闊，乃七古之佳篇！

全詩共十六句，屬七言古詩。詩之首句言「氣佳哉」，一「哉」字，贊歎之情，油然而生。而承接四句，言東坡隨遇而安，是以有「江風初涼睡正美，樓上啼鴉呼我起」句，言此間心境平和，此地亦頗安適，苦中作樂，可謂豪華落盡見眞淳。

後八句抒情，言不能無所感者，唯孤臣孽子之心，無時或已，恰似流水悠悠，愁思亦然。隨即勸勉自身，莫「癡情」於流俗時譽，莫「留戀」於故鄉山居，唯有日飲一杯自家所釀之「羅浮春酒」方可解憂。

綜觀全詩，愈出愈起，筆筆勁健，尤以四句一韻，平仄和諧，流利而自然，故紀昀評其音節諧雅。然言其無深意，似指純爲寫景，詳析詩意，又不然。詩云：「我今身世兩相違，西流白日東流水」，乃極悲慟語。自二十四歲歷仕宦，幾經浮沈，得以位居臺閣，未料親侍君王講讀五年，臨出守定州，竟不蒙面殿辭上，此乃人情之不堪者，加之以人情冷暖，皆已遍嘗，因詩獲罪，黨爭不已，心似槁木死灰，滿腔悲憤，亦只能托付流水，其中窮愁，絕非外人所能體會，是故此詩純熟圓融，乃得之於一生閱歷、半生悲歡，深味之，極精微、極悲痛！

**四月十一日初食荔支** 紹聖二年 （貶謫惠州）

南村諸楊北村盧，白華青葉兩不枯。垂黃綴紫煙雨裡，特與荔子爲先驅。

海山仙人絳羅襦，紅紗中單白玉膚。不須更待妃子笑，風骨自是傾城姝。

---

〔註 67〕 同註 66。
〔註 68〕 同註 1，卷三八，頁 2071。

不知天公有意無，遣此尤物生海隅。雲山得伴松檜老，霜雪自困樝梨麤。

先生洗盞酌桂醑，冰血薦此頹虬珠。似開江鰩斫玉柱，更洗河豚烹腹腴。

我生涉世本爲口，一官久已輕蓴鱸。人間何者非夢幻，南來萬里眞良圖。

〔註69〕

此首詠物詩，與一般詠物之作不同，以其有寓意也。全詩共二十句，四句一組，段落分明。首言荔支種類、形神，復用典譬喻，美其骨氣不凡，再言食荔支之感，結以人間如夢，福禍相倚！

查註據《荔支譜》：六七月時，色變綠，又火山本出廣南，四月熟，閩中近亦有之。東坡所云四月十一日，是特廣南火山者耳。《太平寰宇記》：火山直對梧州城，山上有荔支，四月先熟，以其地熟，故曰火山，核大而味酸。〔註70〕東坡欲言荔支，但先以楊梅、盧橘啓之，言其花白葉青，垂黃綴紫，意象鮮明。復以荔支擬人，言其肉白似肌膚，皮紅似仙人絳衣而臨，是故楊貴妃喜食之，蓋風骨不凡所致。

「不知」以下四句，復言天公有意無意，使其降生海隅，與松檜並生。《梁溪漫志》載：福州至於海南，凡宰上木，松檜之外，雜植荔支，取其枝葉陰覆，所以（東坡）有此語。〔註71〕而荔支遇此霜雪之境，竟能保有風骨，實難能可貴。

「先生」以下四句，自言初食荔支之狀，乃洗盞斟酒，玉盤端出龍珠般的美食，剖開後見其美似珧玉，味似豚魚腹下之肥肉，乃天下第一珍奇之果，譬喻頗爲新穎。

「我生」以下四句，乃自遣之辭，東坡筆鋒一轉，自詡一生留戀者，乃佳餚珍果，今歸鄉路遙，不復再嗜故鄉蓴鱸美食，然能遠謫至此，食此珍奇美果，未嘗非上天厚愛，細思人間，竟似夢幻般，復能「失之東隅，收之桑榆」！

既詠荔支之形、荔支之神，又以「垂黃綴紫」暗喻己之榮寵，「雲山霜雪」隱含一己之志節，寫荔支之「有風骨」、「生海隅」，歸之於天意之賜，皆影攝詩人之慨歎，非徒詠物耳，細味之，既嘉此行因禍得福，復有人間如夢之傷懷，將一己窮愁潦倒然志節不屈之意，全然呈現，堪稱上乘。

---

〔註69〕　同註1，卷三九，頁2121。

〔註70〕　同註69。

〔註71〕　同註1，卷三九，頁2123。

　　章質夫送酒六壺，書至而酒不達，戲作小詩問之　紹聖二年（貶謫
惠州）

白衣送酒舞淵明，急掃風軒洗破觥。豈意青州六從事，化為烏有一先生。

空煩左手持新蟹，漫繞東籬嗅落英。南海使君今北海，定分百榼餉春耕。

〔註72〕

　　此詩對偶自然，了無跡痕，連用數典，意深語緩，乃東坡筆隨年老之證。
觀其題意，乃戲作之辭，然襟度豁達，語語詼諧，令人菀爾。

　　《南史・陶潛傳》云：顏延之在潯陽，與潛情款，後為始安郡，臨去，
留二萬錢與潛，潛悉送酒家，稍就取酒。嘗九月九日無酒，出宅邊菊叢中，
坐久之，逢王弘送酒至，即便就酌。逢其酒熟，取頭上葛巾，漉酒畢，還，
復著之。〔註73〕此詩化其詩意，因言太守送酒有意接濟，情意深至，然不意
己之盼望成空，瓶破酒亡，遂不得嚐，本意青州從事相伴，如今化為烏有先
生，百無聊賴，只得效淵明至東籬落花間，一慰悵惘之情。末戲問章質夫，
待至春耕之後，是否復有百榼美酒以饗？

　　東坡首聯採用淵明飲酒事，加一「舞」字，《碧溪詩話》云：白衣送酒舞
淵明，人有疑舞字太過者，及觀庾信〈答王褒餉酒〉詩「未能扶畢卓，猶足
舞王戎」，舞字蓋有所本。則東坡能採庾信詩語以入詩，可謂活句矣！頷聯對
仗工整，「豈意」對「化為」已自不凡，「青州」對「烏有」，一實地、一虛地，
虛實相生，刻畫天成。「六從事」對「一先生」，數字相對，官民相應，竟似
毫不費心，然極工致。頸聯復化用淵明無酒居菊叢中，謂己僅能嗅花遣懷，
不須假飾，已見其無奈。尾聯以後漢孔融為北海相事，言質夫今為廣帥，當
不忘餉酒百榼，用以扣準「戲問」之意。以八句詩，化典於無形，若糖之入
水，不見其形，已有甜味，東坡真乃詩中作手也！

　　縱筆　紹聖三年（貶謫惠州作）

白頭蕭散滿霜風，小閣藤床寄病容。報道先生春睡美，道人輕打五更鐘。

〔註74〕

　　根據曾季貍《艇齋詩話》云：東坡海外〈上梁文口號〉曰，「為報先生春
睡美」，章子厚見之，遂再貶儋耳，以為安穩，故再遷也。〔註75〕細觀此詩，

〔註72〕同註1，卷三九，頁2155。
〔註73〕同註1，卷三九，頁2138。
〔註74〕同註1，卷四〇，頁2203。
〔註75〕同註74。

真乃澹而有味。首言經歷風霜，只餘滿頭蕭散白髮，此時居小閣、倚藤床，一臉病容，可謂悽惻。所幸東坡極能自我解脫，聞道嘉祐寺和尚因己而輕敲晨鐘，心生感激，發為此詩。聊聊數語，寫出東坡豁達之襟懷，雖仕宦升沈，然所至之處，與吏民相處甚歡，此乃聊可欣慰之處，詎料此詩一出，新法人士不悅，必置之死地而後快，竟貶至儋耳。

陳師伯元評此詩曰：

> 東坡在惠州寫的這首縱筆詩，完全顯示出他的達觀、超脫、閒適的
> 境界，能隨遇而安，不怨天，不尤人。……這樣的超脫、開解，不
> 止是對當朝險惡的政治現實的迴避，更是對現實極具意味的抗議！

〔註76〕

以章惇之睚眥必報，東坡之貶至儋州，乃想當然耳！

> **吾謫海南，子由雷州，被命即行，了不相知，至梧乃聞其尚在藤也。**
> **旦夕當追之，作此詩示之**　紹聖四年（貶謫儋州）
>
> 九疑聯綿屬衡湘，蒼梧獨在天一方。孤城吹角煙樹裡，落日未落江蒼茫。
> 幽人拊枕坐歎息，我行忽至舜所藏。江邊父老能說子，白鬚紅頰如君長。
> 莫嫌瓊雷隔雲海，聖恩尚許遙相望。平生學道真實意，豈與窮達俱存亡。
> 天其以我為箕子，要使此意留要荒。他年誰作輿地志，海南萬里真吾鄉。

〔註77〕

　　言九疑山聯綿百餘里，考其地理屬衡湘之境，然蒼梧獨在一方，此隱際聞角聲，自孤城煙樹中吹送，四周江水蒼茫，落日未落，益增淒美。東坡思及嶺外再貶，情實不堪，是以拊枕歎息，慨老來竟流落至此。然目見父老白鬚紅頰，與子由年相彷彿，遂化悲為喜。因言「莫嫌瓊雷隔雲海」，雖兩地遙隔，然千里同心，心意已足。蓋平生學道，窮達存亡早置之度外，豈因此際困厄，有所退卻乎？因言必是天意安排，遣此以教化蠻夷，束以文教。他日若有作《輿地志》者，當載己至儋州之事乎？詩中重申哀而不傷，怨而不怒之意，澹而有味。王文誥案語云：「此一路詩，所謂不見老人衰憊之氣者，諸門人已言之矣！」謂此詩氣勢雄渾，含意深遠，毫無消沈之態耳！

〔註76〕參見陳師伯元〈道人輕打五更鐘〉，中央日報4月22日《長河》。
〔註77〕同註1，卷四一，頁2244。

縱筆　元符二年（貶謫儋州）

寂寂東坡一病翁，白鬚蕭散滿霜風。小兒誤喜朱顏在，一笑那知是酒紅。

〈其一〉

父老爭看烏角巾，應緣曾現宰官身。溪邊古路三叉口，獨立斜陽數過人。

〈其二〉

北船不到米如珠，醉飽蕭條半月無。明日東家當祭竈，隻雞斗酒定膰吾。

〈其三〉〔註78〕

　　其一沿前惠州〈縱筆〉所言「白頭蕭散滿霜風」，易以「鬚」，益見其衰老，此時憔悴老病，又復貧寂，乃有此歎。然筆鋒一轉，借酒後暫紅之顏色，言小兒「誤」以為朱顏仍在，此或為詩人設想之辭，或為蘇過慰藉之詞，然詩人瞭然於心者，唯衰老乃不爭之事實，故引來詩人一絲苦笑，朱顏無奈緣酒而紅。全詩曲折陳述，風趣之中含一絲悲涼，詩人豁達之情不易，然心境淒涼則已溢於言表，故紀昀評曰：歎老語如此出之，語妙天下。〔註79〕誠為的評。

　　東坡每到一處，則受吏民夾道歡迎。其二則緣於前〈十月二日初到惠州〉詩「吏民驚怪坐何事，父老相攜迎此翁」〔註80〕而發，言處境之淒清。詩云父老爭看「宰官」，實非真意，東坡自知己以才名震爆中外，亦以此得罪新法人士，歷經仕宦起伏，大悲大喜，此時遠謫蠻村，不能無感。東坡每至一處，父老爭相迎送，此即足以自豪之處，然於今獨立斜陽下，溪路邊，落寞之情油然而生，故紀昀評曰：含情不盡。殆謂其憂喜參半，然詩中未曾明言之故也。

　　其三承惠州〈縱筆詩〉「報道先生春睡美，道人輕打五更鐘」〔註81〕而來，言儋民與己深至之情。東坡《和陶勸農六首》序云：海南多荒田，俗以貿香為業，所產秔稻，不足於食。〔註82〕是故首言米貴如珠，竟至飢不飽腹，然儋民不無可貴之處，每逢祭灶之日，不忘斗酒隻雞以遺詩人，由此可知其敬重詩人之情，與惠州嘉祐寺僧侶，並無不同。

〔註78〕　同註1，卷四二，頁2328。

〔註79〕　同註78。

〔註80〕　同註1，卷三八，頁2071。

〔註81〕　同註74。

〔註82〕　同註1，卷四一，頁2255。

此詩質而不俚，眞乃淡而有味之作。無怪乎王文誥於三詩之後，云：此三首平澹之極，卻有無限作用，未易以情景論也。〔註 83〕東坡詩至此，可謂全入化境矣！

### 六月二十日夜渡海　元符二年（貶謫儋州放還作）

參橫斗轉欲三更，苦雨終風也解晴。雲散月明誰點綴，天容海色本澄清。

空餘魯叟乘桴意，粗識軒轅奏樂聲。九死南荒吾不恨，茲游奇絕冠平生。

〔註 84〕

哲宗病逝，東坡遇赦北還，自海南島歸。紀昀評曰：前半純屬比體，如此措辭，自無痕跡。蓋前四句以景喻人，首聯言參橫斗轉，王文誥案語云：「粵中六月下旬，至天將旦，中庭已見昴畢升高，而東望則昴參亦上，若以此較，六月二十日海外之二三鼓時，則參已早見矣！」〔註 85〕東坡斷此應近三更之時，黎明即至之際。一生遭逢黨爭傾軋，猶如苦雨終風，此時終見曙光乍現，不禁感慨萬千！

頷聯轉寫眼前雲散月明，海色澄清，恰似己磊落胸襟，雖逢人迫害，然俯仰無怍，本心恰似日月般，不容誣蔑。細觀此聯，以「月明」對「雲散」，以「海色」對「天容」，屬句內對；既而以前景引發抒情，抒情中又含議論，故「雲散月明」、「天容海色」寫景，「誰點綴」、「本澄清」抒情兼議論，結構精巧，令人贊歎；尤其以言外之意，用以表明心跡，可謂耐人尋味。王文誥案語云：雲散月明誰點綴，問章惇也。天容海色本澄清，公自謂也。〔註 86〕意謂章惇等小人干政掌權，以致政局紛擾，神人共憤，如今雲散月明，天自澄清，爾等何能誣蔑我哉？

頸聯化孔子「道不行，乘桴浮於海」〔註 87〕之典故，以爲慨歎，謂本欲如孔子海外行道，而今事與願違，僅能空留悵惘。然復以莊子天運篇「北門城問於黃帝曰：帝張咸池之樂于洞庭之野，吾始聞之懼，復聞之怠，卒聞之而惑，蕩蕩默默，乃不自得。」〔註 88〕以黃帝奏樂之聲，形容波濤起伏，實亦暗喻一己心中憂喜之起伏。

〔註 83〕　同註 78。
〔註 84〕　同註 1，卷四三，頁 2366。
〔註 85〕　同註 84。
〔註 86〕　同註 84。
〔註 87〕　同註 84。
〔註 88〕　參見《莊子・天運》。

　　尾聯呼應自渡海以來，九死一生，處此蠻貊之地亦無所恨，東坡以此自我調侃，謂若非此行，豈非辜負此生，悲痛語以平淡出之，愈見其襟度豁達也！

　　綜觀東坡一生，迭經憂患，外放杭州時，有志難伸。貶謫黃州時心似驚鹿，命如湯雞，稍稍收歸魂魄，然親友幾絕，囊空如洗，是故詩中多憂患語，然是時猶有報效朝廷之心，間亦有思鄉之意，自登臺閣，則鮮有寄托之作，而次韻、應酬時，幾爲此仕宦平順之主流也。及自定州，已自意朝廷更化之跡，貶至惠州，日益困窘，此時隨遇而安，苦中作樂，詩亦怨而不怒，有詩人「溫柔敦厚」之旨。渡海以後詩，則了然不見慍喜，深得淵明詩「澹而實美」之旨，此正印證其「詩窮而後工」之理論。

　　吾人遍覽東坡詩集二千七百餘首詩，當可知其「詩窮而後工」之論，且細觀其詩作，窮愁頗多佳詩，平順鮮少深至語，當知其理論與實際合一，非徒空言也！

## 第二節　詩有寄托說

　　古今名詩人，大抵可類分爲二：詩中「有我」與詩中「無我」，東坡屬於前者，於登山臨水之際，吟詠事物之中，常寫物言志、寄寓慨歎，是以陸游言其「意深語緩」〔註89〕，其主詩應有寄托，亦可類推而知。

　　大抵詩人心有所鬱悶，借詩紓憤，往往有之。然能借物興感，寓意含蓄，更爲上乘。東坡〈書鄢陵王主簿所畫折枝二首〉之一，開門見山言：

　　　　論畫以形似，見與兒童鄰。賦詩必此詩，定非知詩人。〔註90〕

　　力主詩必有寄托，必味其物外趣、言外意，方能理解詩之精微處。

　　試以東坡一生感發言之。東坡自初歷仕宦，即與北宋黨爭干係密切。當熙寧二年新法次第施行以來，東坡因議論與時相不符，見忤當軸，故自請外放。神宗御批通判杭州，亦欲他日有所重用，明乎此，東坡首次赴杭，借事感發，皆有深意。詩云：

　　　　散材畏見搜林斧，疲馬思聞卷旆鉦。〈新城道中二首〉其二
　　　　白足赤髭迎我笑，拒霜黃菊爲誰開？〈九日，尋臻闍黎，遂泛小舟
　　　　至勤師院二首〉其二

---

〔註89〕　參見《施顧注蘇詩》，陸游序言。
〔註90〕　見《蘇軾詩集》，卷二九，頁 1525。

此等詩語，皆深有寄托者，熟讀深思，其義自見。

爾後自湖、蘇、常、潤、海州，至密州、徐州、湖州任官，東坡親見新法疾民，屬辭比類，愈見不平之鳴。詩云：

新法清平那有此？老身窮苦自招渠。無人可訴烏銜肉，憶弟難憑犬附書。

〈捕蝗至浮雲嶺，山行疲苶，有懷子由第二首〉其一

平生學問只流俗，眾裡笙竽誰比數？忽令獨奏鳳將雛，倉卒欲吹那得譜？

〈寄劉孝叔〉

平沙細草荒芊綿，驚鴻脫兔爭後先。王良挾策飛上天，何必俯首服短轅。

〈書韓幹牧馬圖〉

疲民尚作魚尾赤，數罟未除吾顙泚。〈次韻潛師放魚〉

以上數詩，《烏臺詩案》中並引，言新法如青苗、助役等俱不便民，而朝廷用人無能盡我之才，諸事煩雜不可辦，才力不能勝也。以「濫竽充數」自喻，以「疲民似魚尾赤」代言，而謂用舍行藏，全在於我，何必折節干求進用？婉轉陳述，譬喻連篇，將一己失意之情，托付於古人身上，可謂含蓄！如此明諷暗喻，新法人士豈能坐視？是以捃拾成冊，以激時君，遂有百日烏臺詩禍。然神宗無意深責之，兩宮亦從旁解危，是故東坡得以免於一死，詔下貶謫黃州團練副使，本州安置，不得簽書公事。

東坡耿耿忠心，既不見重於時，復因詩案，貶居黃州，交遊莫救，心志難明，此間不復言及時事，且自言「落盡驕氣浮」[註91]，因托志於物，委曲致意，除言一己高潔，亦明報國之意。觀其黃州、汝州暨任便居常時詩什，詠物詩多有寄托。詩云：

春來幽谷水潺潺，的皪梅花草棘間。一夜東風吹石裂，半隨飛雪度關山。

〈梅花二首〉其一

殷勤木芍藥，獨自殿餘春。〈雨晴後，步至四望亭下魚池上，遂自乾明
寺前東岡上歸，二首〉其一

臥聞海棠花，泥汙燕脂雪。〈寒食雨二首〉其一

以梅花居草棘間，喻己之幽獨，以花隨飛雪，言己之處境難堪，此時我即是梅，梅之高格亦己之寫照，物我雙寫，精神自見。而牡丹之遲暮，寓一己之不遇，更不知起用何時也！恰似海棠墜地，而己冰清玉潔之質亦遭踐汙，此皆喻中有我，巧譬善喻。及至起知登州，延入臺閣，官至翰林學士知制誥，

[註91] 同註90，卷二〇，頁1018。

遂得一償宿願，報效家國。元祐四年，東坡有感於兄弟二人相繼入侍邇英殿，次韻絕句四首，其四云：

> 微生偶脫風波地，晚歲猶存鐵石心。定似香山老居士，世緣終淺道根深。

〔註92〕

東坡自註云：「樂天自江州司馬，除忠州刺史，旋以主客郎中知制誥，遂拜中書舍人。軾雖不敢自比，然謫居黃州，起知文登，召為儀曹，遂忝侍從，出處老少，大略相似，庶幾復享此翁晚節閑適之樂焉」〔註93〕東坡之有「偶脫風波地」之語，蓋言此時境遇稍安，然黨爭之患未平之故，而以「鐵石心」寓一己不屈之志節，可謂擲地作金石聲也！王文誥案語云：「此詩雖佳，終是語讖」，言此詩恐未能如樂天安度晚年，後東坡果以黨爭傾軋，貶謫惠州、儋州，故深惜之！

當元祐四年三月，告下除龍圖閣學士充兩浙西路兵馬鈐轄知杭州軍州事，東坡有〈次韻錢越州見寄〉詩云：

> 莫將牛弩射羊群，臥治何妨畫掩門。稍喜使君無疾病，時因送客見車轓。
>
> 搔頭白髮秋無數，閉眼丹田夜自存。欲息波瀾須引去，吾儕豈獨坐多言。

〔註94〕

王文誥案語云：「穆父之出，亦為言者所攻，詩乃兼穆父言之」〔註95〕，知此詩東坡言「欲息波瀾須引去」蓋有所感發也。此時，東坡詩中復寓深意。詩云：

> 鶴林兵火真一夢，不歸閬苑歸西湖。〈菩提寺南漪堂杜鵑花〉
>
> 結根豈殊眾，修柯獨出林。孤高不可恃，歲晚霜風侵。〈元祐五年十
>
> 二月十二日，同景文、義伯、聖途、次元、伯固、蒙仲遊七寶寺，
>
> 題竹上〉

言杜鵑「歸西湖」，即寓己二次赴杭；言竹之「孤高」不畏霜風，正自己之處境惡劣，然未嘗屈服也！

元祐六年八月，東坡以龍圖閣學士知潁州軍州事，七年二月，復自潁移揚，始有和陶之作。〈和陶飲酒二十首〉其八云：

---

〔註92〕同註90，卷二八，頁1507。
〔註93〕同註92。
〔註94〕同註90，卷三一，頁621。
〔註95〕同註94。

我坐華堂上，不改麋鹿姿。時來蜀岡頭，喜見霜松枝。心知百尺底，
已結千歲奇。煌煌凌霜花，纏繞復何爲。舉觴酹其根，無事莫相羈。
〔註96〕

東坡曾言「我本麋鹿性，諒非伏轅姿」〔註97〕，此又以「麋鹿」自此，蓋有
歸思之意也！言「霜松」、「凌霄花」，皆有寓意。王文誥案語云：「公倅杭時，
已有市人拍手笑，狀如失林麕之句，此章詩旨，謂不久還山，決意不復更入，
群小無須相猜也。」〔註98〕詩中有所寄托，顯然可見！

　　元祐七年八月，東坡還朝，此非其意料所及，故詩云：「還朝如夢中，
雙闕眩金碧。」〔註99〕然好景不常，元祐八年九月，太皇太后高氏崩，東坡
旋因黨爭，知定州軍州事。此時哲宗親政，新法人士復起，東坡九月出京，
十月到任，隨即於紹聖元年閏四月落兩職，追一官，謫知英州，至汝州。五
月，下汴、泗，渡淮，六月，自金陵赴當塗，累貶建昌軍司馬，惠州安置，
不得簽書公事，此皆章惇等欲置之於死地，而有此舉。東坡於赴臨城道中有
詩云：

　　逐客何人著眼看？太行千里送征鞍。宋應愚谷能留柳，可獨衡山解識韓！
〔註100〕

此詩序云「予初付中山，連日風埃，未嘗了了見太行也。今將適嶺表，頗以
是爲恨。過臨城、內丘，天氣忽清徹。西望太行，草木可數，岡巒北走，崖
谷秀傑。忽悟歎曰：吾南遷其速返乎？退之《衡山》之祥也。」〔註101〕蓋以
韓柳之貶謫自寓，盼早日北歸。惠州時，有〈十一月二十六日，松風亭下，
梅花盛開〉詩，云「羅浮山下梅花村，玉雪爲骨冰爲魂」〔註102〕蓋以梅自寓，
言一己冰清玉節，不畏霜寒也！

　　紹聖四年四月，東坡復因〈縱筆詩〉「報道先生春睡美，道人輕打五更
鐘」〔註103〕自言安穩，乃再責瓊州別駕昌化軍安置，不得簽書公事。自忖
平生功業，流落至此，故有衰老之歎，詩言「我似老牛鞭不動，雨滑泥深四

〔註96〕同註90，卷三五，頁1886。
〔註97〕同註90，卷八，頁384。
〔註98〕同註96。
〔註99〕同註90，卷三七，頁2024。
〔註100〕同註90，卷四○，頁2203。
〔註101〕同註100。
〔註102〕同註90，卷三八，頁2076。
〔註103〕同註100，頁2203。

蹄重」〔註 104〕，然聞北歸之命，復言「雲散月明誰點綴，天容海色本澄清」
〔註 105〕，將此心喻日月，言此時終得以澄清，此等詩筆，皆有深意。東坡
一生與北宋新舊黨爭相終始，故有所諷論則借事以言，逢失意之際，則托物
言志，其主詩貴有寄托，可類推以知。茲錄其興寄之作，以明其寄托之意。

**和劉道原見寄** 熙寧四年（杭州通守任）

敢向清時怨不容，直嗟吾道與君東。坐談足使淮南懼，歸去方知冀北空。

獨鶴不須驚夜旦，群烏未可辨雌雄。盧山自古不到處，得與幽人子細窮。

〔註 106〕

此詩以劉恕（道原）比鶴，謂新法眾人為雞，言劉恕與王介甫異論，絕
交，力請歸養，如鶴在雞群，館中自是無人也；又劉恕有學問，性正直，故
詩以群烏比朝廷進用之人君子小人雜處，如烏之不可辨雌雄〔註 107〕。此所謂
「借他人酒杯，澆心中塊壘也。」

**八月十五日看潮五絕〈其四〉** 熙寧六年（杭州通守任）

吳兒生長狎濤淵，冒利輕生不自憐。東海若知明主意，應教斥鹵變桑田。

〔註 108〕

此詩東坡自註云「是時新有旨禁弄潮」，然朝廷興水利，百姓為貪官中利
物，不惜輕生弄潮，東坡心生不忍，因言海神若知君王意，應使斥鹵為桑田。
《烏臺詩案》言東坡譏諷朝廷水利之難成，實有此意，然以含蓄出之，遂覺
語甚沈痛。

**和述古冬日牡丹四首〈其一〉** 熙寧六年（杭州通守任）

一朵妖紅翠欲流，春光回照雪霜羞。化工只欲呈新巧，不放閑花得少休。

〔註 109〕

此詩寫牡丹色鮮紅，乃暗指朝廷大臣正值得意之秋，而「雪霜羞」又言
己之見棄也。《烏臺詩案》言「此詩皆譏諷當時執政大臣，以比化工但欲出新
意擘畫，令小民不得暫閑也」〔註 110〕，言詩中有寄托，當毋庸置疑。

---

〔註 104〕同註 90，卷四二，頁 2305。
〔註 105〕同註 90，卷四三，頁 2367。
〔註 106〕同註 90，卷七，頁 332。
〔註 107〕同註 106。
〔註 108〕同註 90，卷一○，頁 485。
〔註 109〕同註 90，卷一一，頁 525。
〔註 110〕同註 109。

**王莽**　熙寧七年十月（罷杭赴密）

漢家殊未識經綸，入手功名事事新。百尺穿成連夜井，千金購得解飛人。

〔註111〕

此詩以「漢家」為言，實暗寓「宋世」，借古以喻今。言「入手功名事事新」，乃謂安石行新法，苟可變更，無不施行。此詩第二句以王莽之好大喜功，諷刺王安石大興水利；第四句又借王莽募有奇技術可攻匈奴者，以刺安石之開邊隙。二「王」同出一轍，寓意甚明。

**董卓**　熙寧七年十月（罷杭赴密）

公業平時勸用儒，諸公何事起相圖。只言天下無健者，豈信車中有布乎？

〔註112〕

此詩以前二句言惠卿事。王文誥案語云：「是年四月，王安石罷相，薦惠卿參知政事。惠卿既得政，苟可陷安石者，無所不至。公作此二詩（指〈王莽〉、〈董卓〉），正惠卿起安國獄時也。以公業之詭辭更對以媚董卓，言惠卿之事安石包藏禍心。此詩第三、四句，以車中有布，借呂布以指惠卿，譏介甫不知用人也。是時介甫等爭市易事自相叛，故有是言。

**次韻子由送蔣夔赴代州學官**　熙寧十年（徐州軍州事）

功利爭先變法初，典型獨守老成餘。窮人未信詩能爾，倚市懸知繡不如。

代北諸生漸狂簡，床頭雜說為爬梳。歸來問雁吾豈敢，疾世王符解著書。

〔註113〕

此詩首言安石訓釋《詩》、《書》、《周禮》頒之，號《新義》，主司純用以取士，士莫得自名一經，先儒傳註，一切廢不用，因謂安石爭功利、行變法。據《宋史‧職官志》載「慶曆四年，詔州、軍監各立學，置教授，訓導諸生，委運司及長吏於幕職州縣或本處舉人有德藝者充。熙寧中，始命於朝」〔註114〕，蔣夔此時將赴代州為學官，東坡美其守典型，正所以刺安石之行新法也。

詩末二句，借後漢王符隱居著《潛夫論》三十餘篇，言當效法以刺當時得失，著書代言，待其歸來，定有同歡之時。全詩於期勉之際，寄寓無限感慨，其反對新法，可見一斑。

〔註111〕同註90，卷一二，頁599。
〔註112〕同註111。
〔註113〕同註90，卷一五，頁727。
〔註114〕同註113。

寓居定惠院之東，雜花滿山，有海棠一株，土人不知貴也　元豐三
年（謫居黃州）

江城地瘴蕃草木，只有名花苦幽獨。嫣然一笑竹籬間，
桃李漫山總麤俗。也知造物有深意，故遣佳人在空谷。
自然富貴出天姿，不待金盤薦華屋。朱唇得酒暈得臉，
翠袖捲紗紅映肉。林深霧暗曉光遲，日暖風輕春睡足。
雨中有淚亦悽愴，月下無人更清淑。先生食飽無一事，
散步逍遙自捫腹。不問人家與僧舍，拄杖敲門看修竹。
忽逢絕艷照衰朽，歎息無言揩病目。陋邦何處得此花，
無乃好事移西蜀？寸根千里不易致，銜子飛來定鴻鵠。
天涯流落俱可念，為飲一樽歌此曲。明朝酒醒還獨來，
雪落紛紛那忍觸？〔註115〕

此詩二十八句，共一百九十六字，屬七古，有敘事詩之情味。詩借海棠
處竹籬間，不為人所重，喻自己投閒置散，恰似海棠幽苦，化一己之悲喜於
海棠上，情景交融，寓意深微。

詩前八句言海棠風姿高秀，處此瘴地竹籬，仍展露歡顏，因之，桃李與其
相較，頓失光采。然詩人設想，海棠如佳人，處此空谷定是天意，是以無須華
屋、金盤以襯托其名貴，自然雍容大方，儀態萬千。詩中意味己之謫居黃州，
亦是天意使然，於此小人當道之際，己之高潔幽居，不求人識，自然出塵。

中六句言海棠如佳人一般，色澤紅艷，如酒後容顏，映人肌膚。據《明
皇雜錄》云「上皇嘗登沈香亭，妃子時卯醉未醒。高力士從侍兒扶掖而至。
上皇笑曰：『豈是妃子醉耶？海棠睡未足耳！』」〔註116〕則「林深霧暗曉光遲，
日暖風輕春睡足」意味海棠神態，似佳人酒熟未醒之嬌態也！然東坡別出心
裁，以雨後月出為襯景言其「清淑」，更意謂海棠之高潔也！詩人寫海棠之形
神，實借此發抒一己之歡惋，申言自己之悽愴，唯「清淑」二字足以當之。

自「先生」以下十句，感慨謫居杜門，無所事事，日日唯捫腹散步，每
逢修竹則賞玩終日。忽見海棠，慨歎其流落陋邦，似乎好事者所為；然以其
若千里所移，則定為「鴻鵠」所銜，其名貴自不在話下。此皆詩人情感投射，
言己處此異鄉，殆非易事，他日當有所用，以展鴻鵠之志。

---

〔註115〕同註90，卷二〇，頁1037。
〔註116〕同註115。

　　末四句言海棠流落與己之謫居，俱爲可憐，補敘其爲詩之由，結以明日酒醒，懼雪已覆此名花，頗富情味！通篇物我雙寫，形神俱備，是故紀昀美其「純以海棠自寓，風姿高秀，興象深微。後半尤烟波跌蕩，此種眞非東坡不能，東坡非一時興到亦不能。」〔註117〕蓋謂其寓中有我，自不同於一般泛詠之作！

**紅梅三首〈其一〉　元豐五年（謫居黃州）**

怕愁貪睡獨開遲，自恐冰容不入時。故作小桃紅杏色，尚餘孤瘦雪霜姿。

寒心未肯隨春態，酒暈無端上玉肌。詩老不知梅格在，更看綠葉與青枝。

〔註118〕

　　此詩前六句並切紅梅。言其怕愁貪睡是故獨獨遲開，雖詩人設想之辭，然亦隱含一己謫居幽獨之情狀也。詩人以梅之色紅，乃懼不入時宜而有桃杏之色，實己情感投射作用，亦恐己不爲世所容也！以「孤瘦」、「雪霜」描寫梅之不同流俗，以醉酒佳人言其寒心猶在，此皆形神雙寫之辭，中有一己人品高潔之映照。末二句譏曼卿寫梅，唯知寫其形貌，未能言物之神，非詠物詩之上乘也！

　　東坡詠梅詩，借梅之耐霜寒、有氣骨爲喻，寄托一己志節，時有所見，故此詩物我雙寫，言己不容於時，然絕不爲形勢所劫也！

**海棠　元豐七年（謫居黃州）**

東風嫋嫋泛崇光，香霧空濛月轉廊。只恐夜深花睡去，故燒高燭照紅妝。

〔註119〕

　　此詩首以東風輕拂譬喻聖主恩澤，彷彿春光降臨海棠身上，自己亦感受皇恩之被覆。此言並非泛論，而乃有感而發。元豐六年，曾鞏歿於臨川，京師傳聞東坡同日仙逝，神宗以此詢問蜀人蒲宗孟，而有才難之歎，七年正月並手札徙軾汝州，告命有「蘇軾黜居思咎，閱歲滋深，人才實難，不忍終棄」之語。東坡知神宗有恩詔，睹物興感，因謂皇恩浩蕩，澤被於己。其次以「月轉廊」喻神宗有愛己之心，已無廢棄之意，恰似海棠經春風輕拂，亦有無限生意。三四句詩人以花擬人，言神宗手下恩詔，移己於汝，恰似高舉紅燭，深恐己如海棠睡去。

---

〔註117〕同註115。

〔註118〕同註90，卷二一，頁1107。

〔註119〕同註90，卷二二，頁1186。

全詩將海棠喻己，並採暗示手法，以東風吹拂、高燒紅燭，言皇恩之浩蕩。以月轉迴廊，喻神宗態度之轉變，曲盡其情，深有寄託。

### 惠崇春江晚景二首〈其二〉　元豐八年十月〈登州軍州事〉

兩兩歸鴻欲破群，依依還似北歸人。遙知朔漠多風雲，更待江南半月春。

〔註120〕

此詩首句寫天上景致，兩兩歸鴻，暗指東坡與子由。是年三月，神宗崩，哲宗即位，十月東坡以禮部郎中召回，蘇轍爲右司諫，故以歸鴻喻北歸之人。兩人位居高官，回首過往朔漠般艱辛時日，如今已有轉機，睹物思情，發爲斯言。詩人題畫，往往超乎畫外，因此「遙知」二字雖爲目見，亦爲親自體驗而得，其中寄寓無限慨歎，不可不知。

### 次韻朱光庭初夏　元祐元年（在朝任官）

朝罷人人識鄭崇，直聲如在履聲中。臥聞疎響梧桐雨，獨詠微涼殿閣風。
諫院君方續承業，醉鄉我欲訪無功。陶然一枕誰呼覺，牛蟻初除病後聰。

〔註121〕

據《續通鑑長編》云：「元豐八年十月，朱光庭爲左正言。元祐元年九月，爲左司諫。」東坡此詩作於初夏，光庭時尚在正言任。《宋史‧劉摯傳》謂光庭乃首激成元祐黨禍之人。《東都事略》謂光庭乃君子而不仁者。

此詩首聯言光庭左正言，當克盡諫諍之責，如鄭崇般有正直之譽。頷聯似言初夏實景，然王文誥案語云：此句用柳公權〈與唐文宗聯句「殿閣生微涼」語〉，特以獨詠二字畫清本界。公嘗謂公權有美無箴，故此句以雖詠不忘諫諍之意諷之，且上聯太實，此則急脈緩授，其意自到，非不貫也。〔註122〕指明此句有寄託，乃言光庭當有所諫諍也。此語極含蓄，非深味之而直以寫景言之，則詩旨盡失。

### 破琴詩　元祐六年

破琴雖未修，中有琴意足。誰云十三絃，音節如佩玉。新琴空高張，
絲聲不附木。宛然七絃箏，動與世好逐。陋矣房次律，因循墮流俗。
懸知董庭蘭，不識無絃曲。〔註123〕

---

〔註120〕同註90，卷二六，頁1402。
〔註121〕同註90，卷二七，頁1445。
〔註122〕同註121。
〔註123〕同註90，卷三三，頁1769。

　　王文誥案語云：「熙寧中，公與劉摯攻法，被出，會於廣陵，本同氣也。元祐初，摯以是循至執政，而隳其所守。及入相，且拒公，公察其隱，乞罷召，而子由已爲所攻。時朔黨盤踞朝廷，洛黨歸之，遂悉登言職，而假名伊川報隙。公云：召還非大臣本意，今賈易擢貳風憲，付以雄權，不久必言臣。子由云：微仲直而闇，摯曲意事之，陰竊其進退士大夫之柄。」又云：「公既還，墮摯術中，知必爲所敗，而乞出不許，因有破琴之慨。」知此破琴詩非徒詠物，蓋有所言志也！

　　全詩十二句，四句一意。首四句言琴破而有十三弦，如箏一般，琴音俱在，音聲如玉。王文誥推而言之，云：「此節以箏似琴自喻，謂自熙豐至元祐，屢被攻逐，雖破琴如故，而音節不改也！」〔註124〕必如是觀，方不致以詠物詩囿之。

　　中四句言新琴未若破琴，音清聲諧，而空有琴絃，未成曲調。然世人固好逐之，視之如七絃之箏。王文誥言：「此節以琴似箏喻摯，謂向者同一破琴，今雖新之，而喪其本質，故與我分馳也。」此言甚當，否則，東坡何以借「動與世好逐」以譏之？

　　末四句以房琯事借言以諷劉摯。據《舊唐書·房琯傳》載：「琯爲相，與劉秩等，高談虛論，此外則聽董庭蘭琴，庭蘭自是大招納貨賄。」琯，字次律，東坡借房琯聽琴事，謂流俗人當不能識此無絃之曲。王文誥云：「此節以琯爲相，忘卻本來面目，喻摯而譏易、光庭，不能始終以洛黨攻我，乃甘心爲庭蘭賣其師，而自售取利，是亦新琴，非破琴也！」所言甚是！

　　全詩似言琴事，然實借以聊抒感慨，托箏以自喻，其意甚明，吾人詳觀詩意，當有所得。

### 書破琴詩後　元祐六年

　　此身何物不堪爲，逆旅浮雲自不知。偶見一張閑故紙，便疑身是永禪師。

　　此詩敘云：「余作〈破琴詩〉，求得宋復古畫邢和璞於柳仲遠，仲遠以此本託王晉卿臨寫爲短軸，名爲〈邢房悟前生圖〉，作詩題其上。」而王文誥據此而言：「元豐末，司馬光力引劉摯，以其攻安石也。及光沒，遂執政，至是入相。然摯自結黨以來，非復前之爲摯，而宣仁進之不已，則主光言也。此皆前詩（破琴詩）之來歷，而前所不道，蓋恐後之人未能盡通其故，又補題

此詩也。」觀其名〈邢房悟前生圖〉，邢蓋指邢和璞，房則暗指房琯事，可知中有所托也！

詩言「此身何物不堪爲」，王文誥言：「謂摯前攻安石，而茲則結納章惇、邢恕，既攻伊川，又以其黨攻我，所爲皆不堪也。」則詩已自言其不齒之意。

二句承接以言「逆旅浮雲自不知」，王文誥言：「謂摯變怪反復，不測如此，皆非光所知也！」以「浮雲」之變化無常譬喻，正見摯之見風轉舵，亦見司馬光之不知人也！

三、四句言「偶見一張閑故紙，便疑身是永禪師」，王文誥云：「此以婁師德比光，謂宣仁用光陳言相摯，猶見婁師德一書，便指房琯爲智永，則未然也。是年十一月，摯坐發覺，宣仁怒，同列爲解免，不聽，罷摯鄆州，是此詩之明驗矣！」所言甚是！

全詩有所托諷，非明眼人斷難識其中玄機。東坡之寫物兼有言志，自〈書破琴詩後〉一詩可知。

### 聽武道士彈賀若　元祐六年八月

清風終日自開簾，涼月今宵肯挂簷。琴裡若能知賀若，詩中定合愛陶潛。

〔註125〕

此詩似聽琴有感，以「清風」、「涼月」相對，謂琴音清高，如孤月懸空，倍覺清涼也。「自開簾」謂琴中有眞意，欲辯已忘言也！「肯挂簷」則有詢問之意，意謂劉摯若能幡然改悔，當能解此嫌隙也！王文誥言此詩乃「謂摯能翻然改悔，舍其新而舊是謀，則猶將念及我矣，終以久要之詞，而望以涼宵之月，摯而有知，能無愧乎！」〔註126〕東坡以陶潛高士，勸喻劉摯聽琴當悟，可謂曲盡其妙矣！

### 和陶飲酒二十首其三　元祐七年（揚州軍州事）

道喪士失己，出語輒不情。江左風流人，醉中亦求名。淵明獨清眞，
談笑得此生。身如受風竹，掩冉眾葉驚。俯仰各有態，得酒詩自成。

〔註127〕

蘇轍〈東坡先生和陶淵明詩引〉云：「子瞻出仕三十餘年，爲獄吏所折困，終不能悛，以陷大難，乃欲以桑榆之末景，自託於淵明，其誰肯信之！

〔註125〕同註113，頁1775。
〔註126〕同註125。
〔註127〕同註90，卷三五，頁1884。

雖然，子瞻之仕，其出處進退，猶可考也，後之君子，其必有以處之矣！」
〔註128〕

　　東坡有意爲此和陶詩，顯然易見。此詩言世衰道微，則賢士遁隱，唯有
如淵明致仕飲酒，方能獲得全生。「身如受風竹」既以竹自喻，亦言明己心經
歷出處，中心震懾，猶如風中竹葉，飄忽不已，唯有效淵明持志節、飲醇酒，
賦詩自娛，庶幾可忘憂！

　　和陶飲酒二十首其四　　（同前）

　　蠨蠖食葉蟲，仰空慕高飛。一朝傅兩翅，乃得黏網悲。啁啾同巢雀，
　　沮澤疑可依。赴水生兩殼，遭閉何時歸？二蟲竟誰是，一笑百念衰。

　　幸此未化間，有酒君莫違！〔註129〕

　　此詩以蠖食葉蟲，唯慕高飛；巢雀赴水，不知何歸，暗喻己誤落塵網中，
猶不知悔，雖詞淺，然意深，是故紀昀評此曰：「託興深妙，而氣息亦甚古，
結二句，形神皆似。」〔註130〕所謂形神皆似，謂東坡一生，欲「託事以諷，
裨補時宜」，既位登臺閣，遂此心願，然黨爭不已，復出領方郡，所幸能悟前
非而今是，願效淵明詩酒自娛，不復貪戀名利也！

　　鶴歎　　元祐八年（定州軍州事）

　　園中有鶴馴可呼，我欲呼之立坐隅。鶴有難色側睨予，豈欲臆對如鵬乎？
　　我生如寄良畸孤，三尺長脛閣瘦軀。俯啄少許便有餘，何至以身爲子娛？
　　驅之上堂立斯須，投以餅餌視若無。戛然長鳴乃下趨，難進易退我不如。

　　〔註131〕

　　此詩紀昀評曰：「純是自托，末以一語點睛，筆墨特爲奇恣。」〔註132〕
以鶴喻己，表高潔之志，復以問答方式出之，愈見托寓無跡。首言見鶴而呼，
鶴有難色，謂己出入仕宦，今已無復入朝，既入朝復因黨爭再黜，自知前途
當愈艱難矣！

　　次言己既畸且孤，僅如鶴般，餘三尺長脛，一副瘦軀。本以少許即可自
飽，竟至爲仕宦所羈絆，東坡不自言，而以鶴歎出之，乃不欲因詩入罪也！

---

〔註128〕同註127，頁1882。
〔註129〕同註127，頁1883。
〔註130〕同註127。
〔註131〕同註90，卷三七，頁2003。
〔註132〕同註131。

末言今投以餅餌，鶴視若無睹，而歎己出處不如，此乃暗寓己之無能，不早歸去以求自全也，他日被禍，蓋亦難免！

全詩宛轉借喻，鶴即東坡，東坡即鶴，情景交融，寓意深微，有一己心志在其中！

**黃河** 紹聖元年閏四月 （貶謫英州）

活活何人見混茫，崑崙氣脈本來黃。濁流若解汙清濟，驚浪應須動太行。

帝假一源神禹迹，世流三患梗堯鄉。靈槎果有仙家事，試問青天路短長。

〔註133〕

此詩作於責知英州軍州事，已渡河之時。詩中言「濁流若解汙清濟，驚浪應須動太行」喻黨人排擠也。而頸聯藉莊子天地篇之意，謂天下有道則仕，無道則修德以隱，因言欲乘彼白雲，至於帝鄉，身乃無患，俱有興寄之語。尾聯以「試問青天路短長」似藉黃河口吻為言，然詳析之，應為東坡自問之語！

**十一月二十六日，松風亭下，梅花盛開** 紹聖元年十月 （謫居惠州）

春風嶺上淮南村，昔年梅花曾斷魂。豈知流落復相見，蠻風蜑雨愁黃昏。

長條半落荔支浦，臥樹獨秀桄榔園。豈惟幽光留夜色，直恐冷艷排冬溫。

松風亭下荊棘裡，兩株玉蕊明朝暾。海南仙雲嬌墮砌，月下縞衣來扣門。

酒醒夢覺起繞樹，妙意有在終無言。先生獨飲勿歎息，幸有落月窺清樽。

〔註134〕

此首詠梅詩共十六句，前六句憶及元豐三年正月關山路上細雨梅花，倍添愁緒。詩云「蠻風蜑雨愁黃昏」，暗示此劇貶謫，猶如梅花在風雨之中，黃昏時節，益覺淒愴。言梅之「半落荔支浦」、「獨臥桄榔園」，正詩人一己落寞之投影。此時物我交融，東坡已化身梅花，賦予梅花幽思愁恨矣！

中八句復以「幽」、「冷」意象，言梅花置身荊棘中，益顯其白，暗寓己處貶謫之地，雖荊棘滿野，景況淒清，幽愁不已，然為官清白，自不在乎新法人士之排擠。因言梅花猶如天人姿澤，降生於此，我亦如天降謫仙，月下相逢，頓生憐惜之心。

末四句言依戀不忍之情，歸結於無言，勉己苦中作樂，一解愁緒。東坡凡詠梅，俱有一己感懷，此詩亦同。

---

〔註133〕同註131。

〔註134〕同註90，卷三八，頁2076。

**再用前韻**　（同前）

羅浮山下梅花村，玉雪爲骨冰爲魂。紛紛初疑月挂樹，耿耿獨與參黃昏。
先生索居江海上，悄如病鶴棲荒園。天香國艷肯相顧，知我酒熟詩清溫。
蓬萊宮中花鳥使，綠衣倒挂扶桑暾。抱叢窺我方醉臥，故遣啄木先敲門。
麻姑過君急掃灑，鳥能歌舞花能言。酒醒人散山寂寂，惟有落蕊黏空樽。

〔註135〕

　　此詩共十六句，與前詩同，俱描寫松風亭下之梅花。詩四句言梅「玉骨」
肌，「冰雪」魂，俱爲美梅花冰清玉潔之意。三、四句言「初疑」、「獨與」，
物我雙寫，謂不自意流落此境，空餘悵惘之情。

　　「先生」以下八句，言己遠謫嶺南，恰似「病鶴」棲「荒園」，東坡曾自
言己如鶴般「三尺長脛閣瘦軀」，如今老病，置此荒園，其落寞可知，故言梅
乃「天香國艷」慰我情愁，入我詩酒，兩相對照，東坡自歎衰老，由此可見。
復以梅花如蓬萊宮中花鳥使，來自天上，以慰己遠赴嶺南，亦上蒼意旨，遂
化解心中窮愁。此時，梅花儼如天仙降臨，東坡醒醉之間，復逢此艷姝，乃
化悲爲喜。

　　末四句言花似能言，慰此羈旅之人，此劇酒醒人散，唯有月落參橫，落
蕊空樽，一切盡在不言中。

**花落復次前韻**　紹聖元年（謫居惠州）

玉妃謫墮烟雨村，先生作詩與招魂。人間草木非我對，奔月偶桂成幽昏。
闇香入戶尋短夢，青子綴枝留小園。披衣連夜換客飲，雪膚滿地聊相溫。
松明照坐愁不睡，井華入腹清而暾。先生來年六十化，道眼已入不二門。
多情好事餘習氣，惜花未忍都無言。留連一物吾過矣！笑領百罰空罍樽。

〔註136〕

　　東坡前此有〈新釀桂酒〉詩云「爛煮葵羹斟桂醑，風流可惜在蠻村」句，
〈惠守詹君見和，復次韻〉詩云：「三杯卯困忘家事，萬戶春濃感國恩」，此
時生活既苦，卻無絲毫怨懟，唯日飲醇酒，以遣窮愁。

　　此時，借花如美人，偶墮此荒村爲言，正所以托物言志，不落跡痕。詩
中言「先生作詩與招魂」，乃設想之辭，然亦暗指己如屈原般勸喻國君，君上
不納之憂思。詩之三、四兩句深有慨歎，自言己非無情草木，而花之落恰如

---

〔註135〕同註134。
〔註136〕同註134。

奔月偶桂，了不相涉。「闇香」句以下言對花飲酒之情，至「先生」句，筆鋒一轉，寫己惜花之情，末二句言無須留戀過往，唯應珍惜眼前，心境一掃陰霾，復歸於澄明。

全詩借愛花、惜花之語，言己已屆耳順之齡，不復歎逝過往，唯願隨遇而安，寄此餘生！

**糴米** 紹聖四年（謫居儋州）

糴米買束薪，百物資之市。不緣耕樵得，飽食殊少味。再拜請邦君，
願受一廛地。知非笑昨夢，食力免內愧。春秧幾時花，夏稗忽已穟。
悵焉撫耒耜，誰復識此意？〔註137〕

東坡曾言：「吾謫海南，盡賣酒器，以供衣食。」〔註138〕時謫居儋耳，衣食困窘可知。此詩紀昀評曰：「託意深微」，蓋指海南乏食，有意力耕，然緩不濟急，此寧非天意召回，有感而發，其自歎年老，萬念俱灰之意已表露無遺。

首聯言哲宗崩逝，猶如霹靂雷霆，此時朝政如暮雨降臨，天色開張，庶幾恢復清明。此既是眼前倚欄遠眺之景，亦是詩人感發之辭，情景縮合，恰到好處！

頷聯承上而言。《埤雅》云：「虹常隻見，鮮盛者雄，其暗者雌。」〔註139〕此處採雌霓入詩，暗喻朝中主政之章惇、蔡京等受臺諫排擠，政局已如垂天雌霓下雲端，此時詩人心中之快意，恰似海上雄風，隨詔書而來。

頸聯言耳邊聽聞，盡是可喜之事，即連年災害，今得以喜獲豐收，而己放逐海南，今亦有書詔回。元符三年人日詩，東坡仍言「三策已應思賈讓，孤忠終未赦虞翻」乎！

詩云「再拜請邦君，願受一廛地」，有一己志節寓於其中。「知非笑昨夢，食力免內愧」，又有昨非今是之感，願自謀衣食，不復仕宦之意，然謫此海南，竟無以致之，此所以廢耒而歎，憂思不已也！

詩中無一語怨天尤人者，僅以「誰復識此意」作結，此即託意深微之處也！

〔註137〕同註90，卷四一，頁2254。
〔註138〕同註137，頁2252。
〔註139〕同註90，卷四三，頁2363。

－82－

**儋耳　元符三年（謫居海南）**

霹靂收威暮雨開，獨憑闌檻倚崔嵬。垂天雌霓雲端下，快意雄風海上來。

野老已歌豐歲語，除書欲放逐臣回。殘年飽飯東坡老，一壑能專萬事灰。

〔註140〕

此詩作於徽宗繼位，東坡遷廉州之時。東坡得知詔書言己北歸恐無望，今聞此喜訊，焉能不展顏歡笑？

尾聯化杜甫「但使殘年飽吃飯」及莊子〈秋分〉「擅一壑之水而跨跱坎井之樂，此亦至矣！」因言己能安度晚年，衣食無乏，於願足矣！

汪師韓《蘇詩選評》評此詩：「嶕崒雄姿，經挫折而不稍損抑。浩然之氣，于此見其心聲」，其托寓深微，於焉可見。

**過嶺二首其二　靖國元年（度嶺至虔）**

七年來往我何堪？又試曹溪一勺甘。夢裡似曾遷海外，醉中不覺到江南。

波生濯足鳴空澗，霧繞征衣滴翠嵐。誰遣山雞忽驚起，半巖花雨落毿毿。

〔註141〕

東坡於徽宗靖國元年正月度嶺，而有此詩。詩意憶及前塵，不堪回首，故以此詩表明已無機心，政敵無復相猜之意。

首聯自言貶謫惠州、儋州，至今已七年矣，如今得以北歸，再飲曹溪泉水也！據《年譜》載「公以紹聖元年，自定州貶惠州，凡四年，再貶儋耳，明年改元元符，至三年，乃量移廉州，凡七年」，此乃紀實，既而飲曹溪泉水為言，又含意深邃，盡在不言中也！

頷聯言回憶過往，遠渡海南彷如夢境，江南之遊，竟在醒醉之間。王文誥云：「真乃吉祥文字」〔註142〕，蓋意謂前此困厄，能以淡語出之，胸中毫無怨懟，此所以襟度豁達，宜享千秋萬世之名也。

頸聯言此間所見，唯澗水波瀾，可濯我足，霧繞征衣，山色蒼翠，過往一如雲煙，至此已消失無蹤矣！此等言語，唯親歷其境，方知「也無風雨也無晴」為何等境界也！

尾聯以「山雞」暗譬風雨如晦，「雞鳴不已」，而今心境空靈，一如「雲散月明誰點綴，天容海色本澄清」，「浮雲時事改，孤月此心明」。紀昀評曰：「此言機心已盡不必相猜之意，非寫景也！」所言得其詩旨。

〔註140〕同註139。
〔註141〕同註90，卷四五，頁2427。
〔註142〕同註141。

**次韻郭功甫觀予畫雪雀有感二首其一**　靖國元年（北歸作）

早知臭腐即神奇，海北天南總是歸。九萬里風安稅駕，雲鵬今悔不卑飛。
〔註143〕

　　此詩雖言次韻觀畫有感，然實爲東坡心跡之表白。首言臭腐即神奇，謂莊子有「齊物」之論，則我與物俱是合一，無須汲汲營營於功名利祿也！次言雀鳥無處不可歸，亦如己海北天南「此生何處不安身」之意。王文誥案語云：「公眞有此意，非徒見之語言文字也！」三句言幸有風助，以濟己北歸，因借前渡海南〈次前韻寄子由〉詩「下視九萬里，浩浩皆積風」爲言，言幸有此九萬里風，方能平安北返。末言此生盛名所累，而今見雀始知仕宦之誤，言下之意，早知如此，應效雀鳥低飛，當可免禍！

　　前此所引諸詩，可見東坡一生與北宋黨爭相終始之跡。早年諷諭新法，引經據典以激執政者，遂因詩得禍。自貶謫後，常托物言志，然一己志節，隱然呈現；此後遇事則巧譬暗諭，故能免文字獄之累，然詳玩詩意，其主詩貴有寄托，且以詩什印證之，熟讀深思，當可明之！

# 第三節　詩貴眞情說

　　東坡論詩，特重感情是否眞實。〈和陶飲酒二十首〉其三云：「淵明獨清眞，談笑得此生。」其七云：「有士常痛飲，飢寒見眞情。」其十二云：「惟有醉時眞，空洞了無疑。」其二十云：「蓋公偶談道，齊相獨識眞。」〔註144〕陶詩情眞，是故見賞於東坡，吾人自其盡和陶詩一百九篇〔註145〕，當可見其端倪。

　　東坡於〈書李簡夫詩集後〉曾言：「孔子不取微生高，孟子不取于仲陵子，惡其不情也。陶淵明欲仕則仕，不以求仕爲嫌；欲隱則隱，不以去之爲高；飢則扣門而乞食，飽則雞黍以延客，古今賢之，貴其眞也。」觀此一理論，益見其評詩以「情眞與否」爲取捨之標準也！

　　淵明以情眞見賞於東坡，而孟郊亦以情眞，爲東坡所喜。〈讀孟郊詩二首〉其二，即是此一理論之說明。詩云：

---

〔註143〕同註141，頁2455。
〔註144〕見《蘇軾詩集》，卷三五，頁1885。
〔註145〕同註144，頁1882。

> 我憎孟郊詩，復作孟郊語。飢腸自鳴喚，空壁轉飢鼠。詩從肺腑出，
>
> 出輒愁肺腑。有如黃河魚，出膏以自煮。〔註146〕

孟郊一生淒苦，化爲詩篇，往往哀愁莫名，表現「苦寒」風格。東坡深究其詩，以其嘔心泣血眾作中，能表達眞實情感，深表贊許。是以詩中提及：

> 「但得低頭拜東野，不辭中路伺淵明」〔註147〕。
>
> 「小詩似擬孟東野，大草閒臨張伯英」〔註148〕。

不唯如此，且自言創作詩什，亦一本眞情，而未嘗有造作之詩。《南行前集敘》云：

> 山川之秀美，風俗之樸陋，賢人君子之遺跡，與凡耳目之所接者，
>
> 雜然有觸于中而發于詠歎！〔註149〕

必明乎此，而後可知其遇事即言，詩中有我，全爲此一眞性情所致！

　　基於「詩必有眞情」此一原則，東坡不喜造作之人，亦不喜刻鏤之詩文。〈和陶飲酒二十首〉其三云：道喪士失已，出語輒不情，江左風流人，醉中亦求名。對於謝安，頗有微語，其所以有微語者，亦緣東坡性情之眞也。〔註150〕熙寧五年，東坡有〈監試呈諸試官〉詩云：

> 緬懷嘉祐初，文格變已甚。千金碎金璧，百衲收寸錦。調和椒桂釅，
>
> 咀嚼沙礫磣。廣眉成半額，學步歸踔躓。維時老宗伯，氣壓群兒凜。
>
> 蛟龍不世出，魚鮪初驚澹。至音久乃信，知味猶食椹。至今天下士，
>
> 微管幾左衽。謂當千載後，石室祠高映。〔註151〕

總案熙寧五年條下言：「公監試於中和堂，以其時所取文體甚陋，呈諸試官詩。」〔註152〕可知東坡此詩，乃針砭時文而作。東坡言其時文體「甚陋」，即詩中所言「千金碎金璧，百衲收寸錦」，言宋初文體雕鏤，士相習於奇僻，鉤章棘句，而無一己見解，是以「咀嚼沙礫磣」，食有沙礫，難以入口；文體磔裂，粗鄙已極，此乃東坡所不喜者。有鑑於士子邯鄲學步，忘卻故步，因此，東坡美歐陽修力振文壇，所倡古文定能爲後世所宗，千載之下，人盡傾慕之。此詩

---

〔註146〕同註144，卷一六，頁797。
〔註147〕同註144，卷一九，頁994。
〔註148〕同註144，卷二六，頁1372。
〔註149〕同註144，卷一八，頁922。
〔註150〕同註145。
〔註151〕同註144，卷八，頁367。
〔註152〕見《蘇文忠公詩編註集成》，總案，卷八，頁644。

不啻為宋初詩壇之寫真,亦可見東坡不喜造作時文,鄙棄一般好名之士,以其有違真情也!

　　然而,有生之初,氣類相感,是以情生,東坡之真情至情,何以見之?余遍觀東坡詩集,知其詩什有一己情感之流露者,有與物之情,有與人之情,見諸詩篇,不一而足。約略可得以下諸端:

## 一、寫故鄉之情——

　　　錦水細不見,蠻江清可憐。〈初發嘉州〉

　　　江山如此不歸山,江神見怪驚我頑。我謝江神豈得已,有田不歸如江水。〈遊金山寺〉

　　　每逢蜀叟談終日,便覺峨眉翠掃空。〈秀州報本禪院鄉僧文長老方丈〉

　　　約束家僮好收拾,故山梨棗待歸來。〈寄餾合刷瓶與子由〉

　　　別後與誰同把酒,客中無日不思家。〈寄高令〉

　　　不敢夢故山,恐興墳墓悲。〈和陶還舊居〉

　　　故山不可到,飛夢隔五嶺。〈和陶雜詩十一首〉其二

　　　老鴉銜肉紙飛灰,萬里家山安在哉![註153]

　　東坡每到一處,無不有歸思之意,而詩中述及故鄉者,或敘其景以抒情,或歎其遙而不得歸,出自一片真情,是以淡淡寫來,情味自見!

## 二、寫友于之情——

　　　我少知子由,天資和且清。好學老益堅,表裡漸融明。豈獨為吾弟,要是賢友生。〈初別子由〉

　　　六年逢此月,五年照離別。歌君別時曲,滿座為淒咽。〈中秋月寄子由三首〉其二

　　　憶在懷遠驛,閉門秋暑中。藜羹對書史,揮汗與子同。〈初秋寄子由〉

　　　一與子由別,卻數七端午。身隨綵絲繫,心與昌歜苦。〈端午游真如,遲、适、遠從,子由在酒局〉

---

〔註153〕同註144,卷四二,頁3309。

　　東坡與子由唱和，詩集中多有，至言「嗟予寡兄弟，四海一子由」，〔註154〕感情之佳，古來少見，是以每逢佳節，則賦詩以寄，其著名之〈水調歌頭〉：「但願人長久，千里共嬋娟」，更爲後世傳誦不已，若非眞心互待，何能如是？

## 三、寫朋友之情——

> 傾蓋相歡一笑中，從來未省馬牛風。〈和郡同年戲贈買收秀才三首〉
>
> 結交最晚情獨厚，論心無數今有幾？〈至秀州、贈錢端公安道，並寄其弟惠山老〉
>
> 世上小兒誇疾走，如君相待今安有？〔註155〕
>
> 生死猶如臂屈伸，情鍾我輩一酸辛。〈弔天竺海月辯師三首〉
>
> 他日卜鄰先有約，待君投劾我休官。〈錢安道席上令歌者道服〉
>
> 西湖三載與君同，馬入塵埃鶴入籠。〈次韻周邠寄《雁蕩山圖》二首〉
>
> 死生契闊君休問，灑淚西南向白雲。〔註156〕
>
> 剩作新詩與君和，莫因風雨廢鳴晨。〔註157〕
>
> 君雖爲我此遲留，別後淒涼我已憂。〔註158〕
>
> 我衰且病君亦窮，衰窮相守正其理。〈送顏復兼寄王鞏〉
>
> 鏡湖無賀監，慟哭稽山道。〈哭刁景純〉
>
> 江城白酒三杯釅，野老蒼顏一笑溫。〔註159〕
>
> 一年好景君須記，最是橙黃橘綠時。〈贈劉景文〉
>
> 喜氣到君浮白裡，豐年及我掛冠前。〔註160〕
>
> 世間誰似老兄弟，篤愛不復相疵瑕。〈次韻正輔同遊白水山〉

　　東坡襟懷坦蕩，交遊甚廣，然一本眞情，語近自然。觀其平生密友，有李公擇、王定國、王晉卿、孫莘老、黃魯直等，俱有詩歌唱和，而每到一處，無論識與不識，皆樂與交往，此皆心地空明、情感眞率之故也！

---

〔註154〕同註144，卷一六，頁816。
〔註155〕同註144，卷九，頁432。
〔註156〕同註144，卷一四，頁705。
〔註157〕同註144，卷一五，頁716。
〔註158〕同註144，卷一五，頁741。
〔註159〕同註144，卷二一，頁1105。
〔註160〕同註144，卷三六，頁1930。

## 四、寫父子、夫妻之情——

人皆養子望聰明，我被聰明誤一生。但願孩兒愚且魯，無災無難到公卿。〈洗兒戲作〉

頹然六男子，粗可傳清白。於吾豈不多，何事復歎息。〈和陶飲酒二十首〉其十五

小兒少年有奇志，中宵起坐存黃庭。近來戲作凌雲賦，筆勢彷彿離騷經。負書從我盍歸去，群仙正草新宮銘。〈游羅浮山一首示兒子過〉

苗而不秀豈其天，不仗童烏與我元。駐景恨無千歲藥，贈行惟有小乘禪。傷心一念償其債，彈指三生斷後緣。歸臥竹根無遠近，夜燈勤禮塔中仙。〈悼朝雲〉

東坡六子，過最爲孝，然私心所喜，乃與朝雲所生之遯兒。惜東坡四十九歲，遯兒夭折，朝雲悲慟萬分，東坡亦老淚縱橫，而有〈哭兒詩〉二首，語極眞切。朝雲事東坡二十有三年，爲東坡愛妾，〈悼朝雲〉一詩語語感傷，正爲東坡眞情流露之詩筆。

## 五、寫吏民之情——

細雨足時茶戶喜，亂山深處長官清。〈新城道中二首〉其二

但令黃犢無人佩，布穀何勞也勸耕。〈山村五絕〉其二

父老借問我，使君安在哉？今年好風雪，會見麥千堆。〈出城送客不及步至溪上二首〉其一

春雪雖云晚，春麥猶可種。敢怨行役勞，助爾歌飯甕。〔註161〕

道人勸飲雞蘇水，童子能煎鶯粟湯，暫借藤床與瓦枕，莫教辜負竹風涼。〔註162〕

使君置酒罷，簫鼓轉松陵。狂生來索酒，一舉輒數升。〔註163〕

半醒半醉問諸黎，竹刺藤梢步步迷。但尋牛矢覓歸路，家在牛欄西復西。〔註164〕

---

〔註161〕同註157。
〔註162〕同註144，卷二五，頁1347。
〔註163〕同註144，卷三九，頁2098。
〔註164〕同註144，卷四二，頁2322。

　　東坡數遭遷謫，然每謫一處，則安之若素，詩云：「午睡醒來無一事，只將春睡賞春晴。」〔註165〕，此黃州閑適之情也。「閉門隱几坐燒香」、「卷簾敲枕臥看山」〔註166〕，此惠州生活之寫眞也。「貪看白鷺橫秋浦，不覺青林沒晚潮」〔註167〕，此海南悠閑之境也，因此吏民之間，情感眞摯，至言「明日東家當祭竈，隻雞斗酒定膰吾」〔註168〕，連蠻貊之邦海南人，猶且與其相處融洽，東坡無往而不與百姓樂，當可想見。

## 六、寫家國之情——

　　　只應聖主如堯舜，猶許先生作正言。〔註169〕

　　　一聲慟哭猶無所，萬死酬恩更有時。〔註170〕

　　　鬢鬚白盡成何事，一帖空存老遂良。〔註171〕

　　　三杯卯困忘家事，萬戶春濃感國恩。〔註172〕

　　　莫嫌瓊雷隔雲海，聖恩尚許遙相望。〔註173〕

　　　平生多難非天意，此去殘年盡主恩。〔註174〕

　　　萬里歸來空泣血，七年供奉殿西廊。〔註175〕

　　此等詩句，淡淡寫來，語語眞至，正可明東坡愛國之心。觀其一生「信道直前，曾無坎井之避」〔註176〕、「遠不忘君，未忍改其常度」〔註177〕，皆源於稟性質樸，感情眞實。

　　茲錄其詩作，予以評析，以明其實踐此一詩論之道。

　　　辛丑十一月十九日，既與子由別於鄭州西門之外，馬上賦詩一篇寄
　　　之　嘉祐六年十一月（赴鳳翔任）

〔註165〕同註162，頁1330。
〔註166〕同註144，卷四○，頁2226。
〔註167〕同註144，卷四三，頁2365。
〔註168〕同註144，卷四二，頁2328。
〔註169〕同註144，卷一九，頁1000。
〔註170〕同註169，卷1002。
〔註171〕同註144，卷三三，頁1767。
〔註172〕同註144，卷三八，頁2078。
〔註173〕同註144，卷四一，頁2244。
〔註174〕同註144，卷四四，頁2385。
〔註175〕同註174，頁2407。
〔註176〕同註144，卷八，頁401。
〔註177〕同註176。

不飲胡爲醉兀兀，此心已逐歸鞍發。歸人猶且念庭闈，今我何以慰寂寞？
登高回首坡隴隔，但見烏帽出復沒。苦寒念爾衣裳薄，獨騎瘦馬踏殘月。
路人行歌居人樂，童僕怪我苦悽惻。亦知人生要有別，但恐歲月去飄忽。
寒燈相對記疇昔，夜雨何時聽蕭瑟？君知此意不可忘，愼勿苦愛高官職。

〔註178〕

此詩乃東坡赴鳳翔府節度判官廳公事任，子由送至鄭州，十九日天未明，別於西門之外而作，亦是兄弟第一次離別之時。詩中洋溢手足之情，言淺意深，耐人尋味！

全詩十六句，七言古詩。首四句言不捨之情，謂自幼及長形影不離，一旦兩地遠隔，相見不知何日，孤寂之感油然而生。以「醉」形容此時「愁」，不言登車纜轡而言「逐歸鞍」，皆有慨歎之意！

「登高」以下四句，紀昀評曰：「妙寫難狀之景」，意謂所述形象鮮明，「登高回首」既爲依依不捨之狀，「烏帽出沒」已言漸行漸遠。時値寒冬，念子由馬瘦衣單，天又未明，正憂其歸路艱難。不思己前路風塵，而反慮子由歸途遠，此所以友愛之情使然也！四句確爲情景雙寫之佳句，又不使艱險字眼，能傳味外之味，此所以高明也！

「路人」以下四句，以側筆托烘己心之愁。路人之歌且樂，正反襯詩人心境蕭索，無法同樂。童僕之嗟怪，正所以映襯主人此行悽惻。言「但恐歲月去飄忽」，點明心中所愁者，乃相見無期。「此去經年，應是良辰美景虛設」，念此怎能不感傷懷？

末四句於韋蘇州〈與元常全眞二生〉詩：「寧知風雨夜，復此對床眠」蛻化詩句，相約早退，共爲閒居之樂。全詩結構綿密，以情貫穿，淡淡寫來，愈見眞切！

**壬寅重九，不預會，獨遊普門寺僧閣，有懷子由　嘉祐七年（鳳翔任）**

花開酒美盍言歸，來看南山冷翠微。憶弟淚如雲不散，望鄉心與雁南飛。
明年縱健人應老，昨日追歡意正違。不問秋風強吹帽，秦人不笑楚人譏。

〔註179〕

---

〔註178〕同註144，卷三，頁95。
〔註179〕同註144，卷四，頁151。

　　此詩爲七言律詩。王維詩「每逢佳節倍思親」，道盡天下有家歸不得遊子之心，東坡此詩亦有此意。首聯言花好酒美本不應言「歸鄉」，然獨步僧閣，一心思家，是以望山解憂。

　　頷聯直抒望鄉憶弟之情，然以「雲不散」、「雁南飛」等具象比擬，不覺其直筆，反覺情思宛轉，眞切感人。蓋雲之不散，正所以風雨欲來，欲哭未哭，更見其愁苦。而雁爲候鳥，依時而南，己時時思家，尤以佳節爲甚，比譬可謂恰切。

　　頸聯言時光易逝，相會無由，過往歡樂一如夢境，待追憶已無跡痕，此間料想三年一任，暫可歸鄉，異日當可歡聚。言「追歡」，正所以亦喜亦悲、患得患失之意也！

　　尾聯言因思家而忘我，他人得知，恐有譏刺乎！此採《晉書》：「九日，溫（桓溫）宴龍山，僚佐畢集，有風至，吹嘉（孟嘉）帽墮落，嘉不之覺。」故言己思家不覺也。

　　此詩乃東坡與子由相別近一年之語。「獨在異鄉爲異客」，無怪乎語出眞心，情自感人。

**病中聞子由得告不赴商州三首其三　嘉祐七年（鳳翔任）**

辭官不出意誰知？敢向清時怨位卑。萬事悠悠付杯酒，流年冉冉入霜髭。

策曾忤世人嫌汝，易可忘憂家有師。此外知心更誰是？夢魂相覓苦參差。

〔註180〕

　　根據王文誥案語云：「是時，子由爲宰執兩制齟齬之甚。自其年少釋褐，又舉直言，一鼓言氣，至是消磨盡矣！公既憐之痛之，又欲解之勉之，讀此三詩，眞乃可歌可泣，非深知其故不可得其情也！」〔註181〕子由除商州推官，奏乞養親三年，所以得告不赴，東坡深知此意，故此詩以言寬慰之。

　　首聯言己知子由意在養親，而非因位卑不赴任，意乃憐其爲己盡孝，痛其志無法伸也。言「意誰知」，即已明言「唯我知」，而後補敍非爲位卑，乃所以扣緊題旨，言子由意在養親也，委婉致意，更見情親。

　　頷聯言眼前有愁，唯有借酒澆愁，而時光荏苒，更不知相聚何時。王文誥評曰：「凡此詩等句，皆說得傷筋動骨，但看去不覺耳！」意謂感時傷懷，意極深微，然以緩筆出之，不自覺其傷慟之意。

〔註180〕同註179，頁157。
〔註181〕同註179，頁156。

頸聯勉其潛心於老蘇之《易傳》，俟時機出仕，庶幾有所作爲！按《潁濱遺老傳》云：轍年二十三，舉直言，仁宗親策之於廷，因所問，極言得失。《策》入，自謂必見黜。」〔註182〕則東坡言「策曾忤世」，蓋言轍直言見忤之事也。

尾聯東坡引《韓非子》載：「六國時，張敏與高惠二人爲友。每相思不能得見，敏便於夢中往尋，但行至半道，即迷不知路，遂回。」〔註183〕言子由之心，我深知之，惜未能相從，當於夢中相見得以訴衷情乎！

全詩不言感謝子由養親事，然委婉陳述己深知弟之友愛，復以學《易》相勉，欲子由待機而出，娓娓道來，頗見情致！

### 和子由蠶市　嘉祐八年（鳳翔任）

蜀人衣食常苦艱，蜀人遊樂不知還。千人耕種萬人食，一年辛苦一春閑。
閑時尚以蠶爲市，共忘辛苦逐欣歡。去年霜降斫秋荻，今年箔積如連山。
破瓢爲輪土爲釜，爭買不啻金與紈。憶昔與子皆童丱，年年廢書走市觀。
市人爭誇鬥巧智，野人喑啞遭欺謾。詩來使我感舊事，不悲去國悲流年。

〔註184〕

全詩十六句，屬七言古詩。前四句言蜀人生活貧苦，常一夫耕，百人食之；一婦桑，百人衣之。」然蜀人「爲歡恐無及」〔註185〕每到農收之後，正月人日之時，赴曲江禊飲，踏青草，盡興乃歸。

中六句言蜀人以蠶爲市，歡笑宣騰，慶祝豐收。今年且爭相購置狄泊、瓢輪、土釜等，以便於桑蠶，言下之意，蜀人勤於農事，可以想見。

後六句憶及與子由遊覽市觀之景，如今又是歲首，不禁悲從中來；此不言歸思，而歸思已在。而「市人爭誇鬥巧智」，又可見四川民俗之一斑。

全詩充滿憶往之情，提及家鄉習俗，又有悲思之意，蓋羈旅在外，述及家中習俗，彷彿親臨其境，此詩純以情意感人可知！

### 潁州初別子由二首其二　熙寧二年七月（杭州通判任）

近別不改容，遠別涕露胸。咫尺不相見，實與千里同。人生無離別，
誰知恩愛重？始我來宛丘，牽衣舞兒童。便知有此恨，留我過秋風。
秋風亦已過，別恨終無窮。問我何年歸，我言歲在東。離合既循環，

---

〔註182〕同註180。
〔註183〕同註179，頁158。
〔註184〕同註179，頁163。
〔註185〕同註179，頁160。

憂嘉迭相攻。語此長太息，我生如飛蓬。多憂髮早白，不見六一翁。
〔註186〕

東坡作此詩時，子由因議事與王安石牴牾，除河南推官，會張安道知陳州，辟為教授，而東坡亦因議事與執政者不合，安石使謝景溫誣之，通判杭州。二人出都來陳，子由送至潁，時已九月。東坡夜間與子由舟中話別，感慨甚深，因此紀昀評曰：「悱惻深至」。〔註187〕詳觀此詩，真情流露，確為上乘之作。

全詩共二十句，屬五言古詩。前六句言今夜一別，兩地相隔，咫尺天涯，倍覺情傷。然亦為有別，方知情深為何，此理惟親歷離別者能道，非無病呻吟也！

「始我」以下八句，謂攜子邁與子由別，即知有離別之恨，而今秋風乍起，分手在即，益增愁緒。紀昀評此曰：「曲折之至，而爽朗如話，蓋情真而筆亦足以達之，遂為絕調。」意謂不緣假飾，而情語歷歷，足以動人。

「離合」以下六句，言聚而復別，生如飛蓬，只恐多憂髮白，謂子由毋須掛念，善自珍重也！是時，兄弟二人同謁歐陽修於里第，賦所蓄石屏，陪燕西湖，故東坡以「六一翁」一結眼前景也！

全詩言淺意深，情深意實，歸之於「問我何年歸，我言歲在東」，盼後會有期，正見其依依不捨之情也！

**薄薄酒二首其一　熙寧九年（密州軍州事任）**
　薄薄酒，勝茶湯，麤麤布，勝無裳，醜妻惡妾勝空房。五更待漏靴
　滿霜，不如三伏日睡足北窗涼。珠襦玉柙萬人祖送歸北邙，不如懸
　鶉百結獨坐負朝陽。生前富貴，死後文章，百年瞬息萬世忙，夷齊、
　盜跖俱亡羊，不如眼前一醉是非憂樂兩都忘。〔註188〕

此詩東坡於引言云：「膠西先生趙明叔，家貧，好飲，不擇酒而醉。常云：薄薄酒，勝茶湯；醜醜婦，勝空房。其言雖俚，而近乎達，故推而廣之，以補東州之樂府。」知東坡賞其用語質樸，論理通達，故有是詩。

詩言薄酒勝茶湯，言其有味也。麤布勝無裳，言可禦寒也，因言妻妾未必貌美，但情親近於真，最為可貴。因此理推斷，則待天明早朝，以侍君王，

---

〔註186〕同註144，卷六，頁280。
〔註187〕同註186，頁278。
〔註188〕同註144，卷一四，頁688。

未若北窗下高枕無事，來得逍遙自在；至於富貴人家穿金戴玉歸送北邙，終究無法生還，宋若貧者穿著敝衣，日日無事無憂煩。人生不過百世，終將一死，何不忘卻憂煩一醉是非亡？

全詩明白如話，但音節抑揚，頗有樂府民歌之情味。尤為可貴者，全自東坡心中流露之真情，發為詩文，詼諧而不失深意，值得玩味再三。

> 臺頭寺雨中送李邦直赴史館，分韻得憶字人字，兼寄孫巨源二首　熙寧十年九月（徐州太守任）
>
> 珥筆西歸近紫宸，太平典冊不緣麟。付君此事寧論晉，載我當時舊過秦。
>
> 門外想無千斛米，墓中知有百年人。看君兩眼明如鏡，休把春秋作素臣。
>
> 〔註189〕

根據《續通鑑長編》載熙寧十年八月，提點京東路刑獄李清臣為國史院編修官。東坡寫此詩，勉清臣修史時宜筆則筆，宜削則削，不可屈合上意，而忘春秋之義。

此詩為七言律詩。首聯言此次召還，掌修史之職，最近人主，太平典冊不因獲麟而止，職是之故，責任重大，不可輕忽。

頷聯言當知良史之才，方可托付大任，勉其在朝修史，應載己仁宗朝時所進論二十五篇，以明往古得失。《烏臺詩案》載「軾以賈誼自比，意欲清臣於國史中載所進論」，知東坡性情真率，直言不諱。

頸聯以晉陳壽因無千斛米，不為丁儀、丁廙二人作傳，誠清臣不可以利為修史之準繩，蓋人生終有一死，倘惟利是圖，當知死後自有公論。王文誥案語云：「蓋他事不足以誡勉修史，故以鬼恐嚇之也。」所言甚是！

尾聯言為史者，當明斷是非，以《春秋》為依皈，再三期勉。「鏡」可正衣冠，借言可知得失，故東坡以清臣眼明如鏡，以勉其秉公修史也！

全詩以朋友之義，誠勉其克盡己責，免貽後人之譏，用語懇切，真情畢現！

> 予以事繫御史臺獄，獄吏稍見侵，自度不能堪，死獄中，不得一別子由，故作二詩授獄卒梁成，以遺子由，二首　元豐二年十二月（臺獄中作）

---

〔註189〕同註144，卷一五，頁762。

其一

聖主如天萬物春，小臣愚暗自亡身。百年未滿先償債，十口無歸更累人。
是處青山可埋骨，他時夜雨獨傷神。與君今世爲兄弟，又結來生未了因。

其二

柏臺霜氣夜淒淒，風動琅璫月向低。夢繞雲山心似鹿，魂驚湯火命如雞。
眼中犀角眞吾子，身後牛衣愧老妻。百歲神遊定何處，桐鄉知葬浙江西。

〔註190〕

　　此二詩全發自眞情，故語語眞至，句句動人。二詩乃針對子由而發，故
將後事托付予子由也。試分述如下：

　　第一首言此次赴臺獄，乃自取其咎，未能深責朝廷，有感國君恩情似日，
滋潤萬物，而己不知收斂，故有此禍，臨此不測，仍能反求諸己，眞乃君子
人也！

　　頷聯言年屆不惑，孰料命在旦夕，此是前世債業，當無倖免之理，所感
傷者，此後家累盡付子由，恐子由無法承擔也。

　　頸聯言處處青山，皆可爲我死後歸宿，然倘遇空山夜雨時，料子由憶起
「寒燈相對記疇昔，夜雨何時聽蕭瑟」一事，情何以堪？

　　尾聯言如今身陷囹圄，追悔無益，但願來生再與子由續未了之緣。紀昀
評此曰：「情至之言，不以工拙論也。」蓋言東坡眞情所致，感人特深也！

　　第二首表達對妻子兒女的懷想以及此刻心境之寫照。首聯描述獄中不
寐，四周盡爲陰森寒氣，回想舊事，益增淒惻。「柏臺」，即御史臺，兩旁偏
植柏樹，因以得名。「琅璫」二字，活畫出靜夜犯人所繫之器械發出聲響，夜
之深亦可知矣！

　　頷聯言此時心似鹿撞，起伏不已；命如湯雞，魂魄已失。以東坡任官二
十年，未曾有此經歷，今經訊問，料已無生還之望，故有是語。

　　頸聯言稚子幸似一東坡，死後當有可繼志之人，死且無憾，然老妻屢勸
不作詩，我竟不受諫言，而有此禍，豈不愧對有加？

　　尾聯言東坡在獄中聞杭、湖間民爲其作解厄道場累月，故云死後當葬於
杭乎！此乃用西漢朱邑於桐鄉爲官，頗有政績，桐鄉人爲建祠而言。

　　東坡此二詩，喟歎全發自本心，是故俳惻之至，蓋有斯人也，而後有斯
言也，情之動人深矣哉！

---

〔註190〕同註144，卷一九，頁999。

去歲九月二十七日，在黃州，生子遯，小名幹兒，頎然穎異。至今七月二十八日，病亡於金陵，作二詩哭之　元豐七年（自黃移汝）

其一

吾年四十九，羇旅失幼子。幼子真吾兒，眉角生已似。未期觀所好，
蹁躚逐書史。搖頭卻梨栗，似識非分恥。吾老常鮮歡，賴此一笑喜。
忽然遭奪去，惡業我累爾。衣薪那免俗，變滅須臾耳。歸來懷抱空，
老淚如瀉水。

其二

我淚猶可拭，日遠當日忘。母哭不可聞，欲與汝俱亡。故衣尚縣架，
漲乳已流床。感此欲忘生，一臥終日僵。中年泰聞道，夢幻講已詳。
儲藥如丘山，臨病更求方。仍將恩愛刃，割此衰老腸。知迷欲自反，
一慟送餘傷。〔註191〕

此二詩皆語淺意深，道出天下老年得子之欣喜，與得而復失之悲慟！

其一乃東坡自言得子，失子之悲喜。東坡年近五十，與朝雲生遯兒，本願遯兒「無災無難到公卿」，遽然失子，其傷懷可想而知。

詩中回首遯兒聰明伶俐，逗人歡心，東坡常以之慰藉羇旅孤寂之情，然兒死何因？東坡歸之於己之惡業所致，自悔之情，於陳述中可略得一二。

紀昀評「歸來懷抱空，老淚如瀉水」云：「住得沈痛」，謂其語出真心，發乎情而止乎禮，因此文詞不假緣飾，自能動人。

其二乃言朝雲失子之悲，與己忘情得喪之心。見朝雲悲傷逾恆，東坡睹物思子，愈見傷情，然死生有命，東坡深明其理，故願將恩愛之心割捨，不復傷心。

詩中言朝雲痛不欲生之情，有「漲乳已流床」句，此固寫實之景，然因有此景，遂使生者之悲愈見真切。至於臨病求方，此固為親情之最，紀昀評曰：「不免窠臼，然亦別無出路，故此種是第一難題。」竟未能體會其實情，似有失當之處！

此二詩俱寫實景，言實情，故用語未曾雕鏤，已能明其傷慟之情。

葉濤致遠見和二詩，復次其韻　元豐七年（自黃移汝）

其一

〔註191〕同註144，卷二三，頁1240。

平生無一女，誰復歎耳耳。滯留生此兒，足慰周南史。那知非事實，造化聊戲爾！煩惱初無根，恩愛爲種子。煩公爲假説，反覆相指似。欲除苦海浪，先乾愛河水。棄置一寸鱗，悠然笑侯喜。爲公寫餘習，瓶罍一時恥。

其二

聞公少已悟，拄杖久倚床。笑我老而痴，負鼓欲求亡。庶幾東門子，柱史安敢望。嗜毒戲猛獸，慮患先不詳。囊破蛇已走，當未省齧傷。妙哉兩篇詩，洗我千結腸。點蠶不作繭，未老輒自僵。永謝湯火厄，冷然超無方。〔註192〕

此二詩乃和葉濤作。其一云：造化作弄，得子又失之，感於葉氏寬慰之情，而言己已不再傷心。觀此詩云「欲除苦海浪，先乾愛河水」，知東坡此時已超然於憂傷之外。

其二云欲效東門子之無子不憂，效老子之齊生死，遠離愛欲。末並表致謝之意，言葉濤詩能解憂，己願離煩惱，超然物外也。

此二詩自不同角度強自寬解，語亦質樸，而陳述中，亦可見其與友朋之恩義。

**王中甫哀辭**　元豐七年（揚州作）

生芻不獨比前人，束薀端能廢謝鯤。子達想無身後念，吾衰不復夢中論。已知鷇豹爲均死，未識荊凡定孰存？堪笑東坡痴鈍老，區區猶記刻舟痕。〔註193〕

此詩有死生契闊之感，乃東坡付王介子沈之者。詩敘云：

仁宗朝以制策登科者十五人，軾忝冒時，尚有富彥國、張安道、錢子飛、吳長文、夏公酉、陳令舉、錢醇老，并王中甫與家弟轍，九人存焉。其後十又五年，哭中甫於密州，作詩弔之，則子飛、長文、令舉歿矣。又八年，軾自黃州量移汝海，與中甫之子沈之相遇於京口，相持而泣，則十五人者，獨三人存耳，蓋安道及軾與家弟而已，嗚呼悲夫！乃復次前韻，以遺沈之，時沈之亦以罪謫家於錢塘云。

〔註194〕

---

〔註192〕同註191。
〔註193〕同註144，卷二二，頁1182。
〔註194〕同註193，頁1280。

敘中之意，謂仁宗制科之人，存少歿多，今見中甫之子，忽憶制科之事，不免有惻惻之意。據《宋史・選舉制》云：制科以待才傑，試秘閣預選，然後對制策入等，然後加恩賜第，視進士尤美。而王文誥總案載嘉祐六年辛丑：「八月二十五日，仁宗御崇政殿試所舉賢良方正直言極諫策問，公對制策，復入三等。自試制策以來，惟吳育與公得列三等，王介四等，子由收入四等。」〔註195〕則制策之事，固為東坡殊榮，先帝獎掖之恩，亦東坡每飯不忘之事，無怪乎物換星移，同科諸人僅餘其三，東坡有噓唏之歎！

此詩為七言律詩。首聯言己德薄，未能置生芻一束於王中甫墓廬之前，有愧前賢之高義。是時，彥魯任國子直講，坐受太學生章公弼請囑，補上舍不以實，除名，如晉之謝鯤，故感歎之。情自中發，言己未能致哀悼之意，尤其沈痛！

頷聯言中甫三子漢之、渙之、沈之皆登科，當無身後之念，而己年老體衰，恐來日不多。「不復夢中論」意即推想可知也！

頸聯言張毅、單豹皆莊子所謂均死之人，楚王與凡君亦未如有存者，如此推斷，人俱有一死，而我已置死生於度外也。

尾聯言己因制策而罷，然猶能記當初制科同登之人，因言己痴鈍老病，竟無法忘情於先帝之恩也。此語一出，則無法忘情於中甫，亦可推而得知矣。

此詩前六句純以典出之，唯末兩句以「刻舟求劍」借喻己之荒唐，實乃不得已而出之語也。既言「相持而泣」，其悲慟可知，此實東坡至性之作！

**神宗挽詞三首** 元豐八年三月（汝州團練副使任）

其一
文武固天縱，欽明又日新。化民何止聖，妙物獨稱神。政已三王上，言皆六籍醇。巍巍本無象，刻畫愧孤臣。

其二
未易名堯德，何須數舜功。小心仍致孝，餘事及平戎。典禮從周舊，官儀與漢隆。誰知本無作，千古自承風。

其三
接統眞千歲，膺期止一章。周南稍留滯，宣室遂淒涼。病馬空嘶櫪，枯葵已泫霜。餘生臥江海，歸夢泣嵩邙。〔註196〕

〔註195〕同註152，卷二，頁519。
〔註196〕同註144，卷二五，頁1336。

　　此三詩爲東坡居於常州時作。總案元豐八年三月有「寄王鞏書」條，下引〈與王定國書〉云：「先帝升遐，天下所共哀慕，而不肖與公，蒙恩尤深。固宜作挽，少陳萬一，然有所不敢者耳，無狀坐廢，眾欲置之死，而先帝獨哀之，而今而後，誰出我於溝瀆者？已矣，歸耕沒齒而已！」〔註197〕東坡自熙寧四年〈議學校貢舉狀〉，神宗意頗悅之，及上〈諫買浙燈狀〉，又蒙施行，即有效命神宗，而欲「披露腹心，捐棄肝腦，盡力所至，不知其他」〔註198〕此後出守則因法便民，勤於吏事，皆所以報上之意。烏臺案發，神宗無意深責之，故貶謫黃州，冀他日有所用之。元豐六年六月，曾鞏卒於臨川，傳東坡與鞏同日遷化，神宗竟輟飯而起，歎息再三，而後有「人才實難，不忍終棄」移軾汝州之舉，此皆東坡所知，是故神宗崩逝，東坡豈能無所感？此三詩俱道神宗平生功業，尤以感恩之情爲主！

　　其一言神宗文武天縱，銳意改革，能化民成俗，事功已在三王之上。又復勵精圖治，獎掖文章，是故諡號曰神，實爲聖賢英主，末結以「刻畫愧孤臣」，乃謂其無以名之，僅餘孤臣孽子之心，致傾慕之意耳！

　　其二言其德齊堯舜，能盡孝思，兼及以德服人，使狄戎順服。觀其主政之時，官制典常一如周漢之興，海內昇平，可謂德化千古，黎庶傾仰之。

　　其三言神宗執政十九年，而能續千秋大統。而己留滯常州，遂未能返朝，倍覺淒涼。如今猶病馬般於櫪槽間嘶鳴，又如枯葵泫然蒙霜。此去殘年，老死江海，然歸夢當至陵寢處泣之乎！

　　《許彥周詩話》云：東坡受知神廟，雖謫而實欲用之。東坡微解此意，後作〈挽詞〉「病馬空嘶櫪」四句，「非深悲至痛，不能道此語。」所言甚是。東坡凡此情眞之作，皆以淺語出之。偶有以典化入者，則必有難言之隱者，神宗與安石如同一人，然不以其詩語深罪之，且有意擢用者數，東坡縱爲石人，豈能不知，故三詩表其忠貞之情，淺人無以知之也！

**歸宜興，留題竹西寺三首　元豐八年五月（起知文登）**

其一
十年歸夢寄西風，此去眞爲田舍翁。剩覓蜀岡新井水，要攜鄉味過江東。

其二
道人勸飲雞蘇水，童子能煎鶯粟湯。暫借藤床與瓦枕，莫教辜負竹風涼。

〔註197〕同註152，卷二五，頁930。
〔註198〕同註152，卷六，頁618。

其三

此生已覺都無事，今歲仍逢大有年。山寺歸來聞好語，野花啼鳥亦欣然。

〔註199〕

此三詩俱表達歡悅之情，而又與故鄉景物脫不了干係，可見其思鄉情切，無日無之。考《續通鑑長編》元祐六年八月條云：蘇轍進曰：「臣兄乙丑年三月六日，在南京，聞裕陵遺制成服後，蒙恩許居常州。既南去，至揚州。五月一日，在竹西寺門外，道傍見數十父老說話，內一人合掌加額，云：聞道好箇少年官家。臣兄見有此言，心中實喜，又無可語者，遂作二韻詩，記之於寺壁，如是而已。」〔註200〕則此三詩並無迕逆神宗之意。

東坡自黃移汝，因蔣之奇之議而有卜居宜興事，時元豐七年八月也。元豐八年五月遂已如願，飄泊多年，得以定居，心中欣喜，此乃人情之常。又聞人言「好個官家少年」貶謫黃州之落寞，遂一掃而空，此三詩即當時之感受也！

其一云熙寧二年離家距今已十載，欲歸西川而不可得，如今有田在常，可供耕種，不妨作「田舍翁」悠遊度日。竹西寺有蜀岡，水味如蜀江，而今僅能攜此至常，一償思鄉之願，以慰思鄉之愁耳！

其二云此間道士勸我且飲雞蘇水，以慰鄉愁。童子亦能煎煮鶯粟湯以慰我愁懷，如至常州，有藤床，瓦枕，暫作喘息，定珍攝之，以享此間安定之樂也！

其三有感困境已化之無形，又逢豐年，耳聞父老贊美之語，不覺野花、啼鳥亦有詩人欣喜之意耳！王文誥評曰：「公流竄七年，至是喘息稍定，勢不能無欣幸之意。此三詩皆發於情之正也。故其意興灑落，倍於他詩。」此語中的。而小人如賈易、趙君錫等附劉摯攻公，誣公惡逆神宗，其心可鄙，其行可恥，此斷非東坡所忍為也！

**余與李廌方叔相知久矣，領貢舉事，而李不得第，愧甚，作詩送之**

**元祐三年（翰林學士知制誥兼侍讀任）**

與君相從非一日，筆勢翩翩疑可識。平生謾說古戰場，過眼終迷日五色。

我慚不出君大笑，行止皆天子何責？青袍白紵五千人，知子無怨亦無德。

買羊酤酒謝玉川，為我醉倒春風前。歸家但草凌雲賦，我相夫子非癯仙。

〔註201〕

〔註199〕同註144，卷二五，頁1346。

〔註200〕同註152，卷三三，頁1159。

〔註201〕同註144，卷三○，頁1568。

據《宋史》載：「李廌，字方叔，謁蘇軾於黃，贄文求知，軾謂其筆墨瀾翻，有飛沙走石之勢。鄉舉試禮部，軾典貢舉，遺之，賦詩以自責。」〔註202〕則此詩之作，乃慰人落第詩。

詩共十二句，七言古詩。首言此次遺賢，中心有愧，然本諸公心，願方叔能解。次言五千人應試，落第者眾，料方叔無怨，而以德爲念，如此是不幸中之大幸。詩末勉其應持凌雲之志，不可因落第而消沈也！

慰人落第，其語至難，東坡能以德相勉，全本仁心爲之。蓋本諸眞心，是以無愧於已，雖識不取，當有以俟之來日也！

**朝雲詩**　紹聖元年（貶謫惠州作）

不似楊枝別樂天，恰如通德伴伶玄。阿奴絡秀不同老，天女維摩總解禪。

經卷藥爐新活計，舞衫歌扇舊因緣。丹成逐我三山去，不作巫陽雲雨仙。

〔註203〕

東坡詩前引曰：「世謂樂天有鬻駱馬放楊柳枝詞，嘉其主老病，不忍去也。然夢得有詩云：春盡絮飛留不住，隨風好去落誰家。樂天亦云：病與樂天相伴住，春隨樊子一時歸。則是樊素竟去也。予家有數妾，四五年相繼辭去，獨朝雲者，隨予南遷。因讀樂天集，戲作此詩。朝雲姓王氏，錢唐人。嘗有子曰幹兒，未期而夭云。」則朝雲之志節，蓋有高乎常人者。

此詔《苕溪漁隱叢話》云：略去洞房之氣味，翻爲道人之家風，非若樂天所云「櫻桃樊素口，楊柳小蠻腰」，但自詫其佳麗也。〔註204〕蓋此詩純以情眞感人，是以不屑以色藝言之。

首聯言朝雲不欲離去，獨伴己南遷，實爲可感。以此觀之，東坡憐其守義，同時，亦自言己較樂天、夢得幸運，有其相伴，足以終老。

頷聯言邂兒之逝，朝雲已無絡秀之志欲緣東坡以振興門風，然悟死生有命之理，終能了悟禪理，信從菩薩之神通。

頸聯言其日與經書、藥爐相伴，爲續未了之姻緣伴隨在旁，言下之意，夫妻因緣而聚，彼此定有前生之約，故今有夫妻之情義。

尾聯言倘因己修道已成，願攜之共赴仙山，修道成仙，永不離分。兩人之恩義，非凡人洞房之思，乃勉以修成正果，此即胡仔所言「道人家風」也。

〔註202〕見《宋史》，卷四四四。
〔註203〕同註144，卷三八，頁2073。
〔註204〕見《苕溪漁隱叢話》，後集卷二九。

此詩可見東坡與朝雲恩義甚深，純以情思婉轉動人也！

**次韻韶守狄大夫見贈二首其一　元符三年（北歸作）**

華髮蕭蕭老遂良，一身萍挂海中央。無錢種菜爲家業，有病安心是藥方。

才疎正類孔文舉，癡絕還同顧長康。萬里歸來空泣血，七年供奉殿西廊。

〔註205〕

此詩作於東坡北歸抵韶州時，有感於貶謫歸來，往事不堪回首，而有「萬里歸來空泣血」句，語極沈痛。

首聯言己鬚髮盡白，如萍挂海中，四處飄泊。褚遂良乃正直大臣，謫長沙憂心髮白，而東坡遠謫海南，歸來亦已年老，故用以譬喻之。

頷聯乃海南生活實寫，言貧困已極，然亦自其中體會唯有隨遇而安，可醫此心中傷懷。此言雖淡，中有至理，故讀來不覺其淺也！

頸聯以孔融才疎意廣，言己亦荒疎，迄無成功，然一心報國，未曾更易也！東坡凡以古人相比，常取其志節，此處亦同。

尾聯直敍元豐八年入侍延和殿，至元祐八年九月出知定州，中間除五六兩年不在京師外，前後統計正七年，而哲宗晏駕，無由再見，故云泣血。

東坡耿耿忠心，雖哲宗屢降貶謫之命，亦未嘗有所怨艾，高風亮節，盡書於詩中，此詩富家國之思，當可目睹而知。

綜觀前述詩什，東坡爲詩一本眞誠，情意執著，是以時有佳詩。其詩凡淺語出之，大抵情深之作，以其「至親無文」之故，而〈和陶〉眾作，揭櫫此一理論，正有以相互發明也。

蘇轍〈東坡先生和陶淵明詩引〉述及東坡言：「淵明作詩不多，然其詩質而實綺，癯而實腴，自曹、劉、鮑、謝、李、杜諸人，皆莫及也。」〔註206〕所謂「質而實綺，癯而實腴」蓋指其情感眞實，耐人尋味，證之以論列諸詩，則東坡實踐之跡，顯而易見也！

# 第四節　詩應設譬說

東坡於〈書吳道子畫後〉云：「出新意於法度之中，寄妙理於豪放之外」〔註207〕，此爲其論詩所在。換言之，詩不可拘泥舊套，必在規矩中力求創新。

---

〔註205〕同註144，卷四四，頁2407。

〔註206〕見蘇轍〈追和陶淵明詩引〉。

〔註207〕見《經進東坡文集事略》，卷六○，頁998。

而創新求譬，亦爲其論詩標準。東坡詩力求多譬，以增強意象、清新面目，由此可見。

大凡詩家創作，貴乎情眞意實，平日蓄積既富，俟靈感倏至，即有佳詩。然平敘筆法，味同嚼蠟，能以譬喻筆法出之，方能因難見巧。東坡詩中，或聯篇譬喻，思如潮湧；或適時巧譬，妙語如珠，要皆有益於聲情之彰顯，是以寫景、抒情、議論之中，不乏比喻之作，應用之廣，較其他詩家，有過之而無不及，而譬喻之妙，古今詩人鮮有能方駕者！

觀其寫景詩一經譬喻，形象鮮明，有聲有色，即知其善使曲筆，以狀物寫景。詩云：

> 合水來如電，黔波綠似藍。〈入峽〉
>
> 風過如呼吸，雲生似吐含。〈入峽〉
>
> 山陽曉霧如細雨，炯炯初日寒無光。〈十月十六日記所見〉
>
> 凍合玉樓寒起粟，光搖銀海眩生花。〈雪後書北堂壁〉
>
> 掃地焚香閉閣眠，簟紋如水帳如煙。〈南堂〉
>
> 江南春盡水如天，腸斷西湖春水船。〈寄蔡子筆〉
>
> 眾峰來自天目山，勢若駿馬奔平川。〈遊徑山〉

形容山光水色，與人眼見形象切合無間，能得其神髓。

不唯寫景詩譬喻甚佳，東坡抒情之作，亦巧譬善喻，吾人觀其詩集，譬喻句中可別爲寫人生、歎流年、抒見解三端，試舉其所書詩句以證。

寫人生者，泰半感懷世事，悲憫人生之無常耳。如：

> 浩浩長江赴滄海，紛紛過客似浮萍。〈望夫臺〉
>
> 人生到處知何似，應似飛鴻踏雪泥。〈和子由澠池懷舊〉
>
> 語此長歎息，我生如飛蓬。〈潁州初別子由〉
>
> 世事如今臘酒釀，交情自古春雲薄。〈和歐陽少師寄趙少師次韻〉
>
> 少年辛苦眞食蓼，老境安閒如啖蔗。〈定惠院寓居月夜偶出〉
>
> 吾生如寄耳，出處誰能必。〈送芝上人遊廬山〉
>
> 一生憂患萃殘年，心似驚蠶宋易眠。〈次韻鄭介夫〉

以浮萍、飛蓬、飛鴻踏雪泥喻人生行蹤之不定，總言人生如寄，細膩處，以食蓼喻年少，啖蔗喻老年閒情，皆體物入微，恰到好處。其他如「兩兩歸鴻欲破群，依依還似北歸人」〈惠崇春江晚景二首之二〉，「我今心似一潭月，君已身如萬斛舟」〈次韻子由書王晉卿畫山水〉，皆寓情於景，情景交融。

歎流年者，常言韶華易逝，物是人非。如：

欲知垂盡歲,有似赴壑蛇。〈守歲〉

與君登科如隔晨,敝袍霜葉空殘綠。如今莫問老與少,兒子森森如
立竹。〈與臨安令宗人同年劇飲〉

江水秋風無限浪,枕中春夢不多時。〈次韻蔣穎叔〉

或明喻,或暗喻,皆寄無限之感慨。此類感懷,東坡晚年多有所見,南
遷之前,曾言:「二年閱三州,我老不自惜,團團如磨牛,步步踏陳跡」〈送
芝上人遊廬山〉,南遷之後,則言「夢裡似曾遷海外,醉中不覺到江南」〈過
嶺二首〉歎逝流年,語語沈痛,可謂詩中鑿手,無人可比鯨!

東坡於品評詩畫優劣時,亦往往以譬喻出之。其〈王維吳道子畫〉云「道
子實雄放,浩如海波翻,當其下手風雨快,筆所未到氣已吞」,吾人聞其言如
見其景,而道子作畫之神情,亦自詩筆中流露無遺。又〈讀孟郊詩二首〉言
讀詩有感云「初如食子魚,所得不償勞;又似煮彭蟶,竟日持空螯」言孟郊詩
令人不喜,但終歸肯定其與賈島詩才相埒。吾人自其譬喻中,即知郊詩未能
與一流詩人爭一長短,且知東坡品評詩作,十分謹嚴。東坡又云孟郊「詩從
肺腑出,出輒愁肺腑,有如黃河魚,出膏以自煮」言明詩窮後工,此理至明,
末復肯定其理論合一者,散見於各篇之中。如:

詩如東野不言寒,書似留臺差少肉。〈書林逋詩後〉

昌身如飽腹,飽盡還當饑;昌詩如膏面,為人作容姿。不如昌其氣,
鬱鬱老不衰。〈韓退之孟郊誌銘云以昌其詩舉此問王定國,當昌其身
耶,抑昌其詩也,來詩下語未契,作此答之〉

運用譬喻說明詩理,意味頗深,東坡詩中多用譬喻,由此可知。

觀其〈江上值雪,效歐陽體,限不以鹽玉鶴鷺絮蝶飛舞之類為比,仍不
使皓白潔素等字,次子由韻〉一詩,即知其刻意避去俗套,而云「青山有似
少年子,一夕變盡滄浪髭」,譬喻創新,令人稱奇。他如:「人似秋鴻來有信,
事如春夢了無痕。」何等深警,何等貼切。茲就其詩中運用譬喻諸詩論述之,
以明其實踐此一理論之道。

**江上看山** 嘉祐四年(南行集)

船上看山如走馬,倏忽過去數百群。前山槎牙忽變態,後嶺雜沓如驚奔。
仰看微徑斜縷繞,上有行人高縹緲。舟中舉手欲與言,孤帆南去如飛鳥。
〔註208〕

---

〔註208〕見《蘇軾詩集》卷一,頁16。

此詩言看山如走馬，仍蛻化「走馬看花」而來，有異曲同工之妙。復寫如群馬般，前山後嶺變化多端，如馬之受驚而奔。又借看山寫流水之速，群山倏忽已逝，舟似飛鳥向南。前後連用三喻，使情景交融，靜中有動，形象生動。

此詩語言精當，寫馮虛御風之感受，皆日常生活之體驗，然詩人巧譬善喻，使一幅畫面，鮮活呈現，寫來親切。

**望夫台** 嘉祐四年（南行集）

山頭孤石遠亭亭，水轉船回石似屏。可憐千古長如昨，船去船來去不停。

浩浩長江赴蒼海，紛紛過客似浮萍。誰能坐待山月出，照見寒影高伶俜。

〔註209〕

此詩形容「石似屏」、「千古長如昨」、「過客似浮萍」，對於時空、人事，均有恰切之譬喻。石與屏皆屹立於一處，可遮掩視覺，固有相似之處，可以比並。而「千古」已逝，一如「昨日」不再，往事亦僅憑追憶，此又為其共通之處。至於「過客」，則無一定所在地，豈非如浮萍，順水而流，居處不定？

觀其前期詩作，已知引類譬喻，是以無事不可比，無物不可擬，才力之雄肆即見於此。

**和子由澠池懷舊** 嘉祐六年（鳳翔府任）

人生到處知何似，應似飛鴻踏雪泥。泥上偶然留指爪，鴻飛那復計東西？

〔註210〕

此詩將人生行跡不定，譬喻成飛鴻偶踏雪泥，所到之處，僅留下幾許足跡，形象生動；而以鴻飛不計東西，又暗喻一己志向，亦在天南海北，如飛鴻一般，飛得高、見得遠。以此一句，寓意深遠，是以為歷來詩家所賞。

紀昀評此詩曰：「前四句單行入律，唐人舊格，而意境恣逸，則東坡之本色。」〔註211〕所謂單行入律，意謂「流水對」，指文字對仗，意思不對仗。東坡為求「出新意於法度之中」，是以採三四兩句，氣脈相聯，遂成此一名篇，奇思妙喻，遂為今日常用成語——雪泥鴻爪。

**王維吳道子畫** 嘉祐六年（鳳翔府任）

何處訪吳畫，普門與開元。開元有東塔，摩詰留手痕。吾觀畫品中，

〔註209〕同註208，卷一，頁23。
〔註210〕同註208，卷三，頁96。
〔註211〕同註210。

莫如二子尊，道子實雄放，浩如海波翻。當其下手風雨快，筆所未到氣已吞。亭亭雙林間，彩暉扶桑暾。中有至人談寂滅，悟者悲涕迷者手自捫。蠻君鬼伯千萬萬，相排競進頭如黿。摩詰本詩老，佩芷襲芳蓀。今觀此壁畫，亦若其詩清且敦。祇園弟子盡鶴骨，心如死灰不復溫，門前兩叢竹，雪節異霜根。交柯亂葉動無數，一一皆可尋其源。吳生雖妙絕，猶以畫工論，摩詰得之於象外，有如仙翮謝籠樊。吾觀二子皆神俊，又於維也斂衽無間言。〔註212〕

此詩多方譬喻，言畫品中，無人如王維、吳道子之位尊，即明二子之畫必傳世。形容道子畫風雄放，如海波翻騰，化抽象為具象，不言其奔逸，已可知其豪放。復以聽道之人，相排競進有如黿般，亦將人擬物，以具象出之。而提及王維壁畫，既清且敦，正可概括其「詩中有畫，畫中有詩」清麗之詩風與畫風。加之以「仙鶴謝樊籠」，言摩詰畫得之於象外，無意之中已有深慕之情。凡此，皆為東坡筆下，工夫獨到之處，而後可分述二人畫風之同異，並肯定其畫品高下。

觀此詩，猶如親見其畫，畫中人物如祇園弟子、蠻君鬼伯之形神，俱於譬喻中傳達分明。又復針對王維、道子畫風進行品評，綜論己欣賞王維畫風清新之觀點，可謂筆力萬鈞、手法高妙。

紀昀評此詩曰：「奇氣縱橫，而句句渾成深穩。道元、摩詰，畫品未易低昂，作詩若不如此，則節節板對，不見變化之妙耳！」〔註213〕，此蓋特指其多方譬喻，文勢因而起伏抑揚，音節流暢。尤以形容之生動，亦由譬喻中呈現無遺，詳觀此詩，自能領會！

### 中秋見月和子由　元豐元年（徐州軍州事任）

明月未出群山高，瑞光萬丈生白毫。一盃未盡銀闕涌，亂雲脫壞如崩濤。
誰為天公洗眸子？應費明河千斛水。遂令冷看世間人，照我湛然心不起。
西南火星如彈丸，角尾奕奕蒼龍蟠，今宵注眼看不見，更許螢火爭清寒。
何人艤舟臨古汴？千鐙夜作魚龍變，曲折無心逐浪花，低昂赴節隨歌板。
青熒滅沒轉山前，浛颭風迴豈復堅；明月易低人易散，歸來呼酒更重看。
堂前月色愈清好，咽咽寒蛩鳴露草，卷簾推戶寂無人，窗下咿啞惟楚老。

---

〔註212〕同註210，頁110。
〔註213〕同註212。

南都從事莫羞貧，對月題詩有幾人？明朝人事隨日出，怳然一夢瑤臺客。

〔註214〕

此詩自月未出之狀寫起，形容亂雲脫壞如崩瀉之波濤，更襯出月將出未出之景。復以西南火星如彈丸般隱而不顯，烘托月之明亮。末兩句復以人事之未定，猶如瑤臺一夢，夢醒必有百事縈繞也！

東坡七古，往往於敘述中夾以譬喻。如此詩以雲多襯月出，乃加強意象。以星微襯月明，乃對比描摹。又以人事如夢，加深慨歎，作用不同，然不覺其牽強，可知其點綴工夫，頗爲可觀！

子由有〈中秋見月寄子瞻詩〉中云：「月色著人如著水」，雖亦採譬喻，然與東坡相較，則相去遠甚；蓋月光傾瀉身上，固有清涼之感，然與水之飛灑身上，畢竟有所不同，故知譬喻若巧，於詩情方有點染之功，否則，勉強出之，令人無法接受也！

**百步洪其一**　元豐元年（徐州軍州事任）

長洪斗落生跳波，輕舟南下如投梭，水師絕叫鳧雁起，亂石一線爭蹉磨：
有如兔走鷹隼落，駿馬下注千丈坡，斷絃離柱箭脫手，飛電過隙珠翻荷：
四山眩轉風掠耳，但見流沫生千渦；嶮中得樂雖一快，何意水伯夸秋河。
我生乘化日夜逝，坐覺一念逾新羅，紛紛爭奪醉夢裡，豈信荊棘埋銅駝；
覺來俛仰失千勢，回視此水殊委蛇。君看岸邊蒼石上，古來篙眼如蜂窠，
但應此身無所住，造物雖駛如吾何！回船上馬各歸去，多言譊譊師所呵。

〔註215〕

此詩歷來爲詩家所賞，以其聯章譬喻，將百涉洪水勢湍急之狀，描寫至無懈可擊之境，令人擊節三歎！

首言船行如快轉之梭輪，令人如憑虛御風，有飄飄然之感。而後即以快如脫兔、猛若鷹隼，若駿馬急馳、如斷弦離柱，似飛箭離弦，勝閃電過隙，譬露珠翻滾，一連七喻，令人目不遐給。此七種形象突顯水勢洶湧，輕舟迅捷，毫無堆砌之感，正乃東坡天才處！

詩末更言岸邊蒼石上，篙眼如蜂窠，如此一來，壁間斑駁之岩洞，更形具象。蜂窠予人多而整齊之感，將壁間山洞劃爲齊一，人不覺其亂耳！

---

〔註214〕同註208，卷一七，頁862。
〔註215〕同註214，頁891。

送參寥師　元豐元年（徐州軍州任）

上人學苦空，百念已灰冷，劍頭惟一吷，焦穀無新穎；胡爲逐吾輩，
文字爭蔚炳？新詩如玉屑，出語便清警。退之論草書，萬事未嘗屛，
憂愁不平氣，一寓筆所騁，頗怪浮屠人，視身如邱井，頹然寄淡泊，
誰與發豪猛？細思乃不然，眞巧非幻影。欲令詩語妙，無厭空且靜；
靜故了群動，空故納萬境。閱世走人間，觀身臥雲嶺。鹹酸雜眾好，
中有至味永。詩法不相妨，此語更當請。

　　此詩以新詩譬喻成玉屑，提示其相同處即「清警」。東坡於他詩常言「新
詩如彈丸，脫手不暫停」，乃言詩應求「清圓」，於此，東坡揭示詩宜清新，
且耐人尋味，方爲佳詩。

　　詩中云「頗怪浮屠人，視身如丘井」，指高閑師身心澹泊，形同丘井。井
底水常不生波，人身、人心之靜，莫若井底之水，故東坡此一比喻，可說恰
到好處。

　　此詩提示空、靜可令詩語妙，亦爲東坡作詩之法。

郭熙畫秋山平遠　元祐二年（翰林學士知制誥）

玉堂晝掩春日閒，中有郭熙畫春山，鳴鳩乳燕初睡起，白波青嶂非人間。
離離短幅開平遠，漠漠疏林寄秋晚，恰似江南送客時，中流回頭望雲巘。
伊川佚老鬢如霜，臥看秋山思洛陽。爲君紙尾作行草，炯如嵩洛浮秋光。
我從公遊如一日，不覺青山映黃髮，爲畫龍門八節灘，待向伊川買泉石。

〔註216〕

　　此詩情景雙寫，雖爲題畫詩，然宛如絕妙山水，維妙維肖，令人發思古
幽情。郭熙乃河陽人，工畫山水寒林，此畫正爲其得意之作。

　　詩中言秋晚時節，疏林漠漠，正如江南送客時，回首所見之景致。此一
譬喻，非特寫景，亦爲畫外之情，雖不言望雲巘所見，然細思所見，即爲平
遠疏林。句法參差，正所以避免平板，而自出新意也！

　　東坡詩中常以「鬢如霜」形容年老，如「白髮蕭散滿霜風」、「白鬚蕭散滿
霜風」皆是。不直言鬢髮白，而以霜之白借喻之，情味自見，此又情景雙寫處！

　　此詩復以嵩洛浮秋光譬喻己所書行草，又化實爲虛，變幻句法，以擺脫
舊法。「秋光」極不易描繪，行書之流暢，如秋光流轉，此一聯想，遂使兩者
情境相合，不失爲神似之譬喻也！

〔註216〕同註214，頁905。

> 韓退之〈孟郊墓銘〉云：以昌其詩。舉此問王定國，當昌其身耶，
> 抑昌其詩也？來詩下語未契，作此答之　元祐六年（穎州軍州事）
> 昌身如飽腹，飽盡還當飢。昌詩如膏面，爲人作容姿。不如昌其氣，
> 鬱鬱老不衰。雖云老不衰，劫壞安所之。不如昌其志，志壹氣自隨。
> 養之塞天地，孟軻不吾欺。人言魏勃勇，股栗向小兒。何如魯連子，
> 談笑卻秦師。慎勿怨謗讒，乃我得道資。淤泥生蓮花，糞壤出菌芝。
> 賴此善知識，使我枯生荑。吾言豈須多，冷暖子自知！〔註217〕

　　此詩言「昌身如飽腹，飽盡當還飢」，謂口腹之慾，無窮盡之時，君子不當以錦衣玉食爲念，而當志於道、據於德，依仁游藝，觀全詩可得其詩旨。此一譬喻爲至理名言，不容置疑！

　　復言「昌詩如膏面，爲人作容姿」，言下之意，以詩人爲志，猶如傅粉，取媚世人，卻無益於家國。由此可知，東坡未嘗以詩人自滿，然以詩發抒眞情，以詩言心中志，如是而已！

　　至於言「不如昌其氣，鬱鬱老不衰」，「不如昌其志，志壹氣自隨」，即點明「志與氣」乃東坡所主者。以東坡之見，當法孟軻「養氣」、「立志」，當如魯仲連，談笑卻秦師，蓋此時，東坡乃龍圖閣學士知穎州軍州事任，欲效力家國，故有是言！

　　東坡以昌其身、昌其詩、昌其志氣，相互比較，而言志氣之要，事理因此益明，可謂善說理。

**書晁説之考牧圖後**　元祐八年（官禮部尚書）
> 我昔在田間，但知羊與牛。川平牛背穩，如駕百斛舟。舟行無人岸
> 自移，我臥讀書牛不知。前有百尾羊，聽我鞭聲如鼓鼙。我鞭不妄
> 發，視其後者而鞭之。澤中草木長，草長病牛羊，尋山跨坑谷，騰
> 趠筋骨強。煙蓑雨笠長林下，老去而今空見畫，世間馬耳射東風，
> 悔不長作多牛翁！〔註218〕

　　此詩言田間景色，以「川平牛背穩，如駕百斛舟」爲喻，形象鮮明，亦能道出其中情味。詩中又言「前有百尾羊，聽我鞭聲如鼓鼙」，以鼓鼙言鞭聲，譬喻新奇，聲形俱現！

　　王文誥案語云：「公詩法多有獨闢門庭，前無古人者，皆以文筆運詩之故，

---

〔註217〕同註144，卷三四，頁1804。
〔註218〕同註144，卷三六，頁1966。

而其文筆則得之於天也。」詩中因此有生動之譬喻，益顯其才力宏肆，無施不可也！

東坡詩多譬喻，已如上述，其譬喻見之於各種體裁，又用以形容有形之事物，無形之思維，皆恰到好處，正可得知其實踐此一「詩應設譬說」，不遺餘力！

## 第五節　詩宜使事說

東坡曾評孟浩然詩：「韻高而才短，如造內法酒手而無材料。」〔註 219〕可知其重詩宜使事。使事則需借乎用典，方能深入意境，增強感染，而達言簡意賅，點化入妙之功，東坡博通經史，是以詩中屢見其用典，幾至化境，令人贊佩！

葛立方《韻語陽秋》引東坡作文之法，曰：

> 天下之事，散在經子史中，不可徒使，必得一物以攝之，然後爲己用。所爲一物者，「意」是也。
>
> 不得錢不可以取物，不得意不可取物，不得意不可以用事，此作文之要也。〔註 220〕

故知東坡論詩重確定主題，選擇素材，提煉詩意，以呈現一己特有之思維。東坡主「意」之說，不勝枚舉，略述如下：

> 文以達吾心，畫以適吾意而已〔註 221〕。
>
> 某平生快意事，惟作文章，意之所到，則筆力曲折，無不盡意，自謂世間樂事，無愈此者。〔註 222〕

換言之：東坡主以意統攝典故，以達事爲我用；而往往使事用典，無不適意，因此爲樂，吾人自其作文方法推論之，則論詩宜使事，亦可得知。

觀其用典，幾乎遇事即發，切中題旨，是以詩家常稱賞之。《詩人玉屑》云：

> 東坡和李公擇詩云「弊裘羸馬古河濱，野闊天低椶玉塵。自笑餐氈典屬國，來看換酒謫仙人。」〔註 223〕

---

〔註 219〕參見《後山詩話》。
〔註 220〕參見《韻語陽秋》，卷三。
〔註 221〕見《經進東坡文集事略》，卷六〇，頁 998。
〔註 222〕見《蘇文忠公詩編註集成》，冊一，雜綴。
〔註 223〕見《詩人玉屑》，卷七。

用蘇李事以切己姓和公擇之姓，可謂點鐵成金，恰到好處！時蘇東坡由密州赴汴京，途中與齊州知州李公擇歡飲，雪中前進，狀極狼狽，前二句即寫此情景，形象鮮明。後二句自詡己似蘇武牧羊，持節赴任，而公擇如李白遇賀知章「解金龜換酒」待客以禮。一蘇一李，以古喻今，一落魄至冰天雪地之北方，一沽酒以吟詩待客，兩人又俱是詩人，可謂切當。

茲舉其詩中用典，以意使事之例，以明其持此一理論，能踐履之，達到凝練詩句、雄渾豪邁之境。

**胡完夫母周夫人挽詞**　熙寧四年八月（陳州作）

柏舟高節冠鄉鄰，絳帳清風聳縉紳。豈似凡人但慈母，能令孝子作忠臣。

當年織屨隨方進，晚節稱觴見伯仁。回首悲涼便陳跡，凱風吹盡棘成薪。

〔註224〕

此詩所言胡完夫即胡宗愈。《東都事略》載胡宗愈爲晉陵人，「舉進士甲科，英宗崩，同知諫院。李定自秀州推官，除御史，蘇頌、李大臨不草制，落職。宗愈封還詞頭，坐奪職，通判眞州。」則宗愈與東坡同爲反對新法者；何焯曰：「夫人非嫡，故題係以子。」

首聯引《詩·柏舟》之共姜守義，父母不得奪其志，言胡夫人能守義。復引《晉·列女傳》韋逞之母宋氏，隔絳紗幔受業，美其善教子，如清和之風能感化眾人。以二語言二事，詩句凝練，能傳其神。

頷聯上下聯意思相左，然一併對仗。以《禮記·仲尼燕居》「子產猶眾人之母，能食之不能教」之意，言既爲凡人，但非《史記·李斯傳》所載之「慈母敗子」，而能教子成材。此句乃反用二書之典以譬喻之。《後漢·韋彪傳》言「求忠臣必於孝子之門」，如今胡夫人慈且能教子，是故有宗愈忠於國也！上、下二句看似不聯屬，細思之，乃爲活對也。

頸聯採《漢書·翟方進傳》：「欲西至京師受經，母憐甚幼，隨之長安，織屨以給。」言胡夫人撫子辛勞，有美德，並用周顗伯仁事，言其晚年得以稱觴作壽。此聯將其一生事跡，一筆帶過，已能言其教子有成也！

尾聯以〈蘭亭集序〉「俯仰之間，已爲陳跡」，感歎其已逝，然《毛詩·邶風·凱風》亦言「凱風自南，吹彼棘薪，母氏聖善，我無令人。」，東坡借之以感喟其人雖逝，然其德永存。

---

〔註224〕見《蘇軾詩集》，卷六，頁274。

綜觀全詩，句句用典，尤以「豈似凡人但慈母，能令孝子作忠臣」，既爲「流水對」，又能反用史實，以證胡夫人既慈且能教子，使事無懈可擊，手法可謂高妙！

> 和劉道原寄張師民　熙寧五年正月 （杭州通判任）
>
> 仁義大捷徑，詩書一旅亭。相夸綬若若，猶誦麥青青。腐鼠何勞嚇，
> 高鴻本自冥。顚狂不用喚，酒盡漸須驚。〔註225〕

施元之注云：「劉道原與王介甫異論，絕交，力請歸養。」〔註226〕是時新法已施行，以致東坡同論之人紛紛被黜，王文誥云：「公此時眞無可與語者，故與道原三首獨佳。」此詩即爲其中一首。

首聯以司馬承禎譏盧藏用假借仁義，以行求名之事，譏刺朝廷近日進用之人，以仁義爲捷徑。復以詩書好比逆旅之舍，言一干人等皆以詩書爲逆旅，過眼則忘，不行仁義之實。連用兩譬喻，反譏小人求名忘義，心中之不滿，可想而知。

頷聯以《漢書‧石顯傳》「顯與牢梁五鹿充宗結爲黨友，諸附倚者，皆得寵位。民歌之曰：牢邪石邪！五鹿客邪，印何纍纍，綬若若邪！」而言朝政執政者但爲印授爵祿所誘，不遑其他。復以《莊子‧外物篇》所載「儒以詩禮發塚，曰：《詩》固有之曰：青青之麥，生於陵陂，生不布施，死何含珠爲？」言彼等假《六經》以進，如莊子所謂「儒以詩禮發塚」也！

頸聯以《莊子‧秋水》「莊子曰：鵷得腐鼠，鵷鶵過之，曰，嚇！今子欲以子之梁國而嚇我邪！」以言小人之顧祿，如鴟鳶以腐鼠嚇鴻鵠。言下之意，君子絕不被其所動。

尾聯言彼等溺於利，如人之醉於酒，酒盡則自醒也！全詩除末兩句，亦皆出於舊典，若非熟讀深思，斷難順手拈來，自成佳篇也！

> 朱壽昌郎中，少不知母所在，刺血寫經，求之五十年，去歲得之蜀
> 中，以詩賀之　熙寧五年 （杭州通判任）
>
> 嗟君七歲知念母，憐君壯大心愈苦。羨君臨老得相逢，喜極無言淚如雨。
> 不羨白衣作三公，不愛白日昇青天，愛君五十著綵服，兒啼卻得償當年。
> 烹龍爲炙玉爲酒，鶴髮初生千萬壽。金花詔書錦作囊，白藤肩輿簾蹙繡。
> 感君離合我酸辛，此事今無古或聞。長陵揭來見大姊，仲孺豈意逢將軍？

---

〔註225〕同註224，卷七，頁334。
〔註226〕同註225，頁331。

開皇苦桃空記面，建中天子終不見。西河郡守誰復譏？潁谷封人羞自薦。
〔註227〕

據《東都事略・獨行傳》載朱壽昌，揚州天長人。父巽，眞宗朝爲工部侍郎。壽昌七歲，父守長安，出其母劉氏，嫁民間。又《宋史》本傳載：「劉氏，巽之妾也，出嫁黨氏，有數子，壽昌悉迎以歸，既以養母，故求通判河中府。」此詩即美其能盡孝。

詩中言「不羨白衣作三公」乃用《春秋》「白衣爲天子三公」。「不愛白日昇青天」，乃採《史記》「盈曾祖父蒙於華山之中，乘雲駕龍，白日昇天。」用以指朱壽昌解官尋母，不慕榮利。又斷葷血食，刺臂鏤版，摹寫佛書，散於所經之道，意欲孝養，孝心可感。

言「愛君五十著綵服」謂壽昌行爲如《列士傳》中之老萊子，戲綵娛親，如願以償。此雖常典，然出之以「兒啼卻得償當年」又極新穎。

言「長陵楬來見大姊」，採《漢書・外戚傳》載「王太后，武帝母也。微時，爲金王孫生女，武帝車駕自往迎之，在長陵小市，直至其門。家人驚恐，女逃匿，扶將出拜。帝下車，立曰：大姊何藏之深也。載至長樂宮，與俱謁太后。」以言壽昌悉迎母數子以歸。

言「仲孺豈欲逢將軍」，採《漢書・霍光傳》載「霍中孺以縣吏，給事平陽侯家，與侍者衛少兒私通而生去病，不相聞久之。去病既壯大，爲將軍，擊匈奴。至平陽迎中孺，因跪曰：「去病不早自知爲大人遺體也！」因言壽昌迎母以歸，竟無意之間得以與母相會。

言「開皇苦桃空記面」，採《隋書・外戚傳》載「高祖外家呂氏，其族蓋微。平齊後，求訪不知所在。開皇初，汝南郡上言，有男子呂永吉，自稱有姑字苦桃，爲楊廣妻，勘驗，知是舅子。」言壽昌得以母子相見乃是天意。

而「建中天子終不見」則採《舊唐書》載「代宗皇后沈氏生德宗，史思明再陷河洛，失太后所在。德宗即位，建中元年，遙尊爲皇太后。以睦王述爲奉迎太后使，分命使臣，周行天下，終貞元之世無聞焉。」以言壽昌得迎母以歸，乃不幸中之大幸。

「西河郡守誰復譏」採《史記・吳起傳》「吳起出衛郭門，與其母訣，囓臂而盟曰：起不爲卿相，不復入衛。頃之，其母死，起終不歸，後仕衛爲西河守。」此處借吳起而起李定也。查愼行注曰：「陳訏曰：李定不服母喪，而

〔註227〕同註224，卷八，頁385。

壽昌棄官求母，恰在同朝。王介甫左袒李定，反忌壽昌，但付審官院折資通判河中府，故云西河郡守誰復譏，不獨刺李定，亦以深罪介甫。」此詩有所譏刺，蓋以古諷今也！

「穎谷封人羞自薦」則借穎谷封人勸莊公納母事，言壽昌不欲與世爭名，故乞河中以去也！〔註228〕意謂薦之未必能納，致使天下孝子未敢進言也！全詩採《春秋》、《史記》、《列士傳》、《漢書》、《隋書》、《舊唐書》依序記述迎親歸養之事，皆能切合題旨，反覆陳述，筆力自是不凡。

**次韻黃魯直見贈古風二首** 元豐元年（徐州軍事任）

其一

嘉穀臥風雨，稂莠登我場。陳前漫方丈，玉食慘無光。

大哉天宇間，美惡更臭香。君看五六月，飛蚊殷回廊。

茲時不少假，俯仰霜葉黃。期君蟠桃枝，千歲終一嘗。

顧我如苦李，全生依路傍。紛紛不足慍，悄悄徒自傷。〔註229〕

北宋兩大詩人——蘇東坡與黃庭堅，於詩壇上，地位舉足輕重，詩文創作斐然。東坡詩集中與庭堅唱和頗多，於庭堅亦有援引拔擢之功，兩大詩人之作，此為首次，然一見如故，詩中可見其端倪！

施元之注此詩曰：「黃魯直，字庭堅，分寧人。李公擇之甥而孫莘老之婿也。舉進士，教授北京國子監。東坡見其詩，以為世人無此作。魯直以書及〈古風二首〉為贄。公答之曰：「二詩托物引類，真得古詩人之風。」……魯直學問文章，天成性得，於詩尤高，善書法，自成一家。東坡所以推揚汲引，如恐不及。與張文潛、秦少游、晁旡咎，俱出其門，天下號元祐四學士。」此詩為東坡答庭堅古風二首，詩中亦托物引類，連用數典以應之，有古詩人之致。

其一首言「嘉穀臥風雨」乃引《書·呂刑》「農殖嘉穀」之語，而言其臥風雨，指時局之紛亂也。經東坡變化出之，寓意深微。又「稂莠登我場」則引《詩·大雅·大田》「既堅既好，不稂不莠」之語，指朝廷小人如稂莠般，紛擾時局，兩句相繫，則譬喻生動，寄寓無限感慨。

「陳前漫方丈，玉食慘無光」引杜子美〈病橘〉詩「此物歲不稔，玉食失光輝」，言朝廷小人充斥，遂使佳士未能居官任事，以致投閑置散，慘然無

〔註228〕同註227，頁388。
〔註229〕同註224，卷一六，頁836。

光。借嘉穀之黯然，稂莠之登場，反襯天下佳士之慘澹，一語雙關，使事精當。

詩言「大哉天宇間，美惡更臭香」，引《莊子‧知北遊》「神奇復化爲臭腐，臭腐復化爲神奇」之語，變化而爲天地之運轉有常，美惡相生、臭香相成，是以君子小人乃同處一堂。

「君看五六月，飛蚊殷回廊」既言萬物隨四時以生，飛蚊固於夏至時聚。此處之「飛蚊」係指朝廷小人，紛紛攘攘，爭奪不休之狀，譬喻極爲生動。

「茲時不少假，俯仰霜葉黃」上句引《史記‧荊軻傳》「願大王少假借之」言時局既亂，是故小人橫行，貶謫異己，不遺餘力。而以穀言，天時不少假借，是以作物不生，百姓唯有仰天喟歎，亦無能無力。兩句詩似寫實景，然實暗寓一己之憤恨！

「期君蟠桃枝，千歲終一嘗」，乃以《漢武故事》「西王母以桃食帝，帝欲留核種之。王母笑曰：「此桃一千年生花，一千年結實，人壽幾何？遂止。」勉庭堅以美才濟世，日後人皆能識其如蟠桃般，名滿天下。

「顧我如苦李，全生傍路旁」，引《晉書‧王戎傳》「嘗與群兒戲於道側，見李樹多實，等輩競趨之，戎獨不往。或問其故，戎曰，樹在道旁而多子，必苦李也。」言己爲朝廷所不納，如李苦般無人願採也！

「紛紛不足慍，悄悄徒自傷」引《詩‧邶風‧柏舟》「憂心悄悄，慍于群子」，言當今進用之人，皆小人也，而己亦僅能徒自傷感耳！

全詩引用《書》、《詩》、子美詩、《莊子》、《史記》、《漢武故事》、《晉書》，且變化出之，得其義未全師其詞，此即東坡詩之特色。依《烏臺詩案》所載，東坡此詩首譏今之小人勝君子，如稂莠奪嘉穀，而君子小人進退有時，如夏月蚊虻縱橫，至秋自息。比黃庭堅爲蟠桃，進必遲，自比苦李，以無用全生。末言當今進用，皆小人。可知東坡屬辭比事，皆有所據，且用典使事，一任興之所至，順手拈來，無不達意。

**陳季常自岐亭見訪，郡中及舊州諸豪爭欲邀致之，戲作陳孟公詩一首　元豐三年（謫居黃州）**

孟公好飲寧論斗，醉後關門防客走。不妨閒過左阿君，
百謫終爲賢太守。老居閭里自浮沈，笑問伯松何苦心？
忽然載酒從陋巷，爲愛揚雄作酒箴。長安富兒求一過，

千金壽君君垂唾。汝家安得客孟公，從來只識陳驚坐。〔註230〕

王次公曰：「此篇全用陳遵事比陳季常，別取他事足成之。」此一體例，又不同於東坡參核眾作、類集而作之用典，可謂別樹一幟。

先是，東坡貶謫黃州，寓居定惠院，陳慥來書寄居武昌。東坡以「恐好事君子，便加粉飾，云擅去安置所，而居於別路，傳聞京師，非細事也」〔註231〕辭卻之。陳慥來書將訪，東坡書招之，曰：「季常未嘗為王公屈，今乃特欲為我入州，州中士大夫聞之聳然，使不肖增重矣！」〔註232〕季常之見重於當時，由此可知。

首言「孟公好飲寧論斗，醉後關門防客走」引《漢書・游俠傳》「陳遵嗜酒，每大飲，賓客滿室，輒關門，取客車轄投井中，雖有急，終不得去。」言季常好客，實乃客好季常，東坡反言之耳！王文誥案語載元豐三年「正月二十五日，將赴岐亭山上，有白馬青蓋，疾馳來迎者，則岐下故人陳慥季常也，相從至其家，所謂靜菴者，環堵蕭然，而妻子奴婢皆有自得之意。〔註233〕」故東坡言陳慥如陳遵好客，蓋有感而發。

「不妨閑過左阿君，百謫終為賢太守」引《漢書》「陳遵為河南太守。弟級，為荊州牧，當之官，俱過長安富人故淮陽王外家左氏，飲食作樂，司直陳崇劾奏遵過寡婦左阿君置酒歌謳，起舞跳梁，頓仆坐上。免歸。」言季常當效陳遵飲酒作樂。又《漢書》載陳遵「哀帝末，遵入公府，日出醉歸，曹事數廢，然大司徒馬宮重之，言其乃大度士」，因言季常雖好飲，亦不失為佳士也！

「老居閭里自浮沈，笑問伯松何苦心」引《漢書》「遵少與張竦伯松相親友。」嘗謂竦曰：「足下諷誦經書，苦身自約，不敢差跌，而我放意自恣，浮沈俗間，官爵功名，不減於子，而差獨樂，顧不優邪！」言季常窮居，然妻子奴婢無不相得，蓋輕功名利祿之人也！

「忽然載酒從陋巷，為愛揚雄作酒箴」引《漢書》載陳遵云「揚雄作《酒箴》以諷諫成帝」，中云「酒何過乎？」遵謂張竦曰：「吾與爾猶是矣！」借言季常當與眾人歡飲。

---

〔註230〕同註224，卷二○，頁1058。

〔註231〕同註222，總案，卷二○，頁797。

〔註232〕同註231，頁803。

〔註233〕同註231，頁793。

「長安富兒求一過，千金壽君君一唾」引《文選》「曹子建府：主稱千金壽。」及《史記》「平原君以千金爲魯仲連壽，仲連笑卻之。」言季常乃高士，不輕許人，故人皆延致之。

「汝家安得客孟公，從來只識陳驚坐」引《漢書》「遵所到，衣冠懷之，惟恐在後。時列侯有與遵同姓字者，每至人門，曰陳孟公，坐中莫不震動，既至而非，因號其人曰陳驚坐。」吾郡中及舊州焉能邀致季常，恐只能尋一同姓氏者邀之耳！

全詩以陳遵事貫串，一氣呵成。既言人邀致季常飲酒，故以一嗜酒之陳遵喻之。遵姓陳，季常亦姓陳，借彼喻此，更見親切；遵爲高士，季常亦爲高士，兩相援引，自成絕妙聯想，頗能顯季常之高潔。況詩題言「戲」，故結語以「從來只識陳驚坐」，言郡中諸豪必無法邀致季常前往，言下之意，非我東坡，孰能致之？詼諧而寓深義，細味之，頗有自命不凡之意也！

> 太守徐君猷、通守孟亨之，皆不飮酒，以詩戲之　元豐四年（謫居
> 黃州）
> 孟嘉嗜酒桓溫笑，徐邈狂言孟德疑。公獨未知其趣爾，
> 臣今時復一中之。風流自有高人識，通介寧隨薄俗移。
> 二子有靈應撫掌，吾孫還有獨醒時。〔註234〕

據施元之注云：「徐君猷，名大受，東海人。孟亨之，名震，東平人。舉進士。東坡來黃州，二君爲守倅，厚禮之，無遷謫意。」可知兩人俱稟性忠厚；東坡雖不善飲，然每飲則歡然〔註235〕以其能得其眞，故勸二人飲。

此詩爲七律。首聯言孟嘉、徐邈皆以能飲爲佳士，孟爲桓溫所喜，徐邈爲孟德所疑，載之史冊，斑斑可考。以徐邈切徐君猷，以孟嘉切孟亨，姓氏同故也！

頷聯言「公獨未識其趣爾」，乃指孟、徐二人皆在黃長官，竟不飲酒，因言「酒中有趣」，借以進言。「臣今時復一中之」，則言己謫至此，聊以「酒趣」戲言之。紀昀曰：「查初白謂二聯兩兩分承，起句章法獨創。」意即言前二聯採交錯句法，孟嘉知其趣，徐邈見疑於曹孟德，皆以飲酒事，今我代爲言之。

「風流自有高人識」引《晉書・孟嘉傳》「庾亮正旦，大會州府人士。褚裒問亮，聞江州有孟嘉，其人何在？亮曰：在座，卿自覓。裒歷觀，指嘉曰：

---

〔註234〕同註224，卷二一，頁1089。
〔註235〕同註222，總案，卷二一，頁843。

此君小異，將無是乎？亮欣然，喜袞得嘉，而奇嘉爲袞所得。」言飲酒乃風雅之事，無關氣度，人之有氣度而飲，必不見棄於高士。

「通介寧隨薄俗移」引《三國志，魏・徐邈傳》「盧欽著書稱邈曰」，或問欽：「徐公當武帝時，人以爲通，自在涼州，及還京師，人以爲介，何也？」欽曰：「往者毛孝先、崔季珪用事，貴清素之士，於是皆變易車服，以求名高，而徐公不改其常，故人以爲通。比來天下奢靡，轉相倣效，而徐雅尚自若，不與俗同，故前日之通，乃今日之介耳！」言飲酒無關通介事，世俗人若薄之，乃無常者，飲酒有度，乃處常之法。

尾聯言「二子有靈應撫掌，吾孫還有獨醒時」，指孟嘉、徐邈聽我之言，必深許之，而我處眾人皆醉之時，猶且獨醒，飲酒並無大礙也！

《苕溪漁隱叢話》言：「東坡此詩，不止天生作對，其全篇用事親切，尤爲可喜，皆徐、孟二人事也！」此語已道出東坡使事用典之精到矣！

**歐陽季默以油烟墨二丸見餉，各長寸許，戲作小詩** 元祐六年（潁
州軍州事任）

書窗拾輕煤，佛帳掃餘馥。辛勤破千夜，收此一寸玉。

疾人畏老死，腐朽同草木。欲將東山松，湟盡南山竹。

墨堅人苦脆，未用歎不足。且當注蟲魚，莫草三千牘。〔註236〕

查慎行注云：晁以道《墨經》「凡丸劑，不可不熱，又病於熱，急手爲光劑，緩手爲皴劑，一丸即成，不利於再。」此製墨之法也，東坡因其小而戲以詩寄之。

首言「書窗拾輕煤」，查慎行引《墨經》言「凡墨，膠爲大。有上等煤而膠不如法，墨亦不佳，如得膠法，雖次煤能得善墨。」東坡以「輕煤」代言「墨」，蓋借代言之也。而「佛帳掃餘馥」，句言佛燈及香積久之煤也。〔註237〕此亦借言之。兩句切「油煙墨」事。

詩中云「痴人畏老死」乃引《世說》「謝虎子嘗上屋熏鼠，胡兒既無由知父爲此事，聞人道痴人有作此者，戲笑之。」蓋借此言墨之小，然皆痴人辛勤研製而得。引白樂天〈澗底松〉言「老死不逢工度之」謂痴人深恐不逢良工，得以製此。

---

〔註236〕同註224，卷三四，頁1089。

〔註237〕同註236。

「腐朽同草木」引《唐書・高竇傳贊》：「古來賢豪不遭興運，埋光鏟采，與草木俱腐者，可勝咤哉？」言痴人恐未遇良工，使此物與他物同腐。

「欲將東山松，涅盡南山竹」引《墨經》「兗、沂、登密之間山，總謂之東山。自昔東山之松，色澤肥膩，性質沈重，品推上上。」言此墨之來，乃自東山，甚爲不易。又引《漢書・公孫賀傳》「南山之竹不足受我辭，斜谷之木不足爲我械。」復言其得之不易，故有如「一寸玉」也。

「墨堅人苦脆，未用歎不足」引陶淵明《祭從弟文》「撫杯而言，物久人脆」，變化其意，謂墨小而堅，而己人高而大，卻無墨之堅。

「且當注蟲魚，莫草三千牘」，王文誥案語云：「謂墨小僅可注蟲魚也！」意謂東坡言此墨之小，殆不足以寫行草大字，僅能用以注疏經書耳！

全詩以「墨小」發抒感慨，然比類屬辭工夫甚偉，言此墨猶如「一寸玉」，得來不易，聊可注疏之用，皆戲言之，不言謝而再三致意之情，已隱言之矣，詠物至此，可謂因難見巧；寫情至此，亦可知筆法之妙。

綜上而論，東坡使事用典，無論於言事、寫物、抒情，皆有可觀者。正如東坡自言：「作文如行雲流水，初無定質，常行於所當行，止於所不可不止。」〔註238〕，經史子集，一經融鑄，無不佳妙，故王十朋序東坡詩有云：

> 東坡先生之英才絕識，卓冠一世，平生斟酌經傳，貫穿子史，下至小說、雜記、佛經、道書、古詩、方言、莫不畢究，故雖天地之造化，古今之興替，風俗之消長，與夫山川，草木、禽獸、鱗介、昆蟲之屬，亦皆洞其機而貫其妙，積而爲胸中之文，不啻如長江大河，汪洋閎肆，變化萬狀，則凡波瀾於一吟一詠之間者，詎可以一二人之學而窺其涯涘哉！〔註239〕

東坡論詩宜使事，且證之以所作，並無不符之處，其實踐理論之功夫，可謂深矣！

---

〔註238〕同註224，附錄一，頁2828。
〔註239〕同註238，附錄二，序跋，頁2833。

# 第三章　東坡詩風特色

　　一切文學內容，與其所處時代關係密切，而一切文學形式，亦有其發展、衰退之過程。詩至宋代，雖無法與唐人相較，達登峰造極之境，然能自出機杼，極力創新，所謂「以文字爲詩，以才學爲詩，以議論爲詩」〔註1〕，未嘗非詩之擴展，而自有其特點。蘇東坡乃宋詩一大家，詩風特出，自不容輕易指摘。

　　綜論東坡實踐詩論之道，吾人可知東坡窮畢生精力創作詩篇，是故，東坡詩之理論與實踐，於宋詩壇頗具示範作用，靡足珍貴。雖所論詩理，前有所承，後有繼之者，然承先啓後之功，不可磨滅。依第三章論列，則可大別其詩風特色爲三方面：一乃雄渾豪邁，此指其興會淋漓之作。施補華《峴傭說詩》云：

　　　　東坡最長於七古，沈雄不如杜，而奔放過之；秀逸不如李，而超曠
　　　　似之，又有文學以濟其才，有宋三百年無敵手也〔註2〕。

所謂「沈雄」、「奔放」，亦即東坡五、七古之特色，其造語勁切，氣勢奔騰，下筆淋漓，如浪推升，是以呈現豪邁之面貌。二乃清源靜深，此指其晚年自然澹遠之作。東坡論陶詩，謂「質而實綺，癯而實腴」〔註3〕，非但可得陶詩之妙，亦爲一己若干詩作之注腳。東坡《書黃子思詩集後》云：

　　　　蘇李之天成，曹劉之自得，陶謝之超然，蓋亦至矣〔註4〕！

---

〔註1〕 參見《滄浪詩話校釋》，詩辨，頁24。
〔註2〕 參見《峴傭說詩》，頁909。
〔註3〕 參見《欒城集》下，頁1402。
〔註4〕 參見《經進東坡文集事略》，卷六〇，頁999。

所謂「天成」、「自得」、「超然」，即是情真意實，自然超妙，外枯中膏，而有深至語。三乃風骨奇高，此指東坡富有興寄，暗喻人品高潔之作，如〈海棠詩〉，以海棠暗喻一己坎坷之命運，實乃東坡精神面貌之呈現。詩云：

> 東風嫋嫋泛崇光，香霧空濛月轉廊。只恐深夜花睡去，故燒高燭照紅妝〔註5〕。

陳師伯元曾評析之，謂東坡海棠詩有所寄託。而言：

> 自《離騷》以來，比興、寄託是許多詩人慣用的手法，以香草美人比君子，惡鳥陰雲喻小人，借他人的遭遇，以發自身的感慨。東坡在黃州的詩，凡提到海棠，或用來自喻或用來譬喻，像〈寒食雨〉的第一首，今年又苦雨，兩月秋蕭瑟，臥聞海棠花，泥汙燕脂雪。這詩裡的海棠是自喻的。像〈贈黃州官妓〉詩，「東坡五載黃州住，何事無言到李宜。卻似西川杜工部，海棠雖好不吟詩。」這是譬喻美人的，黃州官妓李宜色藝均佳，故以海棠花來比擬。這首〈海棠〉詩用的也是這種手法。〔註6〕

東坡為人耿介，忠於朝廷，因詩得禍，致仕宦受挫，然特重氣節，正直不阿，感於神宗示恩，故有此作，呈現一己高潔風骨。凡此，學者必深造乃能自得之。

綜上而言，東坡詩具有多樣化之風格，當其議論風發，興會淋漓之際，所為之詩雄渾豪邁，敖器之詩評言：「東坡如屈注天潢，倒連滄海，變眩百怪」，終歸「雄渾」〔註7〕。庶幾近之。然一心嚮往陶謝自然天成之作，遂極力造之，黃山谷美其：「嶺外詩文，讀之使人耳目聰明，如清風自外來也。尤為難能可貴者，長於譬喻，凡不宜言之，則以詩出之，其挺挺大節，遂於詩中表露無遺。」〔註8〕茲分述此三者如下。

# 第一節　雄渾豪邁

東坡為人，坦率真誠，詼諧成性，流露風雅之本質，詩作亦如是！唐司空圖《二十四詩品》首先品評詩風，後世言詩遂沿襲其分法，以為詩人創作之依皈，至今無出其右者，東坡極賞之。觀《詩品》言雄渾一格乃：

---

〔註5〕同註2。
〔註6〕見陳師伯元〈東坡海棠詩的寄託〉，民國80年2月12日中央日報長河版。
〔註7〕參見司空圖《詩品注釋及譯文》，頁22。
〔註8〕見《蘇文忠公詩編註集成》，冊一，頁250。

大用外腓，眞體內充，返虛入渾，積健爲雄。具備萬物，橫絕太空，
荒荒油雲，寥寥長風。超以象外，得其環中，持之匪強，來之無窮
〔註9〕。

依其文意，蓋指詩人創作詩篇，發自心中已充塞之雄渾氣勢。此一氣勢可籠
罩萬物，橫亙九天，如雲之飄流，如風之激盪。吾人循此一理論，品評東坡
詩風，實相吻合。然「雄渾」一詞，尚未能形容東坡詩，必復之以「豪放」，
方足以比擬！明胡應麟《詩藪》稱：

子瞻雖體格創變，而筆力縱橫，天眞浪漫。集中如〈虢國夜游〉、〈江
天迷嶂〉、〈周昉美人〉、〈郭熙山水〉、〈定惠海棠〉等篇，往往俊逸
豪麗，自是宋歌行第一手〔註10〕。

換言之：「筆力縱橫，天眞爛漫」正所以構織東坡詩風之俊逸豪麗。而據司空
圖所云「豪放」一詞，則爲：

觀花匪禁，吞吐大荒。由道返氣，處得以狂。天風浪浪，海山蒼蒼。
眞力彌漫，萬象在旁〔註11〕。

亦即詩人以吞吐山川之氣魄，俯視萬物，復以詩筆呼風喚雨，使詩風呈現磅
礴氣勢，自然不俗。東坡七古，音節頓挫，波瀾壯闊，全發自豪邁之氣，是
故「雄渾豪邁」足以當之！觀其〈百步洪〉二首之一云：

長洪斗落生跳波，輕舟南下如投梭。水師絕叫鳧雁起，亂石一線爭
磋磨。有如兔走鷹隼落，駿馬下注千丈坡。斷絃離柱箭脫手，飛電
過隙珠翻荷。四山眩轉風掠耳，但見流沫生千渦。嶮中得樂雖一快，
何意水伯夸秋河。我生乘化日夜逝，坐覺一念逾新羅。紛紛爭奪醉
夢裡，豈信荊棘埋銅駝。覺來俛仰失千劫，回視此水殊委蛇。君看
岸邊蒼石上，古來篙眼如蜂窠。但應此心所無住，造物雖駛如吾何？
回船上馬各歸去，多言譊譊師所呵〔註12〕。

此詩清高宗《御選唐宋詩醇》評曰：「用譬喻入詩文，是軾所長，此爲摹寫急浪
輕舟，奇勢迭出，筆力破餘地，亦眞是險中得樂也。」〔註13〕吾人觀其用韻
之密，愈出愈奇，如百鍊鋼化爲繞指柔，即可得知東坡才大而肆，氣清而豪！

---

〔註 9〕同註7，頁22。
〔註10〕見《詩藪》，冊一，外編五，頁9。
〔註11〕同註7，頁44。
〔註12〕見《蘇軾詩集》，卷一七，頁891。
〔註13〕同註8，冊一，頁228。

除此之外，趙秋谷所傳聲調，曾引東坡七言古詩〈和蔣夔寄茶〉以爲範例。東坡詩云：

> 我生百事常隨緣，四方水陸無不便。扁舟渡江適吳越，三年飲食窮芳鮮。
> 金齏玉膾飯炊雪，海螯江柱初脫泉。臨風飽食甘寢罷，一甌花乳浮輕圓。
> 自從捨舟入東武，沃野便到桑麻川。翦毛胡羊大如馬，誰記鹿角腥盤筵？
> 廚中蒸粟埋飯甕，大杓更取酸生涎。拓羅銅碾棄不用，脂麻白土須盆研。
> 故人猶作舊眼看，謂我好尚如當年。沙溪北苑強分別，水腳一線爭誰先？
> 清詩兩幅寄千里，紫金百餅費萬錢。吟哦烹噍兩奇絕，只恐偷乞煩封纏。
> 老妻稚子不知愛，一半已入薑鹽煎。人生所遇無不可，南北嗜好知誰賢？
> 死生禍福久不擇，更論甘苦爭嫵妍！和君窮旅不自釋，因詩寄謝聊相鑱。
> 〔註14〕

此詩於出句處，採三平落腳，而後於雙句處，皆以三平聲落韻，吾人順勢讀來，確能感受到澎湃氣勢。東坡此詩敘述與茶結緣之原委，歸結於無論所贈茶是優是劣，然此贈予之情令人心感，全文結構謹嚴，音節跌宕，有飄洒不受羈絆之情味。其他如〈有美堂暴雨〉，形象鮮明，用語夸張，尤爲上上之作。詩云：

> 遊人腳底一聲雷，滿座頑雲撥不開。天外黑風吹海立，浙東飛雨過江來。
> 十分瀲灧金樽凸，千杖敲鏗羯鼓催。喚起謫仙泉洒面，倒傾鮫室瀉瓊瑰。
> 〔註15〕

寫陰曆七月，雨勢之強，大海爲之倒立，水噴猶如泉注，將醉酒昏睡詩仙一併驚醒，創作詩文一如龍宮傾覆，珍寶紛飛。此等景象，經東坡一點化，氣魄豪壯，意象鮮活，令人猛然一驚，不得不佩服東坡寫景之筆法高妙！

至於東坡五言古詩，亦不乏有奇崛想像與宏闊氣象者。紹聖四年，東坡自惠州貶至瓊州，六月渡海，當其行瓊、儋間，肩輿坐睡，夢中得句云：千山動鱗甲，萬谷酣笙鐘。覺而遇清風急雨，有詩云：

> 四州環一島，百洞蟠其中。我行西北隅，如度月半弓。登高望中原，
> 但見積水空。此生當安歸，四顧眞途窮。眇觀大瀛海，坐詠談天翁。
> 茫茫太倉中，一米誰雌雄？幽懷忽破散，永嘯來天風。千山動鱗甲，
> 萬谷酣笙鐘。安知非群仙，鈞天宴未終。喜我歸有期，舉酒屬青童。

---

〔註14〕 同註12，卷一三，頁653。
〔註15〕 同註12，卷一〇，頁482。

急雨豈無意，催詩走群龍。夢雲忽變色，笑電亦改容。應怪東坡老，

顏衰語徒工，久矣此妙聲，不聞蓬萊宮。〔註16〕

此詩抒發赴貶所途中，目見蒼茫景致，並表達一己孤傲心境。首自空間寫起，
言所經路線如月之弓，而登高望遠，天水無際，悽然有所傷懷，然詩人生性
襟懷拓落，已而思之，天地在積水之中，九州亦在大瀛海域中，有何可傷？
是以此生雖至途窮，然自天地觀之，曾不能以一瞬。此時憂傷一掃而空，遂
見千山如鱗甲之撼動，萬谷如笙鐘之催發，而己亦置身天帝之居，與神仙共
飲。末歸結於風雨夢幻之間，似醒似醉之意，以點出「夢」字，題境乃完。
紀昀評此詩云：

以杳冥詭異之詞，抒雄闊奇偉之氣，而不露圭角，不使粗豪，故為

上乘。源出太白，而運以己法，不襲其貌，故能各有千古。〔註17〕

觀太白詩風，以雄放豪邁見長，其胸襟寬闊，才氣磅礴，所作詩皆自由肆放，
如天馬行空，不可羈勒，而東坡亦如是。王文誥曾析評此詩結構，而言：

觀此詩，起四句如繪地圖，接四句如釋地理。乃合八句為一節也。……
其前「四顧真途窮」句，已水窮山盡矣，卻不肯別起頭腦，直從途
窮拓出，故有「茫茫」、「一米」等句，然一路寫來，卻是完行瓊、
儋間題面。……於中一節言風，此一節言雨，點清「夢」字及戲之
之意，題境已完。其後直下作結，「妙聲」句，雖為找足群仙諸語，
實乃自為評賞，讚歎欲絕也〔註18〕。

將此詩之承轉，剖析得十分詳盡，而東坡之架構謹嚴，才思敏捷，由此可知。
無怪乎高宗《御評唐宋詩醇》本集古今體詩云：

行燕遠僻陋之地，作騎龍弄鳳之思，一氣浩歌而出，天風浪浪，海

山蒼蒼，足當司空圖「豪放」二字〔註19〕。

揆諸東坡被貶海南，處境淒涼，而竟有此灑脫之詞，可謂心如日月，超乎塵
土。然此時東坡，尚有一首〈次前韻寄子由〉詩，必與此詩參看，乃能知其
詩風之豪放。詩云：

我少即多難，邅回一生中。百年不易滿，寸寸彎強弓。老矣復何言，

榮辱今兩空。泥洹尚一路，所向餘皆窮。似聞崆峒西，仇池迎此翁。

---

〔註16〕同註12，卷四一，頁 2246。
〔註17〕同註16。
〔註18〕同註16，頁 2247。
〔註19〕同註12，頁 242。

胡爲適南海，復駕垂天雄。下視九萬里，浩浩皆積風。回望古合州，屬此琉璃鐘。離別何足道，我生豈有終？渡海十年歸，方鏡照兩童。還鄉亦何有？暫假壺公龍。峨眉向我笑，錦水爲君容。天人巧相勝，不獨數子工。指點昔遊處，蒿萊生故宮。〔註20〕

此詩與前詩皆以不歸爲歸，言區區形跡之累，尚不足以拘囿自己。首言一生困頓，至老深知榮辱不足掛懷。次言如今如駕垂天之翼，俯視萬有，又何往而不自得？王文誥於「下視九萬里」句下云：

此句從上句「復駕」出，全是「胡爲」一轉之勢，而「胡爲」又以「似聞」跌出也。自此以下，高唱入雲，有叫闆排閽之響，聲徹九天九地矣。杜陵入蜀諸古，摹寫道中景狀，神工鬼斧，離奇光怪，至爲雄險，然皆有跡象可尋，究屬人工。故凡才人陟歷險遠，呼喝景物，皆能貌其所爲。若此二篇，亦道中作，乃捨去應有蹊徑自從空中發揮，純是一派天工，使人著手不得，此則非《杜集》之所有也。〔註21〕

王氏可謂深得詩旨，能切中東坡詩之特色，乃另闢蹊徑，自鑄新詞者，甚至以杜詩入蜀諸古詩，與東坡詩相較，則東坡「下視九萬里，浩浩皆積風」，氣勢之浩瀚，眞已作到雄渾豪邁四字矣！

## 第二節　清源靜深

東坡詩之豪邁雄渾，乃不爭之事實。然綜觀其詩論與夫晚年作詩之旨，猶有另一種截然不同之風貌，亦即「絢爛後之平淡」。子由嘗於〈子瞻和陶淵明詩集引〉中云：

東坡先生謫居儋耳，寘家羅浮之下，獨與幼子過負擔渡海，葺茅竹而居之。日啖藷芋，而華屋玉食之念不存於胸中，平生無所嗜好，以圖史爲園圃，文章爲鼓吹，至此亦罷去。獨嘉爲詩，精深華妙，不見老人衰憊之氣。〔註22〕

子由言其「精深華妙」，可謂直指幽微，一語中的。東坡平生推崇超然自得、味外有味之作，於詩文之中，不自意流露出稱許之情。評詩則言：

〔註20〕 同註 16，頁 2248。
〔註21〕 同註 18。
〔註22〕 見《欒城後集》，卷二一，頁 1402。

蘇李之天成，曹劉之自得，陶謝之超然，蓋亦至矣！……李杜之後，
詩人繼作，雖間有遠韻，而才不逮意，獨韋應物、柳宗元，發纖穠
於簡古，寄至味於澹泊，非餘子所及也。〔註23〕

「天成」、「自得」、「超然」，儼然爲其創作與理論之鵠的，亦即詩中最高之境
界。又云：

詩畫本一律，天工與清新〔註24〕。

發自眞情，一以妙理新意爲準則，此非主味外有味乎？復觀其論書之語謂：

永禪師書，骨氣深穩，體兼眾妙，精能之至，反造疏淡……張長史
草書，頹然天放，略有點畫處，而意能自足，號稱神逸〔註25〕。

予嘗論書，以謂鍾王之跡，蕭散簡遠，妙在筆畫之外。〔註26〕

蓋一切藝術，皆有相通之處，詩與書亦然，東坡評書，謂「深穩」、「精能」、
「天放」、「蕭散簡遠」，綜言之：即精深華妙；以詩風言之，則爲清源靜深
也。

　　詩風之形成，乃漸進而非猝然可得。東坡詩風之轉變，《蘇海識餘》述之
甚詳。王文誥言嘉祐四年己亥時東坡作〈怪石詩〉二十三韻，五七言相間，
全用老蘇家法，兀突滿前，莫名瑰異。復作〈送宋君用游輦下〉詩三十五韻，
其中伸縮轉折，極力騰挪，已變老蘇之法。至於南行諸作，逐首圖變，其詩
法入門，次第蹤跡，皆可尋矣！至此，乃評論東坡詩風承轉，而言：

公自不能詩而至能詩，自名家而至大家，皆於此兩三年間、數十篇
之內養成具體。到鳳翔，首作石鼓歌，己出昌黎之上，不可壓也。
自此以後，熙寧還朝一變，倅杭守密，正其縱筆時也。及入徐湖，
漸改轍矣！元豐謫黃一變，至元祐召還又改轍矣！紹聖謫惠州一
變，及渡海而全入化境，其意愈隱，不可窮也！〔註27〕

吾人至此可得知東坡詩轉化之跡。值得一提者，乃末句言及「渡海而全入化
境，其意愈隱，不可窮也！」何謂「化境」？宋許顗《彥周詩話》云：

東坡海南詩，荊公鍾山詩，超然邁倫，能追逐李、杜、陶、謝〔註28〕。

---

〔註23〕見《經進東坡文集事略》，卷六〇，頁 999。
〔註24〕見《蘇軾詩集》，卷二九，頁 1525。
〔註25〕同註 23，頁 996。
〔註26〕同註 23。
〔註27〕見《蘇文忠公詩編註集成》，冊六，蘇海識餘，頁 3708。
〔註28〕見《彥周詩話》，頁 225。

「超然邁倫」，非化境而何？東坡一生，仕宦多舛，謫居儋耳之後，方悟己與淵明皆與物多忤，並言於詩人無所甚好，獨好淵明之詩。且言：

> 淵明作詩不多，然其詩質而實綺，癯而實腴，自曹，劉、鮑、謝、李、杜諸人，皆莫及也。〔註29〕

《彥周詩話》於此義有所發明，曰：

> 陶彭澤詩，顏、謝、潘、陸皆不及者，以其平昔所行之事，賦之於詩，無一點愧詞，所以能爾！〔註30〕

所謂無一點愧詞，蓋言淵明欲仕則仕，欲去則去，情感極真實，「初若散緩不收，反覆不已，乃識其奇趣」〔註31〕，此非遽讀者可識其三昧也！東坡〈和陶貧士七首〉，乃遷惠州一年後所作，自言「衣食漸窘」、「樽俎蕭然」，處境堪憐，因悲興感，云：

> 長庚與殘月，耿耿如相依。以我旦暮心，惜此須臾暉。青天無今古，誰知織烏飛？我欲作九原，獨與淵明歸。俗子不自悼，顧憂斯人饑。
> 堂堂誰有此，千肆良可悲〔註32〕。

當此之際，東坡與過居惠州，子由在高安，遲适於許州，邁迨在宜興，一家四分散，心境悲涼，語語真至，是以此詩以孤星殘月譬喻，以耿耿相依聊自寬慰，皆有深意。紀昀於「我欲作九原，獨與淵明歸」句下云：意深致而氣渾成。〔註33〕所謂「深致」、「渾成」，即言其詩精深，且不流于氣弱，此乃出於詩人本色，所為詩什全出乎真情也！

紹聖元年，時局方亂，黨爭不已，十二月二日，東坡有命至惠州，寓居合江樓，是月十八日遷於嘉祐寺，二年三月十九日，復遷於合江樓，三年四月二十日復歸於嘉祐寺，幾經輾轉遷徙，疲於奔命，乃卜居於白鶴峰之上，然心境靜定，毫無怨懟之言。觀其〈遷居〉詩云：

> 前年家水東，回首夕陽麗。去年家水西，濕面春雨細。東西兩無擇，緣盡我輒逝。今年復東徙，舊館聊一憩。已買白鶴峰，歸作終老計。
> 長江在北戶，雪浪舞吾砌。青山滿牆頭，鬖鬖幾雲髻？雖慚抱朴子，金鼎陋蟬蛻。猶賢柳柳州，廟俎薦丹荔。吾生本無待，俯仰了此世。

〔註29〕 同註22。
〔註30〕 同註28。
〔註31〕 同註25。
〔註32〕 同註24，卷三九，頁2136。
〔註33〕 同註31。

念念自成劫，塵塵各有際。下觀生物息，相吹等蚊蚋。〔註34〕

遇此遷徙之厄運。竟甘之若飴，無往而不自得，終歸於「無待無求」，寫來質樸疏淡，情致卻淵深停蓄，耐人尋味，可謂「老而嚴」〔註35〕之作也！

東坡終其一生，與北宋黨爭息息相關，自登臺閣，即被新黨人士目爲眼中釘，大肆抨擊，媒孽其短；然始終堅持「爲國興利，爲民除弊」之心，吾人自東坡〈謝除龍圖閣學士表〉一文中，可略知端倪，文中云：

> 伏念臣學非所得，愚至不移。雖叨過實之名，卒無適用之器。少時妄意，蓋嘗有志於事功。晚歲積憂，但欲歸安於田畝。屬聖神之履運，荷識拔之非常。猶冀桑榆之收，遽迫太馬之疾。力求閒散，庶免顛躋。豈謂皇帝陛下，聖度包荒，天慈委照。察其才有所短，不欲疆置之禁嚴，知其進不由人，故特保全其終始。遂加此職，以賁其行。臣敢不仰緣末光，益勵素所。往何之而不可，中無愧之爲安。但未死亡，必期報塞〔註36〕。

意謂當其出仕之時，正新法施行之秋，遇事有擾民之嫌，則口誅筆伐，毫不退縮。然詩獄之後，靜思以往種種，乃求好心切，奮勵太前之弊，是故躬耕田畝，傲嘯林泉，黃州五年，乃其詩風由激切復歸平靜之時，此間，老莊哲理深入其心，東坡涵融菁華，深知「清淨」之道，必虛靜以致之，是以閱歷愈深，此一理念亦由隱而顯，漸次成其詩風面貌。觀其〈東坡〉詩後，確能漸次掌握「清源靜深」四字。詩云：

> 雨洗東坡月色清，市人行盡野人行。莫嫌犖确坡頭路，自愛鏗然曳杖聲。
> 〔註37〕

此詩雖以寫景爲重，然富有情味者，當是三、四句情景雙寫，活畫出一幅高潔形象，此人者何？東坡本人是也。陳師伯元評賞此詩，謂：

> 詩一開始，便把東坡置於一片清幽的景色當中，偏僻的山岡，清亮的月色，尤其是經過雨後透露出來的皎潔月光，穿過纖塵不染的碧空，廣布在澡雪一新，水珠晶瑩的萬物上，這是何等清涼、清明、清澈、清新的景象〔註38〕。

---

〔註34〕同註27，卷四○，頁3454。
〔註35〕同註27，冊一，頁250。
〔註36〕同註23，卷二六，頁431。
〔註37〕同註24，卷二，頁1183。
〔註38〕參見陳師伯元〈鏗然曳杖聲〉，民國80年5月28日《長河版》。

誠然，「清」既是景物之清澈、觸覺之清涼，亦是其詩源自於清澈、清明之心，毫無一絲雜念。蓋心地清明，則所見萬物，雖在夜色之中，一如白晝現形，無所遁隱。

孫民先生在〈蘇軾詩歌風格發展的三個階段〉一文中，言及東坡詩於西元一○六九年新法實施前為第一階段，雖然初見豪放但卻回旋於低沈的詠歎。新法實行起至一○七九年為第二階段，詩作體現出遵循規律，大膽創新之精神，詩風轉為恣肆豪放。一○七九年之後為第三階段，此時經過文字獄打擊，對仕宦人生徹底絕望，是以重視精神超脫。孫氏云：

> 無論是榮達入朝還是失意投荒，他都能超然處之，保持一種心靈的安適，而專注於生活的美和自然的美。這一階段的詩作有如智慧老人妙解人生的獨語，達到了藝術上的最高境界：以平易的語言表達出深邃的意境，于清淡的詩味中抒發了高遠的情思，這便是清雄的詩風。〔註39〕

換言之：東坡詩早期確以豪放見長，然烏臺詩案後，詩風已由恣意豪邁，漸入佳境，日後貶至惠州、儋州，詩作精嚴清靜，展現另一種高遠情思，使人讀其詩，如入華嚴之境，深覺清絕無比。東坡曾美柳宗元詩，而言：

> 柳子厚詩在陶淵明下，韋蘇州上；退之豪放奇險則過之，而清麗靖深不及也。〔註40〕

既稱許柳宗元詩乃「清麗靖深」，是以南遷之後，所作詩什力求語淺意深，情思高遠，將一生榮辱悲歡，一寓於詩中。雖然，詩家之作，有其精神面貌，何可畫分其詩風為二，謂前此豪放，絕無清麗之作；或言後此則絕無豪放之作，是以參融互見，東坡詩於黃州之前，多淋漓興致邁往之作；黃州以後詩，則漸老漸熟，多為清源靜深之詩。無怪乎黃山谷云：

> 東坡嶺外詩文，讀之使人耳目聰明，如清風自外來也。〔註41〕

於蘇詩眾作，獨標舉嶺外詩文，清源靜深，意深語緩，真乃知詩者！

然究此一詩風之形成，乃緣於因緣際會也。《老學庵筆記》載東坡在嶺海間，最喜讀陶淵明、柳子厚二集，謂之南遷二友〔註42〕。設若東坡未曾遭逢

---

〔註39〕 參見大陸1986年第十二期高等學校文科學校文摘，頁36。
〔註40〕 參見《東坡詩話》。
〔註41〕 同註27，冊一，頁250。
〔註42〕 參見《老學庵筆記》。

詩案賈禍，則豪放詩風無由轉圜矣！東坡自謫黃，悠遊名川古刹，與佛道高士往來，禪理之趣，於焉興起，及至了悟此生與淵明皆與物相忤，和陶之作遂啓發其「超然物外」之思。其間新舊兩黨紛爭不已，然東坡心似明月，塵穢不沾，故任由時勢如浮雲般變易，然此心明潔如月，無可移易，遂成就其晚年詩作日趨「精深華妙」，而展現清雄之詩風。

　　綜上所述，東坡詩形式多樣，所作詩什，正可體現其一生宦海浮沈與夫精神生活之豐膽。吾人觀其詩作，除著力於豪邁雄渾之五七言古詩外，於東坡律絕之中，亦可賞其清麗韶秀之作，然若思有以效之，則需自其高風亮節，致力於經史小學窮究之，方得其旨。《後村詩話》云：

> 坡詩略如昌黎，有汗漫者，有典嚴者，有麗縟者，有簡淡者，翕張開闔，千變萬態，蓋自以其氣魄力量爲之，然非本色也。他人無許大氣魄力量，恐不可學。〔註43〕

尤以和陶之作，無淵明之高潔，和之恐不足觀，是以《後村詩話》亦云：

> 陶公如天地間有醴泉，慶雲，是惟無出，出則爲祥雲瑞日，饒坡公一人和陶可也。〔註44〕

不惟直指東坡才力宏肆，其人格之高潔、情感眞實，亦爲主因，是故遽以「豪放」二字稱其詩風，則未足以當之，必兼之以「清源靜深」四字，以「清雄」稱之，庶幾近之！

# 第三節　風骨奇高

　　東坡詩風以黃州詩詞爲界，大別爲雄渾豪邁、清源靜深兩端，然綜言之：詩富風骨，可概括其特色所在。前人言詩，著重詩人風格特色，蓋文學作品中有共同性，也有個別性。共同性乃由於外緣之時代、文學變遷，導致一群人同具某一特質。東坡詩最具風貌者，乃詩作中飽含個人情感及理趣，一望即知其人生觀及性格，孟子云：「知人論世」〔註45〕，東坡爲人「挺挺大節，群臣無復出其左右」〔註46〕，其詩作中即可獲印證。

---

〔註43〕同註27，冊一，頁258。
〔註44〕同註43。
〔註45〕參見《孟子注疏》，卷一○，頁188。
〔註46〕參見《宋史本傳》。

　　自古論人必究其行事，東坡有若干敘事詩，表達其對他人之褒貶，間接發抒一己人生觀。平情而言，東坡飽經憂患，閱歷豐富，所至遠郡名城，遭遇各類人物，詩作取材自然廣泛，命意尤其新穎。吾人自其詩篇中略作剖析，則有寫山村姑娘之〈於潛女〉、〈吳中田婦歎〉，寫鄉居野老之〈和陶歸園田居〉、〈送芝上人遊廬山〉，寫醫術高明之能人，如〈贈眼醫王彥若〉、〈種德亭〉，寫嗜書忘貧之碑帖收藏者，如〈虔州呂倚承事年八十三讀書作詩不已，好古今帖，甚貧，至食不足〉，他如寫英勇武士之〈贈狄崇班季子〉，寫仕途不得志之窮秀才如〈與王慶源〉〔註47〕，皆能表現東坡之精神面貌，然尤為可貴者，則為詩作之中，表達一己高遠志向及堅毅節操者，或詠物，或寫情，無不含蘊深刻哲理，值得吾人仔細探究。本節試就其一生行事選擇重要詩作予以說明之。

　　東坡生於宋仁宗景祐三年，西元一〇三六年。當是時，呂夷簡執政，無所改革，政治紛亂。冗兵、冗官、冗費日益嚴重，范仲淹言事忤呂夷簡，落職饒州，歐陽修亦遭貶謫，朝廷遂有朋黨之論起。仁宗慶曆五年，西元一〇四五年，東坡年十歲，母程夫人親授《漢書》，至〈范滂傳〉，慨然太息。東坡侍側，曰：「軾若為謗，夫人亦許之否乎？」程夫人曰：「汝能為滂，吾顧不能為滂母耶！」〔註48〕自此，東坡即有奮勵之志，欲報效朝廷。

　　仁宗皇祐二年，西元一〇五〇年，東坡年十五。程夫人親授書，常戒曰：「汝讀書勿效曹耦，止欲以書自名污已！」又每稱引古人名節以勵之，曰：「汝果能死直道，吾無戚焉。」〔註49〕東坡一生行事磊落，以名節自重，蓋得於母教甚深矣！至仁宗嘉祐二年，西元一〇五七年，東坡年廿二，應進士第，以〈刑賞忠厚之至論〉一文中第。復以〈春秋對義〉居第一，及殿試章衡榜，中進士乙科，始入仕宦，又因歐陽修得以謁見文彥博、富弼、韓琦等，皆以國士待之。不意母程夫人於是年四月病故，東坡隨父奔喪回蜀。嘉祐四年，東坡有《南行前集敘》，自述其詩文創作之由，乃將以識一時之事，為他日之所尋繹，且以為得於談笑之間，而非勉強所為之文也〔註50〕。此時，東坡創作詩什，蓋雜然有觸於中，而發於詠歎耳！

〔註47〕　參見劉乃昌〈談蘇軾以描寫人物為中心的敘事詩〉，大陸蘇軾研究學會出版。
〔註48〕　參見《宋史本傳》，並見〈樂城集墓誌銘〉。
〔註49〕　參見《蘇東坡軼事匯編》，顏中其編注，大陸岳麓書社。
〔註50〕　參見《經進東坡文集事略》，卷五六，頁922。

　　仁宗嘉祐六年，西元一○六一年，東坡年廿六。歐陽修時參知政事，以才識兼茂荐之秘閣。八月東坡應賢良方正直言極諫策問，蘇軾所對入第三等，遂授大理評事，簽事鳳翔府節度判官。十一月，東坡赴鳳翔就任，子由送至鄭州西門外，東坡有〈和子由澠池懷舊〉詩，乃千古傳誦之名篇。之後，東坡有〈王維吳道子畫〉，於詩中品評兩人畫風之異，尤稱許王維詩「清且敦」，且云：

> 吳生雖妙絕，猶以畫工論。摩詰得之於象外，有如仙翩謝樊籠。吾
> 觀二子皆神俊，又於維也斂衽無間言。〔註51〕

此言非特爲東坡品評詩畫之語，且突顯其詩文風貌乃主「妙絕」、「神俊」，不同於一般俗士，其中暗喻一己之人格亦不欲與眾同，而意欲有所奮發，超凡出群，如「仙翩謝樊籠」。

　　英宗治平二年，西元一○六五年，東坡三十歲。正月還朝，判登聞鼓院。英宗在藩邸聞其名，欲以唐故事召入翰林。宰相韓琦限以近例，欲召試秘閣，韓琦猶不可，乃試二論，皆入三等，得直史館，其間，有〈和子由苦寒見寄〉將東坡積極奮發之個性，展露無遺。詩中云：

> 吾從天下士，莫如與子歡。羨子久不出，讀書蝨生氈。丈夫重出處，
> 不退要當前。西羌解仇隙，猛士憂塞壖。廟謨雖不戰，虜意久欺天。
> 山西良家子，錦緣貂裘鮮。千金買戰馬，百寶粧刀鐶。何時逐汝去，
> 與虜試周旋。〔註52〕

是時，西夏數出兵寇秦鳳、涇源，上詔籍陝西民丁爲義勇，東坡赴諸縣提舉，是故深有所感，以詩言志。觀其詩意，早有不平凡之自視，且斷言此生出處，當奮勵向前，倘有朝一日，爲國所重，當親自征戰，與虜周旋。此後，一心圖報朝廷，至老未已！翌年四月，父洵病逝于京師，乃具舟載其喪歸蜀，三年後，與子由還朝，已神宗熙寧元年矣！

　　熙寧二年，西元一○六九年，王安石參知政事。東坡反對更取士之法，有〈上神宗皇帝書〉，王安石不悅，乃以其議論皆異爲由，命東坡權開封府推官，將困以事。八月，子由罷條例司檢詳文字，除河南府推官。熙寧三年，東坡復有〈上神宗皇帝書〉，反對新法，忤王安石。安石乃命侍御史謝景溫劾奏東坡居喪服除，往復賈販，妄冒差借兵卒，窮治無所得，東坡自乞補外

---

〔註51〕見《蘇軾詩集》，卷三，頁108。
〔註52〕同註51，卷五，頁215。

〔註53〕。此時新法施行，紛紛貶謫異己，東坡有感而發，詩文中頗多諷喻，將其果敢直言之個性表露於外，如：

> 但苦世論隘，聒耳如蜩蟬，安得萬頃池，養此橫河鱣。〈送曾子固倅越得燕字〉
>
> 橫前坑阱眾所畏，布路金珠誰不裹？爾來變化驚何速？昔號剛強今亦頗。憐君獨守廷尉法，晚歲卻理鄱陽柂。莫嗟天驥逐羸牛，欲試良玉須猛火。〈送蔡冠卿知饒州〉
>
> 竭來東觀弄丹墨，聊借舊史誅姦強，孔融不肯下曹操，汲黯本自輕張湯。雖無尺箠與寸刃，口吻排擊含風霜。〈送劉道原歸覲南康〉

借送別餞行之詞，言滿腔不平之事，雖意指他人不遇，未嘗為澆一己心中塊壘。所引各首，本輕描淡寫，漸次對新法施行之執政者，深表不滿，是以熙寧四年通判杭州時，復有〈和劉道原見寄〉一首，以譏刺朝廷進用之人，君子小人雜處。詩云：

> 敢向清時怨不容，直嗟吾道與君東。坐談足使淮南懼，歸去方知冀北空。獨鶴不須驚夜旦，群烏未可辨雌雄。廬山自古不到處，得與幽人子細窮。〔註54〕

東坡自視甚高，且時有匡濟朝政之心，出語甚為激切。此後〈湯村開運鹽河雨中督役〉、〈畫魚歌〉、〈鴉種麥行〉、〈吳中田婦歎〉、〈山村五絕〉、〈八月十五日看潮五絕〉、〈和述古多日牡丹四首〉等，皆明諷暗喻新法不當，致百姓飽受奔波之苦，詩文詳見拙著《烏臺詩案研究》一書，此不贅述。其間，能得知東坡情性者，有〈和錢安道寄惠建茶〉一首，詩中言及：

> 建溪所產雖不同，一一天與君子性。森然可愛不可慢，骨清肉膩和且正。雪花雨腳何足道，啜過始知真味永。縱復苦硬終可錄，汲黯少戇寬饒猛。草茶無賴空有名，高者妖邪次頑懭。體輕雖復強浮沈，性滯偏工嘔酸冷。其間絕品豈不佳？張禹縱賢非骨鯁。〔註55〕

以人物品格比喻茶性，除含新穎物趣之外，並言明一己愛憎分明之個性。東坡所稱許者，乃汲黯之鯁直，蓋寬饒之勇猛，至於張禹之持祿保位，則絕不贊同，此即表明為人處事必重出處，乃經世濟民之事，雖千萬人吾往矣！

---

〔註53〕 同註46。

〔註54〕 同註51，卷七，頁331。

〔註55〕 同註51，卷一一，五530。

　　熙寧二年至元豐二年間，東坡歷任杭州通判、密州太守、徐州太守，湖州軍州事，詩文題材有寫景、應酬、詠物、詠史等，間及與佛道人士談禪說法，詩篇形式已粗具規模。然質性自然，與淵明皆非矯厲可得，因此遇事即言，不計後果，終因詩得禍，而有百日牢獄之厄。〈次韻周開祖長官見寄〉一首，乃東坡元豐二年六月十三日於吳興郡齋作，頗能代表十年仕宦所有感懷，因緣以說明之。詩云：

> 俯仰東西閱數州，老於歧路豈伶優？初聞父老推謝令，旋見兒童迎細侯。政拙年年祈水旱，民勞處處避喧嘔。河吞巨野那容塞，盜入蒙山不易搜。仕道固應慚孔孟，扶顛宋可責由求。漸謀田舍猶懷祿，未脫風濤且傍洲。惘惘可憐眞喪狗，時時相觸是虛舟。揭來震澤都如夢，只有苕溪可倚樓。齋釀酸甜如蜜水，樂工零落似風鷗。遠思顏、柳並諸謝，近憶張陳與老劉。風定軒窗飛豹腳，雨餘欄檻上蝸牛。舊遊到處皆蒼蘚，同甲惟君尚黑頭。憶昔湖山共尋勝，相逢杯酒兩忘憂。醉看梅雪清香過，夜棹風船駭汗流。百首共成山上集，三人同作月中遊。海南未起垂天翼，澗底仍依徑寸麻。已許春風歸過我，預憂詩筆老難酬。此生歲月行飄忽，晚節功名亦謬悠。犀首正緣無事飲，馮驩應爲有魚留。從今更踏青州麴，薄酒知君笑督郵。
>
> 〔註56〕

全詩共四十句，二百八十字，洋洋寫來，詩筆毫無凝滯。根據《烏臺詩案》，東坡自言遷徙數州，未蒙朝廷擢用，老於道路，並所至遇水旱盜賊，夫役數起，民蒙其害，因譏諷朝廷政事缺失，並新法不便所致。可知東坡借他人酒杯，澆心中塊壘，對於時局，一本初衷，遇事直言，不慕榮利。尤以「仕道」二句，借古人「窮則獨善其身，達則兼善天下」〔註57〕，喻時局不容自己有所奮進，故有慚於孔孟之教，言辭犀利，情感慷慨。末言「此生歲月行飄忽，晚節功名亦謬忽」可知其深感時不我與，報效無門。東坡以儒家積極濟世之行自期，未仕宦時已見端倪，及仕宦十年，仍不見用，無怪乎感歎歲月易逝，曾不知何時爲當局所賞，得以一展鴻鵠之志。

　　元豐二年，西元一○七九年，東坡四十四歲。七月，御史中丞李定、何正臣言東坡頗有譏刺時事之語，詔知諫院張璪、御史中丞推治以聞。二十八日

---

〔註56〕　同註51，卷一九，頁983。
〔註57〕　參見《孟子注疏》，盡心篇上，頁230。

臺吏皇甫遵乘驛追攝。八月十八日，東坡被押赴台獄勘問。張方平、范鎮上疏救之，子由乞納在身官職贖兄之罪。十二月二十九日，獲釋出獄，責授檢校水部員外郎黃州團練副使，本州安置，不得簽書公事。凡收受東坡文字，自張方平、司馬光、范鎮、陳襄等二十二人，各罰銅二十斤，亦有貶官者，如王詵、子由、王鞏等，株連甚眾〔註58〕。自此東坡詩中即少有言及時事者，然自始至終，其品格高超，未嘗稍衰。元豐五年，更於東坡築雪堂，自書「東坡雪堂」以榜之。黃州五年，東坡於詩詞獨有所悟，其人生觀由激進轉為恬淡，詩文內容由時事轉為田園，詩文形式漸趨圓融精妙，詩風亦由雄渾豪邁漸入精深華妙〔註59〕。觀其元豐五年三月七日，以相田至沙湖，道中遇雨，東坡〈定風波〉一詞云：

> 莫聽穿林打葉聲，何妨長嘯且徐行，竹杖芒鞋輕勝馬，誰怕？一簑煙雨任平生。
>
> 料峭春風吹酒醒，微冷，山頭斜照卻相迎。回首向來蕭瑟處，歸去，也無風雨也無晴。〔註60〕

何等瀟洒真至之語，過往一切不快，如經暴雨洗刷一空，駐留心中者，只是了無愛憎，適意而行。此詞頗能道出東坡自臺獄後，心境之轉變。同時，東坡於詩中借物興感之詞，益見顯著。東坡極賞海棠，常借花自喻，婉轉自陳。當其初到黃州，寓居定惠院之東，見一株海棠，土人不知其貴，不禁自憐一己高潔，亦無人能解，寫道：

> 江城地瘴蕃草木，只有名花苦幽獨。嫣然一笑竹籬間，桃李漫山總麤俗。
>
> 也知造物有深意，故遣佳人在空谷。自然富貴出天姿，不待金盤薦華屋。
>
> 朱唇得酒暈生臉，翠袖卷紗紅映肉。林深霧暗曉光遲，日暖風輕春睡足，
>
> 雨中有淚亦悽愴，月下無人更清淑。先生食飽無一事，散步逍遙自捫腹。
>
> 不問人家與僧舍，拄杖敲門看修竹。忽逢絕艷照衰朽，歎息無言揩病目。
>
> 陋邦何處得此花？無乃好事移西蜀。寸根千里不易致，銜子飛來定鴻鵠。
>
> 天涯流落俱可念，為飲一樽歌此曲。明朝酒醒還獨來，雪落紛紛那忍觸？
>
> 〔註61〕

〔註58〕同註49。

〔註59〕參見拙著《烏臺詩案研究》章五，頁210。

〔註60〕參見《東坡樂府箋》，卷二，頁235。

〔註61〕同註51，卷二〇，頁1036。

全詩共二十八句，一百九十六字。詩人將海棠超然絕塵之深潔與自己人格融合爲一，不僅詠物，且抒發心中相惜相知之情，爲向上一層之力量，他日若遇清平之治，自當能有一番作爲也！紀昀曰：

> 純以海棠自寓，風姿高秀，興象微深，後半尤煙波跌蕩，此種眞非
> 東坡不能，東坡非一時興到亦不能。〔註62〕

能深入東坡心境，看穿東坡心事，是以所論中的。陳師伯元更申言之：

> 詩人贊美海棠，悲歡海棠，實際上是寄託自己的情操，悲歡自己的
> 遭遇。詩人與海棠感情交融，合而爲一，是花是人，不容分割，詩
> 人滿腔深情地寫海棠，正是在寫自己，在悲歡自己坎坷的命運啊！
> 所以詩人在七年上巳日作的詩裡說：「柯邱海棠吾有詩，獨笑深林誰
> 敢侮！」自離騷以來，比興、寄託是許多詩人慣用的手法，以香草
> 美人比君子，惡鳥陰雲喻小人，借他人的遭遇，以發自身的感慨。
> 這首〈海棠詩〉用的也正是這種手法。〔註63〕

詩中亦常以梅寄托一己堅貞，以紅梅「自恐冰容不入時」，白梅「要將眞色鬥生枝」，以草棘間梅喻所處情境之惡劣，以「而今縱老霜根在」言二度赴杭，毫無所懼之剛強〔註64〕，吾人參稽眾詩，可知東坡借物興感手法之高妙，而貶謫後並未銷磨一己之壯志，並深信一己之高潔必有爲人理解之時。

　　元豐七年，西元一○八四年，東坡年四十九。三月告下，東坡移汝州團練副使，本州安置，不得簽書公事。東坡上表言有田在常，乞在常州居住，上許之。哲宗元祐元年，西元一○八六年，東坡五十一歲。司馬光荐舉之，誥命復朝奉郎知登州，六月起程經潤、揚、楚、海、密州，十月十五日到登州任。十月二十日，接誥命，以禮部郎中召回。十一月上旬起程回京，十二月到京，遷起居舍人。半載之間，復登臺閣，意料乃用事之際，遂奮勉政事，以國爲念。然因與司馬光論役法利害，忤司馬光之意，又作呂惠卿安置建寧軍責詞，雖天下人傳播稱快，然得罪新法人士，復謂程頤不近人情，得罪程頤，是以頤深疾之，東坡益加玩侮，遂成嫌隙。十二月，朱光庭劾東坡試館職策題語涉先帝，目爲蜀黨，自是黨伐不已。元祐四年，西元一○八九年，東坡有〈和王晉卿送梅花次韻〉詩，已預料將出守方郡。詩云：

〔註62〕見《蘇文忠公詩編註集成》，冊四，卷二○，頁2480。
〔註63〕見中央日報長河版、東坡《海棠》詩的寄託，民國80年2月12日。
〔註64〕見邱俊鵬〈讀蘇軾的詠梅詩〉，大陸蘇軾研究學會出版。

東坡先生未歸時，自種來禽與青李。五年不踏江頭路，夢逐東風泛蘋芷。

江梅山杏爲誰容？獨笑依依臨野水。此間風物君未識，花浪翻天雪相激。

明年我復在江湖，知君對花三歎息。〔註65〕

此詩借花爲題，實亦以花言志，自料黨爭不已，意謂今年必去，明年定在江湖。以「江梅山杏爲誰容？獨笑依依臨野水」，借題映發，突顯一己無往不自得之心境，節操亦至死不移。果於同年三月，詔除龍圖閣學士兩浙西路兵馬鈐轄知杭州軍州事，四月出京，五月至南都，六月渡江入浙西境，七月到杭州任。元祐五年正月，范祖禹薦之於朝廷曰：

臣伏見蘇軾文章爲時所宗，名重海內，忠義許國，遇事敢言，一心不回，無所顧望，然其立朝多得謗毀，蓋以剛正嫉惡，力排姦邪，爲王安石、呂惠卿之黨所憎，騰口於臺諫之門，未必非此輩也，伏望聖慈，早賜召還。今尚書闕官，陛下如欲用軾，何所不可？〔註66〕

果然，東坡於元祐六年正月，遷吏部尚書，二月，以翰林學士承旨召還，三月，察視湖、蘇二郡水災，四月，至淮上，五月，自南都到闕，六月兼侍讀，八月，除龍圖閣學士知潁州軍州事。此時，東坡心境轉趨平和，是年〈感舊詩並敘〉，述之甚詳。敘云：

嘉祐中，予與子由同舉制策，寓居懷遠驛，時年二十六，而子由二十三耳。一日，秋風起，雨作，中夜脩然，始有感慨離合之意。自爾宦遊西方不相見者，十嘗七八。每夏秋之交，風雨作，木落草衰，輒悽然有此感，蓋三十年矣。元豐中，謫居黃岡，而子由亦貶筠州，嘗作詩以紀其事。元祐六年，予自杭州召還，寓居子由東府，數月復出領汝陰，時予年五十六矣。乃作詩，留別子由而去。〔註67〕

東坡所言，蓋指嘉祐六年十一月十九日，與子由別於鄭州西門之外，賦詩一篇，中有「寒燈相對記疇昔，夜雨何時聽蕭瑟。君知此意不可忘，愼勿苦愛高官職。」〔註68〕四句，乃感懷追昔之辭。今以新黨讒毀不已，是以作詩云：

床頭枕馳道，雙闕夜未央。車轂鳴枕中，客夢安得長。新秋入梧葉，風雨驚洞房。獨行殘月影，悵焉感初涼。笙仕記懷遠，謫居念黃岡。

---

〔註65〕 同註51，卷三一，頁1635。

〔註66〕 同註63，總案卷三二，頁1085。

〔註67〕 同註51，卷三三，頁1775。

〔註68〕 同註51，卷三，頁96。

一往三十年，此懷未始忘。扣門呼阿同，安寢已太康。青山映華髮，
歸計三月糧。我欲自汝陰，逕上潼江章。相見冰盤中，石蜜與柿霜。
憐子遇明主，憂患已再嘗。報國何時舉，我心久已降。〔註69〕

首六句言地處侵迫，為宰相所不容，是以耿耿不寐，憂思難忘。其次自言出
入進退，三十年仕宦升沈，已無意執政，而欲歸鄉。末四句，囑子由遇明主，
當效力朝廷；雖新黨人士攻伐不已，但當以國是為重，不當更去。王文誥案
語云：

蓋公自此以後，惟以民為事，而國是則委之子由，子由則尚冀公還，
而徐俟後命。此兩公心事，各行其所安者。公則志已先定，故自道
其出入進退如此〔註70〕。

析之甚詳。故知東坡至此已無心仕宦，而欲造福於民，以出典方郡為職志。
此一念之間，東坡已無意營求館職。其知潁州，移知揚州軍州事，元祐七年
八月，復以龍圖閣學士守兵部尚書兼侍讀，十一月，遷端明殿學士兼翰林侍
讀學士守禮部尚書，此乃意料之外，故詩云：

歸老江湖無歲月，未塡溝壑猶朝請。〈召還至都門先寄子由〉
還朝如夢中，雙闕肪金碧。〈次韻定國見寄〉
歸來病鶴記城闉，舊踏松枝雨露新。半日不羞垂領髮，軟紅猶戀屬
車塵。〈次韻蔣穎叔，錢穆父從駕景靈宮二首之一〉

此等詩句，皆流露出不勝感激之情。畢竟東坡無法忘情於家國，甚且以其一
生摯愛之。詎料元祐八年九月，復因新黨攻伐不已，是故東坡出知定州。紹
聖元年閏四月，落兩職，追一官，謫知英州。六月，累建昌軍司馬，惠州安
置，不得簽書公事，與過赴嶺南。東坡前此有〈東府雨中別子由〉一首，已
料定此去嶺南，無復有還期。詩中云：

去年秋雨時，我自廣陵歸。今年中山去，白首歸無期。〔註71〕

王文誥案語云：已上四句，斷定後事，此非詩之讖也，蓋其朝局已成必敗之
勢也！〔註72〕故知東坡已將死生置於度外，料定此去政局顛覆，欲報國恩，
渺不可期，高風亮節，竟至無怨艾，誠為難得。前此，東坡已有〈和陶歸園

〔註69〕 同註67。
〔註70〕 同註67。
〔註71〕 同註51，卷三七，頁1991。
〔註72〕 同註71。

田居〉之作，極賞淵明之超然出塵，是以決心盡和陶詩。和陶眾作中，頗能反映一己生活情形，且發抒當時心境。其〈和陶貧士七首并引〉云：

　　余遷惠一年，衣食漸窘，重九伊邇，樽俎蕭然。乃和淵明〈貧士〉

　　七篇，以寄許下、高安、宜興諸子姪，並令過同作。〔註73〕

前此已引「長庚與殘月，耿耿如相依」一首，說明東坡謫惠時，心緒蕭條，自謂如殘月般，唯淵明可比並。復於〈貧士〉其二言：

　　夷齊恥周粟，高歌誦虞軒。產祿彼何人？能致綺與園？古來避世士，

　　死灰或餘煙，末路益可羞，朱墨手自研。淵明初亦仕，絃歌本誠言。

　　不樂徑乃歸，視世羞獨賢。〔註74〕

首以伯夷、叔齊義不食周粟，隱於首陽山，采薇而食之。及餓且死，作歌云：神農虞夏忽焉沒兮，我安適歸矣！吁嗟徂矣，命之衰矣！以言淵明與己皆不遇之人。復用典言呂后令呂澤卑辭厚禮，迎園公、綺里季、夏黃公、甪里先生，此四人者，焉能為呂產、呂祿所慴，東坡甚不以為然。是故感歎古來避士賢士，已如死灰、餘煙，實不多見。下半借淵明以抒一己感歎，謂與世相忤，不知早歸，是以獨愧前賢。紀昀評此詩云：

　　借淵明以自託，愈說得平易，愈見身分之高。〔註75〕

此語極言東坡人品之高潔，自始至終，不敢存避世之意者，乃深受儒家積極用世之影響，欲效杜甫、韓愈匡濟時局，無奈事與願違，晚年此語雖似悔悟之辭，然其心地之光明磊落，自料不愧於前賢，而獨言「視世羞獨賢」者，意謂無淵明之「自知之明」，乃有此貶謫之辱也。

　　紹聖五年，西元一○九八年，東坡六十三歲，責授瓊州別駕昌化軍安置，不得簽書公事，當此際，有〈和陶游斜川〉一詩，表達一己澹泊無累，復歸自然之樂。詩云：

　　謫居澹無事，何異老且休。雖過靖節年，未失斜川游。春江淥未波，

　　人臥船自流。我本無所適，泛泛隨鳴鷗。中流遇洑洄，捨舟步層丘，

　　有口可與飲，何必逢我儔。過子詩似翁，我唱而輒酬，未知陶彭澤，

　　頗有此樂不？問點爾何如，不與聖同憂，問翁何所笑，不為由與求。

　　〔註76〕

---

〔註73〕同註51，卷三九，頁2136。

〔註74〕同註73，頁2137。

〔註75〕同註73，頁2138。

〔註76〕同註51，卷四二，頁2318。

雖至不毛之地，猶自得其樂，謂己有曾點「不與聖同憂」之致，年少時之志向，亦一笑置之；此乃不得已之舉，朝廷不容，雖有心但已無能報國矣，用語雖淺，情卻極深至！爾後元符三年，復于儋州有〈歸去來集字十首〉並引，雖一時游戲之作，但亦可知其深喜淵明之爲人，與夫所著之詩文。〈六月二十日夜渡海〉詩，可謂其一生之總論，詩云：

> 參橫斗轉欲三更，苦雨終風也解晴。雲散月明誰點綴？天容海色本澄清。
>
> 空餘魯叟乘桴意，粗識軒轅奏樂聲。九死南荒吾不恨，茲游奇絕冠平生。
>
> 〔註77〕

東坡一生，仕宦不遂，命途多蹇，然一本品格爲上之理念，終不肯迎合權勢，以媚當朝，如上天之遼闊無私，一心爲家爲國，如大海之能容，忍受一再遷謫，小人之謗誣，此時志雖不用，然道已先行，是以無所憾恨，無所眷戀。吾人綜觀東坡一生，明其出處志節，脈絡分明，其詩風格之高，蓋與人格並無二致，是以王文誥於《蘇文忠公詩編註集成》序云：

> 公正道直行，竭智盡忠，讒人閒之，困躓折辱，而其詩上溯唐虞，下逮齊魯，明道德之廣崇，嫻治亂之條貫，參觀窮達之理，與靈均信一致矣。獨其生平用圖史爲園囿，文章爲鼓吹，及遷海上，亦皆罷去，惟肆意乎陶詠。陶家弊遊走，自量必貽俗患，俛仰辭世，而公不早覺，嬰犯世難，意甚愧之，復有園田下溼之思。〔註78〕

於其一生行事，述之甚詳。吾人自唐人集中，亦僅杜甫可與東坡之高格相比，是故言其人品高節，其詩具風骨，乃有宋第一大詩家也！

〔註77〕同註51，卷四三，頁2366。

〔註78〕同註63，冊一，自序，頁27。

# 第四章　東坡詩學成就

　　前此，吾人已論述東坡主要詩論為「窮後工」、「有寄托」、「貴眞情」、「應
設譬」、「宜使事」五端，亦以其詩作印證之，無一不符。然東坡究竟於文學
史上居何等地位？其詩論對後世又有何影響？必有所釐清，方不致人云亦
云，墨守成規，本章就此二者論述如下。

## 第一節　東坡詩於文學史之地位

　　歷來中國文學史言及東坡詩，往往輕描淡寫，未能得其詩旨。唯李日剛
《中國文學流變史》，述之較詳，然亦僅摭拾大端，未能系統立論，以言東坡
詩應有之地位。

　　東坡詩值宋詩全盛期，上繼歐、梅，下啓黃、陳，其創作詩什為全宋之
冠，而內容豐贍，詩體俱備，亦宋詩第一人，自應總理其詩風特色，確立其
詩什之價值。

　　論者以為：詩至唐，已達登峰造極之境，詩境興象高妙，形象亦各體兼
備，實則不然。宋詩乃自唐詩窮極生變而得。大凡詩可分說理、抒情、記敘
三端，而唐詩僅得其二，必待宋詩之出，方便於說理，至是詩之用乃云極致。
東坡以散文入詩，經史子集以至於鄙諺小說，無事不可入，至此，詩之內容
始豐，實用價值亦高，功不可沒。

　　當其於北宋之際，本致力於時文之用，至南行後，有《江行唱和集敘》，
始悟詩之用大矣哉。終其一生，以詩代言，所抒皆一己眞實情感，自易動人。
然若論其成就，則其議論時政諸詩，堪稱有宋一代之詩史。大抵言之，東坡常

于詩什中，發抒百姓疾苦，而興一己無奈之情。其弟子由於〈墓誌銘〉中言：

> 公既補外，見事有不便於民者，不敢言，亦不敢默視也。緣詩人之
> 義，託事以諷，庶幾有補於國。〔註1〕

由此可知，東坡本公忠體國，爲民紓困之心，常於詩中遇事興感，暗諭諷刺，旨在裨補時政，以盡臣子之義。詎料沈括暗中蒐證，羅織罪狀，何正臣等人據之逮捕東坡入獄，乃有百三十日之「烏臺詩案」。其後仕宦顛連，雖有元祐年間，重返朝廷，執掌國政之舉，然紹聖年間，復竄逐嶺南，瘴毒而死。自黃州以後詩什，轉而寫田園山水之樂，故國江山之美，然心中未嘗無家國之痛矣！〈吳中田婦歎〉，乃借農婦之苦境，感歎百姓生活苦況。〈石炭〉乃親率百姓開礦之實景。〈荔支歎〉直追老杜，借貴妃之奢靡，以諷當權之枉顧民苦。北宋內憂外患，新法復擾攘生民，於東坡詩中可見其梗概。是故，東坡詩富現實性，可爲史鑑，此爲其一大成就。

其次，東坡詩想像力強，善於譬喻，亦爲一大特色。長篇如：〈歐陽少師令賦所蓄石屏〉、〈郭祥正家醉畫竹石壁上，郭作詩爲謝且遺古銅劍〉、短詩如：〈飲湖上初晴後雨〉、〈惠崇春江晚景二首〉皆能曲盡甚妙，恰到好處。《東坡詩話錄》引《陵陽室中語》云：

> 子瞻作詩，長於譬喻，如和子由云：人生到處知何似，應似飛鴻踏雪泥，泥上偶然留指爪，鴻飛那復計東西。守歲詩云：欲知垂盡歲，有似赴壑蛇。修鱗半已沒，去意誰能遮？況欲繫其尾，雖勤知奈何？
> 畫水官詩云：高人豈學畫，用筆乃其天。譬如善游人，一一能操船。
> 龍眼詩云：龍眼與荔枝，異出同父祖，端如柑與橘，未易相可否。
> 皆累數句也。如一聯即：少年辛苦眞食蓼，老境清閒如啖蔗。如一句即：雪裡菠薐如鐵甲之類，不可勝記。〔註2〕

其他浮想聯翩，新奇設譬，爲宋詩注入新生命，雖盛唐諸家，亦有譬喻頗佳者，然東坡長於譬喻，較諸他家，絕無遜色。觀其〈百步洪二首〉其一，云：有如兔走鷹隼落，駿馬下注千丈坡。斷絃離柱箭脫手，飛電過隙珠翻荷。連探七事比喻江水奔流直下，氣勢萬千，即可知其造語遣詞有獨到之處。是故宋詩至東坡，題材廣、命意新、尤以譬喻之形象鮮明，予後人極佳之範例。此其成就之二。

---

〔註1〕見《蘇文忠公詩編註集成》，冊一，頁143。
〔註2〕見《東坡詩話錄》，頁42。

　　至於東坡之思想底蘊，乃以儒家爲主，復以老莊、佛釋爲輔，形成一「達觀」體系，東坡詩中部分表達此種人生境界。東坡〈觀潮〉一詩，寫來淡而有味，卻含蘊極深之哲理，可爲代表。詩云：

　　　　盧山煙雨浙江潮，未到千般恨不消。及至到來無一事，盧山煙雨浙江潮。
〔註3〕
此詩語甚平淺，然可概括而言人生三境界。俗云：「見山是山，見水是水」，乃人執著於本相，未能超脫形質，以得其神。及至「見山不是山，見水不是水」，亦粘皮帶骨，執著於形貌，卻仍無法得其形神之眞。必待超然物外，此時「見山是山，見水是水」，方能得物外之趣。東坡此詩，乃悟道人語，佛家言：「菩提本非樹，明鏡亦非臺。本來無一物，何處染塵埃」，亦即言人心不可執著於本相，否則自尋煩惱，徒增痛苦。東坡詩中，尚有〈琴詩〉、〈題西林壁〉、〈高郵陳直躬處士畫雁二首〉，俱深於理趣與妙悟之作，相參互見，可明其人生觀歸本於無罣無礙、得大自在之理。千百年來，凡失意人閱東坡詩，莫不於其深富哲理意境之詩詞中，獲得慰藉，鬱悶適時紓解。此其成就之三。

　　再者，東坡詩所表達之藝術境界，可爲吾人創作之準則。東坡詩重意境，揭櫫「詩是有聲畫，畫是無聲詩」一詞，因美王維詩乃「詩中有畫，畫中有詩」，於創作詩什時，亦本此原則，而深於妙理。〈東欄梨花〉詩云：

　　　　梨花淡白柳深青，柳絮飛時花滿城，惆悵東欄二株雪，人生看得幾清明？
〔註4〕
詩中直繪出一幅清明景象，柳絮與梨花相映成趣，微風吹拂，遂使畫中有動態之意，而「惆悵」二字，已賦予此詩鮮活生命矣！東坡題畫詩，如〈書晁補之所藏與可畫竹〉、〈郭熙畫秋山平遠〉、〈韓幹馬十四匹〉、〈王維吳道子畫〉等，提出詩畫一律，天工出清新，必形神俱備，得之於象外，皆爲吾人藝術創作實踐之方，前人於此獨缺而不述，蓋未能賅備東坡詩之全貌也。文學亦爲藝術之一環，所不同者，藝術以聲音、線條、動作爲素材，文學則以文字爲素材，若吾人能體會其中同異處，則創作時，當能捕捉「言外之意」，不唯雕鏤文字耳！是故東坡詩成就之四，乃標舉詩畫一律，甚且言詩書畫同源，明示後學者爲詩之最高準則——貴清新。

---

〔註3〕參見《詩的藝術》，頁106。
〔註4〕見《蘇軾詩集》，冊上，頁730。

　　又東坡於自然景物之抒寫，有其獨到之處，置於唐賢諸集中，亦不遜色。唐詩可類分社會寫實、邊塞、浪漫、田園山水四者，東坡除邊塞之作外，其餘三者兼而有之，尤以田園山水詩什居多。蓋出典方郡之時，日與友朋出遊，登山臨水之際，寫景詠物，順手拈來，自然生動。〈新城道中〉云：

> 東風知我欲山行，吹斷簷間積雨聲。嶺上晴雲披絮帽，樹頭出日挂銅鉦。
>
> 野桃含笑竹籬短，溪柳自搖沙水清。西崦人家應最樂，煮芹燒筍餉春耕。

〔註5〕

寫雨後轉晴，日出雲間，嶺雪如絮，一幅澄明天色，使人心生喜悅。而眼前所見，竹籬野桃，溪柳映照，大自然美景一覽無遺，此時農家煮芹燒筍，香味四溢，餉耕之樂，樂在其中。他如〈梅花二首〉以梅自喻、〈寓居定惠院之東，雜花滿山，有海棠一株，土人不知貴也〉以海棠自比、〈四時詞四首〉分述四季、〈東坡〉等表達閒適之情，皆吟詠當時景，即景抒情，是以情景交融，意象鮮活。吾人可自其田園山水詩中，學得描寫景物之技巧。此其成就之五。

　　東坡詩中尚有思鄉之作，亦情思婉轉，發人幽思。其中，〈游金山寺〉詩言：「我家江水初發源，宦遊直送江入海，聞道潮頭一丈高，天寒尚有沙痕在。中泠南畔石盤陀，古來出沒隨濤波，試登絕頂望鄉國，江南江北青山多」〔註6〕，則眉山眉州之地理形勢，猶在目前。〈法惠寺橫翠閣〉詩中亦言：「春來故國歸無期，人言秋悲春更悲。已泛平湖思濯錦，更看橫翠憶峨眉」〔註7〕家國之思，無時或已，山水雖佳，卻非故鄉舊物，詩人惆悵之心，不得不寄寓於貶謫處。是故至黃州、惠州、儋州等地，東坡隨遇而安，能自得其樂。元豐六年五月，東坡有〈南堂五首〉，詩之五自言：

> 掃地焚香閉閣眠，簟紋如水帳如煙。客來夢覺知何處，挂起西窗浪接天。

〔註8〕

南堂乃公同年蔡承禧所建，東坡〈與蔡景繁書〉云：「臨皋南畔，竟添卻屋三間，極虛敞，便夏，蒙賜不淺。」〔註9〕知此乃景繁使有司增葺，供東坡游息之處。詩中東坡默然靜處，覺盛夏亦涼，故以水、煙比之。末言南堂遠望，可見河岸，時而浪起，一幅水浪相接之狀，暑氣盡失；東坡善自游處，大抵

---

〔註5〕同註4，卷九，頁436。
〔註6〕同註4，卷七，頁304。
〔註7〕同註4，卷九，頁426。
〔註8〕同註6，卷二二，頁1166。
〔註9〕同註1，冊二，頁881，總案。

如是。詩中亦言及「我本儋耳民」、「海南萬里眞吾鄉」、「日啖荔枝三百顆，不辭長作嶺南人」，其豁達如此，於文學家中，僅一、二人耳。此其成就之六。

　　除此之外，東坡指示初學者創作之方，於詩中可逐一尋繹而得。吾人創作之初，必學有蓄積，乃能循級而上，不至顛躓。東坡〈代書答梁先〉云：

> 學如富貴在博收，仰取俯拾無遺籌，道大如天不可求，修其可見致其幽。
> 願子篤實愼勿浮，發憤忘食樂忘憂。〔註10〕

即使此事用典，以求詩文精審之道，東坡詩無一般宋人淺率生硬之弊，即爲學力宏肆之故。其〈送安惇秀才失解西歸〉云：

> 舊書不厭百回讀，熟讀深思子自知。〔註11〕

此亦勉人以博學爲本，如此讀書作詩，方能順手拈來，觸處生春。不唯如此，東坡曾指明蘇過爲詩之法，云：

> 詩有體物之功。「桑之未落，其葉沃若」，他木殆不可以語此。林逋
> 梅花詩云：「疏影橫斜水清淺，暗香浮動月黃昏」，絕非桃李詩也。
> 皮日休白蓮詩云：「無情有恨無人見，月曉風清欲墮時」，絕非紅蓮
> 詩。此乃寫物之功。若石曼卿紅梅詩云：「認桃無綠葉，辨杏有青枝」，
> 此至陋，蓋村學中語。〔註12〕

觀東坡所謂佳詩，乃美詩人能寫物之形似外，復達到「神似」之境地。桑之沃若，能傳其茂盛之形神；梅之暗香浮動，疏影橫斜，則能傳「梅格」之神；白蓮之有恨無人見，欲墮之形影，亦能寫物外之趣，是皆寫物佳妙處也。至若曼卿紅梅詩，僅堆砌辭彙，未能突顯紅梅之高格，故東坡言其固陋。針對《紅梅》詩，東坡亦有試作：

> 怕愁貪睡獨開遲，自恐冰容不入時。故作小紅桃杏色，尚餘孤瘦雪霜姿。
> 寒心未肯隨春態，酒暈無端上玉肌，詩老不如梅格在，更看綠葉與青枝。
>
> 〔註13〕

將梅比爲美人，言其故成紅艷之色乃唯恐不入時，然以其堅貞如霜雪之心，勢不肯與百花齊放，是以紅梅遲開，乃志節之表徵。於此，無非傳達東坡爲詩之道，但求形神完備，缺一不可。詩中用字，小至設色遣辭，大至詞理意

---

〔註10〕同註4，卷一五，頁763。
〔註11〕同註4，卷六，頁247。
〔註12〕參見1983年《東坡研究論叢》，讀蘇軾的詠梅詩，頁79。
〔註13〕同註4，卷二一，頁1106。

興，東坡皆有範例可循。其設色之妙，王樹芳先生〈東坡詩詞設色〉一文，歸納爲二：一即寫氣圖貌，隨物宛轉。言其善於捕捉色彩，描寫極爲準確、細膩。二即屬采附聲，與心徘徊。言其善於緣情染色，以色抒情，且善於緣情造色，以色染情。所舉實例不勝枚舉，頗值探究〔註14〕。施補華《峴傭說詩》評其詩，謂：

> 人所不能比喻者，東坡能比喻；人所不能形容者，東坡能形容；比喻之中，再用比喻；形容之後，再加形容，此法得自《華嚴》、《南華》〔註15〕。

不唯得其作詩妙法，且探討其文學技巧亦源自平日蓄積。故東坡成就之七，乃指明初學者爲詩之技巧。

最後，東坡詩七古長篇之體製，上追杜、韓，下啓黃庭堅，乃七言正體，其間音節跌宕，氣勢開闊，爲後學者指明七言詩之作法。〈書韓幹牧馬圖〉云：

> 南山之下，汧渭之間，想見開元天寶年。八坊分屯隘秦川，四十萬匹如雲煙。騅駇駓駱驪騮騥，白魚赤兔騂皇輪。龍顱鳳頸獰且妍，奇姿逸態隱駑頑。碧眼胡兒手足鮮，歲時翦刷供帝閒。柘袍臨池侍三千，紅光照日光流淵。樓下玉螭吐清寒，往來蹴踏生飛湍。眾工舐筆和朱鉛，先生曹霸弟子韓。廄馬多肉尻脽圓，肉中畫骨誇尤難。金羈玉勒繡羅鞍，鞭箠刻烙傷天全，不如此圖近自然。平沙細草荒芊綿，驚鴻脫兔爭後先。王良挾策飛上天，何必俯首服短轅？〔註16〕

此詩翁方綱舉以爲七言詩平仄舉隅之例，並於詩中兼注其作法。評首句曰：「此正調之領句也，全與律句不同。」評「八坊分屯隘秦川」至「眾工舐筆和朱鉛」句曰：以律句接轉跌宕，如層樓疊翠。評「先生」句曰：氣緊。評末句云：此結一句之五六字入上互扭，所以緊拍一篇之音節。〔註17〕以此一篇爲言，已曲盡其妙。其他如〈遊徑山〉、〈和蔣夔寄茶〉、〈書王定國所藏煙江疊嶂圖〉，尤奔放超曠，有宋三百殆無匹敵者。李重華《貞一齋詩話》評曰：

> 趙宋詩家，歐梅始變西崑舊習，然亦未詣其盛。至坡公始以其才涵蓋今古，觀其命意殆欲兼擅李、杜、韓、白之長，各體中七古尤闊

---

〔註14〕 見大陸青海師範學院學報，1982年，第二期，頁64～73。

〔註15〕 見《峴傭說詩》，頁909。

〔註16〕 同註4，卷一五，頁721。

〔註17〕 參見《七言詩平仄舉隅》，頁248。

視橫行，雄邁無敵，此亦不可時代限者。黃山谷雖然時並稱，才調

迥不相及，至謂江西詩祖，追配杜陵者，妄也。〔註18〕

將東坡七古，與李白、杜甫、韓愈之高格相提並論，頗爲切當。東坡不惟行文如流水，下筆千言，「行於所當行，止於不可不止」，且以文入詩，開拓宋詩之面目，明季以降，詩不宗唐，即宗宋，其承先啓後之功，人盡知之，只此七古歌行長篇鉅製，氣象萬千，即可於文學史上留名矣！此其詩學成就之八。

綜上而論，有此八大成就，東坡之名可傳矣！何況歷來學東坡詩者，不乏其人，終北宋之世，有黃庭堅、陳師道、秦觀、張耒、晁補之、李廌，號稱「蘇門六君子」。山谷詩清新奇峭，自出己意爲之，得東坡詩創新之一端。陳師道好「苦吟」，其詩雄健清勁，幽邃雅淡，有一塵不染之氣，得東坡詩窮而後工之詩旨。東坡嘗謂「秦得吾工，張得吾易」，則秦觀詩清新婉麗，李廌詩幽深隱逸，亦能得東坡詩一端。邇後，黃庭堅匯百家之長，究歷代體製之變，一意求新，將古律以拗體出之，而有換骨、奪胎詩法，影響後世甚鉅，東坡啓迪之功，實不可掩。是故趙翼《甌北詩話》云：

以文爲詩，始自昌黎。至東坡益大放厥辭，別開生面。天生一枝健筆，

有必達之隱，無難顯之情，此所以繼李、杜而爲一大家也。〔註19〕

東坡繼歐陽修之後，主北宋詩壇，開宋詩前所未有之境界，其地位可與唐之李、杜並稱也。葉燮《原詩》亦云：

蘇軾之詩，其境界皆開闢古今之所未有。天地萬物，嬉笑怒罵，無

不鼓舞於筆端，而適如其意之所欲出。此韓愈後之一大變也，而盛

極矣！〔註20〕

宋詩至東坡始盛，當爲的評。其氣象宏闊，意趣超妙，取材多方，不分雅俗，與夫呈現多樣化之詩風，其地位當置於宋詩第一人也！

## 第二節　東坡詩論對後世之影響

自唐釋皎然《詩式》一書出，詩之體例與作法乃有所確立。晚唐司空圖沿其「自然」之說，類分詩風爲二十四品，然大抵強調「沖淡」之風，極推崇王維、韋應物之作。影響所及，嚴羽《滄浪詩話》力主「興象深妙」，遂斥

〔註18〕見《貞一齋詩說》，頁853。
〔註19〕見《甌北詩話》，卷五，頁56。
〔註20〕見《原詩》，頁516。

宋詩不如唐詩。其間，東坡以詩人創作詩什，承陳子昂、李白、杜甫、元結諸人遺緒，實踐「比興」之道，爲宋詩拓展新局；復承司空圖之說，主詩亦當傳言外之意、味外之旨，以造澹遠之風，持此「二分法」論詩，影響所及，後世無人出其牢籠，是以各主所是，聚訟紛紜。

吾人試觀東坡品評前賢眾作，當可明其所主「二分法」理論之一斑。

（一）主比興者——

▲ 李太白、杜子美，以英瑋絕世之姿，凌跨百代，古今詩人盡廢。〈書黃子思詩集後〉

▲ 詩至杜子美，文至韓退之，書至顏魯公，畫至吳道子，而古今之變，天下能事畢矣！〈書吳道子畫後〉

▲ 子美詩外，別有事在。《東坡詩話》

▲ 畢仲游謂杜甫似司馬遷，與我意合。《東坡詩話補遺》

▲ 七言之偉麗者：「旌旗日暖龍蛇動，宮殿風微燕雁高」；「五更鼓角聲悲壯，三峽星河影動搖。」《東坡詩話補遺》

▲ 歐陽子論大道似韓愈，論事似陸贄，記事似司馬遷，詩賦似李白。《六一居士集序》

▲ 讀魯直詩如見魯仲連、李太白，不敢復論鄙事，雖若不入用，不無補於世也。《仇池筆記》

自唐陳子昂主詩須有興寄、有風骨、李白繼之以復古爲革新之任務，要求「寄興深微」，美建安詩歌具風骨，然亦力求詩風之清新自然。東坡屢屢稱許太白詩，實爲論詩所主與夫創作詩什俱與太白之意同。至於杜子美則具「比興」之「藝術技巧」，能創作多樣化體裁，東坡亦步亦趨，自然推崇備至！是故言歐陽修、黃魯直，皆取其與李、杜相類之處，美其有比興，有補於世也！

（二）主自然者——

▲ 蘇李之天成，曹劉之自得，陶謝之超然，蓋亦至矣！……韋應物、柳宗元，發纖穠於簡古，寄至味於澹泊，非餘子所及也。〈書黃子思集後〉

▲ 吾於詩人無所好，獨好淵明之詩。淵明作詩不多，然其詩質而實綺，癯而實腴，自曹、劉、鮑、謝、李、杜諸人，皆莫及也。〈子瞻和陶淵明詩集引〉

▲ 淵明詩初見若散緩，熟視有奇趣。如曰：「日暮巾柴車，路闇光已夕，歸人望煙火，稚子候簷隙。」又曰：「採菊東籬下，悠然見南山。」又曰：「靄靄遠人村，依依墟里煙。犬吠深巷中，雞鳴桑樹顛。」大率才高意遠，則所寓得其妙，遂能如此。如大匠運斤，無斧鑿痕，不知者疲精力至死不悟。《冷齋夜話引》

▲ 柳子厚詩在淵明下，韋蘇州上……所貴乎枯澹者，謂其外枯而中膏，似淡而實美，淵明、子厚之流是也。《東坡詩話》

　　東坡晚年，盡和陶詩，計一百又九篇，乃深悟詩除具比興之外，尚有自然高妙之作，足以發明詩旨。觀其所美之人，有魏晉、南北朝、中唐詩家，取其自然沖淡、饒有奇趣，此非司空圖所主之「言外之意，味外之旨」乎？明乎此，方可知東坡詩文創作，與論詩之語並無二致，兼具雄渾豪邁清源靜深之風，且頗具風骨。詳析東坡論詩持「二分法」之因，與其政治思想關係頗深。劉大杰《中國文學批評史》言其超邁豪橫近似李白，淡雅高遠似陶淵明，乃因主「自然」之說出自晚年，心境由燦爛歸於平淡，故所爲詩什亦由「有爲而作」、「言必中當世之過」，轉爲「超然淡泊，高風絕塵」〔註21〕。此說頗具隻眼。子由曾於《墓誌銘》言：

　　　　公詩本似李杜，晚喜陶淵明，追和之者幾遍。〔註22〕

即已指明東坡詩創作與理論之轉變。然而此一「二分法」論詩之語，究竟對後世有何影響？

　　東坡詩主興寄，前人多半言及。然泰半以其採議論爲詩，以才學爲詩，且以散文入詩爲病，是故蘇詩比興幽微之處，遂淹沒不彰。王文誥《蘇海識餘》錄之甚詳，卷一云：

　　　　初謫黃州，次韻樂著作天慶觀醮一小詩耳，而寄託甚大。其三四云：無因上到通明殿，只許微聞玉珮音。不獨顧影自傷，並神宗不忍終棄之意皆見。若杜陵每飯不忘，直以水投石耳！其後神宗眷注不衰，遽欲召修國史，又命以本官起知江州，改承議郎江州太平觀，皆爲群小所阻，命格不下，此詩早有以窺其微矣！若熙寧六年正月：暗香先返玉梅魂句，則又屢聞德音而發，非空言也！〔註23〕

---

〔註21〕 參見《中國文學批評史》，編四，章一，頁66。
〔註22〕 參見《蘇文忠公詩編註集成》，冊一，頁166。
〔註23〕 同註21，冊六，頁3720。

於此闡明東坡詩中有比興頗深之言。然後世論詩者，往往著眼於東坡以文爲詩，好用典，且好押險韻、窄韻，而評其矜才炫學，不足取法，此乃未得其佳妙處，已習其疵病也。觀黃庭堅云：

> 蓋以俗爲雅，以故爲新，百戰百勝如孫吳之法，棗端可以破鏃，如甘蠅飛衛之射，此詩人之奇也。〔註24〕

可謂善學矣！蓋「以俗爲雅，以故爲新」語出自東坡；東坡云：

> 詩須有爲而作，用事當以故爲新，以俗爲雅，好奇務新，乃詩之病。

〔註25〕

庭堅變通東坡所主，是以獨創「奪胎」、「換骨」之法，實則，此一原理原則，東坡已啓其端緒，而善學如庭堅，推陳出新，是故「江西詩派」宗法焉。然論詩之語，未嘗非東坡之功矣！觀其論詩主創新，論書畫亦如是，能自唐詩之後，獨創新局，雖未能自成系統，然詳參其詩文所主，旨義粲然，理述甚明。

宋明之間，元好問獨承東坡論詩之語，而能自創新意。元遺山有《論詩絕句三十首》論及東坡詩云：

> 奇外無奇更出奇，一波纔動萬波隨，只知詩到蘇黃盡，滄海橫流卻是誰。
>
> 金入洪爐不厭頻，精眞那計受纖塵？蘇門果有忠臣在，肯放坡詩百態新。

〔註26〕

前首斷言東坡詩與山谷詩，已極盡詩法之變，此後能超越二者，料已難能。此語乃針對東坡論詩之語，有感而發。東坡〈書黃子思集後〉云：

> 蘇李之天成，曹劉之自得，陶謝之超然，蓋亦至矣！而李太白、杜子美以英瑋絕世之姿，凌跨百代，古今詩人盡廢。然魏晉以來高風絕塵亦少衰矣！〔註27〕

遺山詩學自東坡而得，其論詩之語亦承東坡之遺緒。於此語獨有會心處，故《東坡詩雅引》云：

> 五言以來，六朝之陶謝，唐之陳子昂、韋應物、柳子厚最爲近風雅；餘多以雜體爲之。詩之亡久矣！雜體愈備，則去風雅愈遠，其理然

---

〔註24〕 參《山谷詩集註》，卷一二。
〔註25〕 見《歷代詩話‧白石道人詩說》，頁440。
〔註26〕 參見《中國文學批評家與文學批評》冊上，頁308。
〔註27〕 參見《經進東坡文集事略》，卷六〇，頁999。

也。近世蘇子瞻絕愛陶、柳二家，極其詩之所至，誠亦陶、柳之亞。
然評者尚以其能似陶、柳而不能不爲風俗所移爲可恨耳！夫詩至於
子瞻，而且有不能近古之恨，後人無所望矣！〔註28〕

是故言「只知詩到蘇黃盡」，乃歎其才力縱橫，無法方駕也。東坡評唐賢諸人云：

郊寒島瘦，元輕白俗。《東坡詩話》

以「寒」形容孟郊詩之窮困以終，當爲的評。而遺山〈論詩絕句〉云：

東野窮愁死不休，高天厚地一詩囚，江山萬古潮陽筆，合臥元龍百尺樓。

〔註29〕

尊退之而鄙東野，蓋自東坡論詩詩之語而得！至於詩中言及「蘇門果有忠臣
在，肯放坡詩百態新」，前人看法不一，有以此言乃貶抑東坡一意求新之意，
有以此乃遺山贊賞東坡詩主創新之舉，然郭紹虞於〈元遺山論詩絕句〉一文
中述及，此乃遺山效東坡論前賢之語，無所謂褒貶之意，所言甚是！遺山論
詩一本東坡尊陶崇柳之意，於〈論詩絕句〉中亦云：

一語天然萬古新，豪華落盡見眞淳。南窗白日羲皇上，未害淵明是晉人。
謝客風容映古今，發源誰似柳州深？朱絃一拂遺音在，卻是當年寂寞心。

〔註30〕

此一見解，毋寧來自東坡論詩之語乎！降至元末明初，詩壇大抵以「文必秦
漢，詩必盛唐」爲說，雖間有論及禪悟者，然宋詩不如唐，幾成不易之論。
待李卓吾出，東坡主妙、主趣，復爲公安派視爲圭臬。東坡曾自言「嬉笑怒
罵之辭，皆可書而誦也」〔註31〕卓吾極賞此言，而云：

子瞻自謂嬉笑怒罵皆可書而誦，信然否。夫嬉笑怒罵既是文章，則
風流戲謔，總成佳話矣！然則吹簫舞劍，皆我畫筍；崔噪蛙鳴，全
部鼓吹。坡公得之，是以大妙！奇正相生，如環無端，顚倒豪傑，
莫如端倪，不亦宜歟！〔註32〕

推崇東坡能陶鑄文詞，得其妙趣，才大力肆，顚倒眾生，景仰之情，油然而
生。又云：

蘇長公片言隻字，與金玉同聲，雖千古未見其比，則以其胸中絕無俗氣，

---

〔註28〕 同註26。
〔註29〕 同註26。
〔註30〕 同註26。
〔註31〕 參見《蘇軾詩集》附錄一，宋史本傳。
〔註32〕 見《藏書卷》三九，詞學儒臣蘇軾傳後。

下筆不作尋常語，不步人腳步故耳！〔註33〕

於此，賞其胸襟拓落，能自創新，雖未嘗述及東坡詩論，然其弟子袁中郎，繼之而起，尤喜蘇詩，且論詩之語，與東坡頗多不謀而合之處。

中郎論詩，主「變」、主「眞」，力求風格獨創，不襲其貌爲高，曾於文中述及古今異時，能存其眞，則得其詩旨矣！因言：

唐自有詩也，不必選體也；初盛中晚自有詩也，不必初盛也；李杜王岑錢劉，下迨元白盧鄭各自有詩也，不必李杜也。趙宋亦然，陳歐蘇黃諸人有一字襲唐者乎？又有一字相襲者乎？〔註34〕

謂代各有詩，詩各有其面貌，此說與東坡論詩主創新如出一轍。中郎又謂詩當論其韻與趣，力造於「淡」，是以《咼氏家繩集》序云：

蘇子瞻酷嗜陶令詩，貴其淡而適也。凡物釀之得甘，炙之得苦。惟淡也不可造，不可造；是文之眞性靈也。濃者不復薄，甘者不復辛，唯淡也無不可造；無不可造，是文之眞變態也。風值水而漪生，日薄山而嵐出，雖有顧吳，不能設色也，淡之至也〔註35〕。

於陶詩之淡且適，稱賞不已！而吾人盡知：淵明於唐未獲重視，自東坡出，始標舉其詩「質而實綺，癯而實腴」，後世遂成定評。他如評李杜之出，古今詩人盡廢，百代以降，未易其辭，此皆東坡論詩之卓見有以致之也！

詩至清季，可分神韻、格調與性靈說三者。王士禎「神韻說」，力主滄浪論詩之語，獨標其「妙悟」二字以爲說，殊不知此亦東坡論詩之流風遺沫也！然以東坡無論詩專著，是以歸諸滄浪。吾人觀其《師友傳習錄》云：

蓋艷則精華洩而眞氣消，麗則悋心生而正聲滅。有志於風雅之君子，所爲大憂也。救之以陶韋，以漸幾於蘇李，其庶幾歟？〔註36〕

此語極言「陶韋」詩之佳妙。又「蘇李」詩乃自華艷落盡見眞淳者，此與東坡言「蘇李之天成」、「陶謝之超然」，有所相合也！至於沈德潛「格調說」，則賞東坡鄙諺小說，無不可入詩，而云：

以詩入詩，最是凡境；經史諸子，一經徵引，都入詠歌，方別於潢潦無源之學。〔註37〕

〔註33〕見《李溫陵集》，卷一五。
〔註34〕參見《袁中郎全集》，卷一。
〔註35〕同註34。
〔註36〕見《師友傳習錄》，頁124。
〔註37〕見《說詩晬語》，頁472。

是故翁氏美東坡詩「胸有洪鑪，金銀鉛錫，皆歸熔鑄」，於東坡論詩之語，亦有所取焉。之後，袁枚「性靈說」，欲兼賅百家之長，成一家之言，然立論猶且不出東坡所論。袁氏云：

> 詩宜樸不宜巧，然必須大巧之樸，詩宜澹不宜濃，然必須濃後之澹。

〔註38〕

此非東坡所云：「大凡爲文當使氣象崢嶸，五色絢爛，漸老漸熟，乃造平淡。」乎〔註39〕！又：

> 東坡云：作詩必此詩，定非知詩人，此言最妙。然須知作此詩而意不是此詩，則尤非詩人也。其妙處總在旁見側出，吸取題神，不是此詩，恰是此詩。〔註40〕

此即東坡詩有寄託說，必旁敲側擊，方得其神也！

　　綜上所論，東坡散見論詩之語，影響後世至爲深遠。其啓滄浪「以禪喻詩」，詩家奉爲不二法門，其基本論各代亦兼採之，大凡評論前賢之語又爲後世所宗，厥功至偉，其詩學理論自當於文學批評史上，詳加論列，以彰顯其承先啓後之功。

---

〔註38〕見《隨園詩話》，卷五，頁90。
〔註39〕參見《竹坡詩話》，頁202。
〔註40〕同註39，卷七，頁137。

# 結 論

　　蘇東坡乃北宋第一大詩人，其所以獨占鰲頭者，乃其詩學理論與夫實踐工夫，相輔相成之故也。前賢未能辨此，評其詩論，則謂其主妙悟，主自然，然其詩未臻於此。評其文，又謂其有比興，主辭達，然其詩則判然不同。殊不知東坡論詩與創作詩什乃密不可分，一皆以其際遇自然生成，不假緣飾也。

　　本文首溯源追本，探討其論詩之由，得知其前有所承，復受時代影響，是以明東坡論詩既主辭達、主興寄，復究自然、求平淡。然早年仕宦，旨在借言托諷、裨補時政，是故創作詩什，一以雄渾豪邁為尚；及至烏臺詩案後，思想遽變，然用世之心，仍未移易，是故詩什之中，多寄托之言，表高潔之意。元祐年間復起，自以為終為時用，冀政治上有所伸展，詎料黨伐不已，攻訐日盛，東坡自請外任，深感「在內實無補報，而為郡粗可及民」〔註1〕，二度赴杭，此後盡和陶詩，此時其論詩主自然澹遠，創作亦力造平淡，影響所及，秦觀得其「工」，張耒得其「易」。工謂「清新婉麗」也，易謂「平淡自然」也〔註2〕，後世論詩，有標舉「自然澹遠」者，未嘗非東坡推波助瀾之功矣！

　　東坡詩風之多樣化，亦其來有自。觀其於歷代詩人，取其興寄特高，有補於時者，含英咀華，延以入詩，或說理、或抒志，詩篇中屢有所見，是故詩風激昂峻切，有縱橫古今詩壇之勢。復受北宋詩壇影響，稱許梅堯臣、歐陽修詩風淡易，自然而富奇趣，加之以一己個性鯁直，頗饒奇趣，是以詩風兼具雄渾豪邁、清源靜深兩者，而以風骨奇高見稱。

---

〔註 1〕 參見邱俊鵬《讀蘇軾的詠梅詩》，頁 84，蘇軾研究學會論文集。
〔註 2〕 參見胡雲《宋詩研究》，頁 80。

　　余綜論其詩論爲「詩窮後工說」、「詩有寄托說」、「詩有眞情說」、「詩應設譬說」、「詩宜使事說」。東坡一生愁困窮蹇時多，歡愉順適時寡，故主詩窮而後工。此一理論常用以自勉，並藉以勉人不畏窮愁，努力創作詩什。東坡詩乃「有我」之作，常將一己志節托付於花草、事類之間，以致詩境深微，有一己之特色。詩人之中，東坡嘉淵明詩，以其情眞，詩文自然澹泊，富有深意，東坡因主「詩有眞情說」，且詩中流露父子、夫婦、君臣、友于及對故鄉之愛、吏民之情。東坡詩以譬喻見長。往往一連數譬，以壯其聲勢，或以其具體形容抽象，或寫景、或抒情、或議論，皆能恰到好處。東坡詩又善使事用典，有時全詩以典化入，有時中間兩聯用典，以極少之字句，詮釋極深之含意，意新而語工。此皆東坡論詩之重點，尤可貴者，以創作印證各項理論，無一不相符，指示後學作詩之道。

　　東坡詩風未能遽然分割，依其一生經歷，約可知其早期傾向雄渾豪邁，黃州以後詩什漸趨精深華妙，然總體而言，風骨奇高，一言以蔽之：「清雄」二字足以當之。宋詩之議論化、散文化，自東坡詩中可窺其堂奧，東坡於五、七言長篇鉅製，不拘對偶，詞意直露，極盡論理之能事；於短篇絕律，又時寓哲理，將形象、感情融爲一體，意境高遠。當其不爲朝廷所用，恆寄寓一己志節於詠物詩中，以梅自喻，以海棠自比，耿耿孤忠，無時或已，詩中富鮮明之個性，是以風骨獨高也！

　　吾人綜論東坡詩之成就，可上繼李白、杜甫、韓愈諸人，於有宋詩壇居第一大家。其所爲五、七言古風，多諷諭時政，遇事即言，反映民生疾苦，可爲史鑑，此其一。其次，詩富想像力、善譬喻，予後人豐富之寫作素材，此其二。東坡乃千古失意人，一生欲以政治家自居，然有志難伸，遂創作詩什，以自解脫，其後南宋諸愛國詩人，殆亦緣此義而興家國之感，此其三。東坡於詩、書、畫三者堪稱作手，詩中屢屢提示作詩、繪畫、練字之方，足爲吾人借鏡，此其四。其田園山水眾作既巧於描摹，後學者欲令詩抵情景交融之境，自當詳參東坡詩中，描摹景物之作，此其五。東坡心中自有丘壑，登山臨水之際，思鄉默處之間，未嘗不豁達以處，吾人學其襟抱，當不至於效倣阮籍「日暮途窮」之歎乎？此其六。況東坡詩中富文學技巧，吾人如欲創作，自不能免於設色形容，廣喻博依，東坡蓄積素材，足資吾人應用；東坡提示詩法，亦可爲吾人遵循之。此其七。吾人如欲濡染詩筆，創製長篇，則東坡七古，傲視古今，冥心搜索，仔細探究，當可領會其承先啓後之功。

此其八。本文既自其創作詩什舉其代表作言之，自當可補歷來文學史所述之不足，而明宋詩可觀之處！

　　末言東坡詩論對後世之影響，此為詩論家爭議之處。郭紹虞指明「以禪喻詩」乃東坡發其端，然言其創作與論詩之旨正相反背。〔註3〕此蓋未深入東坡詩什之故耳！而劉大杰則於評蘇軾論詩，除強調有為而作、托諷補世，且極賞淡雅高遠之風，此乃與其政治、思想變化有關〔註4〕，其說大抵切當。觀其詩論所主，確有「二分法」之傾向，後世論詩者，未能出此「有比興」、「主自然」二端，即可知其創新之功。北宋如黃庭堅，自其「以俗為雅，以故為新」，體悟奪胎換骨之法，復觀元遺山論詩絕句，以一「新」字美東坡之學，評東坡詩「窮愁」，道淵明詩「天然」，皆本自東坡批評前賢之語。有明李卓吾，既深許東坡之文，袁中郎復力言詩必主變、主真、主韻、主趣，於創新中務求淡而有味，此說皆承東坡而來，是東坡論詩，可謂繼司空圖之後卓然自成一家者，後世受其影響者，不乏其人。

　　然則，東坡詩論何以不見重於世？此可自三方面言之。當北宋之世，詩話盛行，歐陽修有《六一詩話》、司馬光有《溫公續詩話》、劉攽有《中山詩話》，魏泰有《臨漢隱居詩話》，葉夢得有《石林詩話》，其他未獲流傳者，應大有人在。東坡未有專著之詩話流傳，所論皆散見於尺牘、簡策、書畫之中，搜羅不易，是以未獲重視。再者，北宋黃山谷繼東坡之後，復創「奪胎」、「換骨」等作詩之法，論詩主「悟」，其弟子陳師道、徐俯、呂本中、韓駒宗法之，曾季貍《艇齋詩話》言：

　　　　後山論詩換骨，東湖論詩說中的，東萊論詩說活法，子蒼論詩說飽
　　　　參，入處雖不同，其實皆一關捩，要知非悟不可。〔註5〕
是故諸人同一論調，同一關捩，傳其衣缽，甚至創設「江西詩社」，東坡論詩之語，遂為彼等取而代之。況且東坡一生致力於創作，而詩、詞、散文、辭賦皆須殫精竭力，方能臻於至善，智慮所及，固以論詩為餘事耳。明此三端，則東坡詩論之不傳，可略知一二。

　　實者，欲窺東坡詩之奧義，必先於經史子集有概括之理解，而欲明其詩論之傳承與夫影響，雖一部中國文學批評史猶有未備，必也詳參各家論詩之

---

〔註3〕參見劉大杰《中國文學批評史》，頁403。
〔註4〕參見郭紹虞《中國文學批評史》編四，章一，頁64。
〔註5〕同註3，頁414。

語乃可，處今日文學批評盛行之際，自應澄清其理論與實際是否一致，乃能確立其在文學史上之地位。

東坡詩什與其詩學理論，全然吻合，且相輔相成，既指引吾人創作詩篇之方，復於評論諸家，語多中的、其揭示之詩論，言簡意賅，爲後世所宗，是故本文以「宋詩第一大家」言之，當不爲過！

# 主要參考書目

一、

1. 《東坡七集》，蘇軾撰，台灣中華書局，四部備要本。
2. 《集註分類東坡先生詩》，宋・王十朋撰，台灣商務印書館，四部叢刊正編。
3. 《增補足本施顧註蘇詩》，施元之、施宿、顧禧合註，鄭師因百、嚴一萍輯校，藝文印書館，民國 69 年。
4. 《經進東坡文集事略》，宋・郎曄撰，世界書局，民國 64 年。
5. 《蘇文忠公詩編註集成》，清・王文誥輯訂，臺灣學生書局，民國 68 年。
6. 《蘇文忠公詩集》，清・紀昀評，宏業書局，民國 58 年。
7. 《蘇文忠公詩合註》，清・馮應榴輯訂，中文出版社，民國 71 年。
8. 《蘇詩評註彙鈔》，清・趙克宜纂輯，新興書局，民國 56 年。
9. 《蘇詩補注》，清・翁方綱撰，廣文書局，民國 69 年。
10. 《蘇軾詩集》，清・王文誥、馮應榴撰，學海書局，民國 72 年。
11. 《東坡樂府箋》，民國・龍沐勛撰，華正書局，民國 63 年。

二、

1. 《尚書注疏》，唐孔穎達正義，藝文印書館影印十三經注疏本。
2. 《毛詩正義》，漢鄭玄箋・唐孔穎達疏，同前。
3. 《周禮注疏》，漢鄭康成注・唐賈公彥疏，同前。
4. 《春秋左傳正義》，周左丘明撰・晉杜預注・唐孔穎達疏，同前。
5. 《論語注疏》，魏何晏註・宋邢昺疏，同前。
6. 《孟子注疏》，漢趙岐注・宋孫奭疏，同前。

三、

1. 《史記》，漢司馬遷撰，藝文印書館影印二十五史。
2. 《漢書》，漢班固撰，同前。
3. 《後漢書》，南朝宋范曄撰，同前。
4. 《魏書》，北齊魏收撰，同前。
5. 《晉書》，唐房喬等撰，同前。
6. 《舊唐書》，晉劉昫撰，同前。
7. 《新唐書》，宋歐陽修等撰，同前。
8. 《南史》，唐李延壽撰，同前。
9. 《北史》，同前，同前。
10. 《宋史》，元脫脫撰，同前。
11. 《續資治通鑑長編》，宋李燾撰，世界書局影印本。
12. 《東坡烏臺詩案》，宋朋九萬撰，藝文印書館影印本。
13. 《東都事略》，宋王稱撰，文海出版社影印本。
14. 《四庫全書總目提要》，清·永瑢、紀昀撰，臺灣商務印書館。

四、

1. 《老子註》，晉王弼注，藝文印書館。
2. 《淮南子》，漢劉安撰，中華書局四部備要本。
3. 《論衡》，漢王充撰·高蘇垣集註，台灣商務印書館影印本。
4. 《世說新語》，南朝宋劉義慶撰、楊勇校箋，文光圖書公司影印本。
5. 《列子》，周列禦寇撰，中華書局四部備要本。
6. 《莊子註》，周莊周撰·晉郭象注，世界書局影印本。
7. 《抱朴子》，晉葛洪撰，台灣商務印書館影印本。

五、

1. 《楚辭章句》，戰國屈原撰·漢王逸注，台灣商務印書館四部叢刊本。
2. 《嵇中散集》，晉嵇康撰，同前。
3. 《陸士衡文集》，晉陸機撰，同前。
4. 《陶淵明集》，晉陶淵明撰，同前。
5. 《李太白集》，唐李白撰，同前。
6. 《杜工部集》，唐杜甫撰，同前。
7. 《韓昌黎集》，唐韓愈撰·宋魏仲舉編，同前。

8. 《劉賓客文集》，唐劉禹錫撰，同前。

9. 《孟東野集》，唐孟郊撰‧宋宋敏求編，同前。

10. 《白香山詩集》，唐白居易撰‧清汪立名編，同前。

11. 《歐陽文忠公集》，宋歐陽修撰，同前。

12. 《小畜集》，宋王禹偁撰，同前。

13. 《宛陵先生集》，宋梅堯臣撰，同前。

14. 《參寥子詩集》，宋釋道潛撰，中華書局四部備要本。

15. 《司馬溫公文集》，宋司馬光撰，台灣商務印書館四部叢刊本。

16. 《臨川集》，宋王安石撰，同前。

17. 《嘉祐集》，宋蘇洵撰，同前。

18. 《欒城集》，宋蘇轍撰，同前。

19. 《後山集》，宋陳師道撰，中華書局四部備要本。

20. 《渭南文集》，宋陸游撰，同前。

21. 《清容居士集》，元袁桷撰，同前。

22. 《李溫陵集》，明李卓吾撰，文史哲出版社。

23. 《袁中郎全集》，明袁宏道撰，世界書局影印本。

# 六、

1. 《詩品》，梁鍾嶸撰，藝文印書館，歷代詩話本。

2. 《詩式》，唐釋皎然撰，同前。

3. 《二十四詩品》，唐司空圖撰，同前。

4. 《六一詩話》，宋歐陽修撰，同前。

5. 《中山詩話》，宋劉攽撰，同前。

6. 《後山詩話》，宋陳師道撰，同前。

7. 《竹坡詩話》，宋周紫芝撰，同前。

8. 《紫薇詩話》，宋呂本中撰，同前。

9. 《彥周詩話》，宋許顗撰，同前。

10. 《韻語陽秋》，宋葛立方撰，同前。

11. 《白石詩說》，宋姜夔撰，同前。

12. 《滄浪詩話校釋》，宋嚴羽撰，郭紹虞釋，東昇出版社。

13. 《歲寒堂詩話》，宋張戒撰，木鐸出版社，歷代詩話續編。

14. 《麓堂詩話》，明李東陽撰，同前。

15. 《鈍吟雜錄》，清馮班撰，西南書局，清詩話本。

16.《漁洋詩話》，清王士禎撰，同前。

17.《七言詩平仄舉隅》，清翁方綱撰，同前。

18.《說詩晬語》，清沈德潛撰，同前。

19.《原詩》，清葉燮撰，同前。

20.《貞一齋詩說》，清李重華撰，同前。

21.《峴傭說詩》，清施補華撰，同前。

七、

1.《中國文學發展史》，民國劉大杰撰，華正書局。

2.《中國文學流變史》，民國李曰剛撰，白雲書局。

3.《中國文學批評史》，民國郭紹虞撰，文史哲出版社。

4.《中國文學批評史》，民國劉大杰撰，文匯堂。

5.《文藝心理學》，民國朱光潛撰，台灣開明書店。

6.《宋詩研究》，民國胡雲編著，宏業書局。

7.《宋詩派別論》，民國梁昆撰，東昇出版事業公司。

8.《蘇東坡年譜會證》，民國王保珍撰，台大碩士論文。

9.《蘇軾詩選》，民國陳師伯元選編，學海出版社。

10.《蘇軾詩》，民國嚴既澄選註，台灣商務印書館。

11.《烏臺詩案研究》，民國江惜美撰，文史哲出版社。

12.《宋詩鑑賞辭典》，民國李廷先等撰，上海辭書出版社。

13.《東坡詩論叢》，民國項楚等撰，四川人民出版社。

14.《東坡研究論叢》，民國胡國瑞等撰，蘇軾研究學會。

八、

1.〈從蘇詩的名篇看蘇軾的一生〉，民國陳師伯元撰，80 年 1 月 30 日發表。

2.〈東坡海棠詩的寄托〉，民國陳師伯元撰，80 年 2 月 12 日中央日報長河版。

3.〈道人輕打五更鐘〉，民國陳師伯元撰，80 年 4 月 22 日中央日報長河版。

4.〈鏗然曳林聲〉，民國陳師伯元撰，80 年 5 月 28 日中央日報長河版。

5.〈宋詩簡論〉，民國陸侃如、馮沅君撰，1955 年 12 期《文史哲》。

6.〈蘇軾詩簡論〉，民國匡扶撰，1957 年第 4 期《文史哲》。

7.〈北宋詩文〉，民國胡守仁撰，1978 年第 2 期《江西師院學報》。

8.〈略論蘇軾的創作理論〉，民國李壯鷹撰，1981 年第 1 期《浙江師範學報》。

9.〈東坡詩詞設色〉，民國王樹芳撰，1982 年第 2 期《青海師範學報》。

10. 〈蘇軾詩的議論〉，民國趙仁珪，1983 年第 5 期《北京師範大學學報》。

11. 〈淺論蘇軾詩文中運用比喻的特色〉，民國高蹈撰，1986 年第 2 期《江西大學學報》。

12. 〈蘇軾詩歌風格發展的三個階段〉，民國孫民撰，1986 年第 12 期《高等學校文科學校文摘》。

13. 〈北宋詩文革新理論的演變和發展〉，民國于興漢撰，1988 年第 4 期《山西師大學報》。